우주 전쟁

...

H.G. Wells

환상문학전집 ● 22

우주 전쟁
The War of the Worlds

H. G. 웰스

이영욱 옮김

The War of the Worlds
: Introduction

by Orson Scott Card

Copyright ⓒ 2003 by Scholastic Inc.
All rights reserved.
Korean Translation Copyright ⓒ 2005 by Goldenbough
Korean translation edition is published by arrangement with
Scholastic Inc. through KCC.

이 책의 한국어판 저작권은 KCC를 통해
Scholastic Inc.와 독점 계약한 (주)황금가지에 있습니다.
저작권법에 의해 한국 내에서 보호를 받는 저작물이므로
무단 전재와 무단 복제를 금합니다.

차례

올슨 스콧 카드의 서문   9

제1부

전쟁 전야   21
유성   30
호셀 들판에서   37
문이 열리다   42
열광선   48
초브햄을 향해 발사된 열광선   56
집에 오기까지   60
금요일 밤   67
전쟁이 시작되다   72
폭풍 속에서   81
창밖을 보다가   90
파괴된 웨이브리지와 셰퍼튼   99
목사와 함께   117
런던에서   127
서리에서   146
런던 대탈출   158
선더차일드 호   177

제2부

그들의 발 아래에서 195
폐허가 된 집에서 206
갇혀 지낸 나날들 219
목사의 죽음 226
정적 234
열닷새 동안 벌어진 일 239
푸트니 언덕에서 만난 사람 244
죽음의 도시 런던 267
폐허 279

에필로그 289

해설 현대 과학소설의 정전 웰스의 『우주 전쟁』—조성면(문학평론가) 295

올슨 스콧 카드의 서문

H. G. 웰스가 『우주 전쟁』을 집필하던 시기는 과학과 기술이 이미 세상에서 많은 변화를 일으키고 더 많은 변화를 약속해 주던 때였다.

케이블이 깔려 있는 곳이라면 어디든 전보로 소식을 알릴 수 있고, 사람들은 전화로 멀리 떨어져 있는 사람들과 일 얘기를 하거나 잡담을 나눌 수 있었다.

열차가 대륙을 횡단했으며 당시로서는 거의 기적이나 다름없는 놀라운 속도로 증기선이 대양을 가로질렀다.

사람들은 열풍선 기구를 타고 예전보다 훨씬 더 높은 곳으로 올라가 카메라로 시가지 전체를 한눈에 볼 수 있는 공중 사진을 찍을 수 있었다. 가스등은 밤을 환히 밝혀 주었고, 범죄자들은 다시 어둠 속으로 쫓겨 들어갔다.

과학자들과 투자자들은 그들이 상상할 수 있는 것은 무엇이든 만들 수 있는 것 같았다. 전화와 전보를 보내는 기술을 이용해서 연설이나 음악을 녹음할 수 있었고 가스가 없어도 밤에 등불을 켤 수 있을 것 같았다. 발명가들은 말 없이도 갈 수 있는 마차 연구에 매달렸다. 또한 공기보다 무거운 것이 날 수 있다는 것이 불합리한 말임에도 불구하고 많은 발명가들은 자신들의 부상, 심지어 목숨까지도 무릅쓰면서 비행기에 관심을 보였다.

무엇이든 가능할 수 있을까? 정말 모든 것이 가능할까?

유럽인들은 비교적 근소한 기술적 우위를 이용하여 모든 대륙에 식민지를 건설했다. 그리고 산업혁명 이후 유럽은 누구와도 교역이 가능한 질 좋고 값싼 물건들을 생산할 수 있게 되었으며 유럽의 손길을 거부한 나라들은 유럽인들이 발달된 무기를 가지고 있다는 사실을 깨닫게 되었다.

유럽인들이 서로 무기를 겨누게 된 것은 약 16년의 세월이 지난 후 제1차 세계대전이 발발했을 때였다. 1898년, 그 무기는 제대로 된 무력을 갖추지 못했거나 조직력이 훨씬 떨어지는 원주민이나 식민지 사람들을 억누르기 위해 사용되었고, 원주민은 대영제국의 무력에 대항할 힘이 없었다.

유럽인들은 아프리카를 식민지화하기 위해 몰려갔고, 힘으로 아프리카를 멋대로 분할하기 시작하여 그 이후 100년 이상 계속되는 혼란의 씨앗을 심었다. 어디든 유럽의 한 국가가 식민지를 세우기로 결정하면 마치 사람이 팔에 달라붙은 거미를 떨어 내듯 그 곳에 사는 모든 원주민들을 쓸어 버릴 수 있었다.

H. G. 웰스는 『우주 전쟁』에서 미래를 예견하지 않았다. 그는 판타지적인 아이디어를 사용해서 영국의 독자들에게 그들의 현실과 다른 내용인 것처럼 하면서도, 어쩌면 현실을 더 정확하게 볼 수 있도록 해 주었다.

무엇보다도 영국은 외부로부터의 침공을 두려워할 필요가 없는 나라였다. 무적의 영국 해군은 모든 대양을 지배했고, 영국이 원하는 곳이면 어디든 바다를 건너 무역이 이루어졌다. 어떤 군대도 영국의 해안에 상륙할 수 없었다. 아프리카, 인도와 동아시아에 상륙한 영국인들 이외에도, 모든 지역의 해안에는 낯설고 하얀 피부를 가진 커다란 눈동자의 침입자들이 나타났고 그들은 그 지역의 전쟁 무기들이 거의 효과를 발휘할 수 없는 먼 거리에서도 어떤 사람이든 죽일 수 있었다.

그래서 H. G. 웰스는 낯설고 예상치 못한 침입자들을 또다른 세계에서 데려왔다. 침입자들은 영국이 아프리카와 인도에서 그랬던 것처럼, 기술적인 면에서 영국보다 훨씬 앞선 능력을 갖고 있었다. 그의 소설을 읽는 독자는 자기가 살고 있는 도시들이 무자비하고 파괴적인 침입자의 힘 앞에서 무너지는 모습을 상상해야만 했다. 그들은 협상조차 할 수 없는 상대였다. 그들은 인간과 교역을 원하는 것이 아니며 인간의 지식을 존중하지도 않았다. 그저 이 지구를 원할 뿐이었다.

그런 다음, 위협의 대상은 갑자기 사라진다.

기적인가? 아니면 소원이 이루어진 것일까? H. G. 웰스는 "자, 나는 당신을 두려움이 떨게 만들 것입니다. 하지만, 나는 그 두려움의 요소를 다시 쫓아 버릴 것입니다."라고 말하고 있는 것일까?

그건 아닐 것이다. 다시 한 번, 그는 단순히 현실의 세계를 취해서 약간 변형했을 뿐이다.

아프리카가 그 때까지 식민지화되지 않았던 이유는 분명히 있었다. 유럽인들이 시도를 하지 않아서가 아니라 아프리카를 '제대로 알지' 못했기 때문이었다.

포르투갈인들이 처음으로 아프리카 서부 해안을 따라 살기에 적합한 사하라 남부까지 항해한 이래로 오랜 세월 동안 유럽인들은 그 대륙을 정복하고 풍부한 자원을 손에 넣고 싶어 했다. 그러나 그들은 아프리카인들이 내놓는 노예를 사 들이고 원주민에게 럼주나 물건들을 파는 것 이상의 활동은 하지 못했다.

왜 침략하지 못했을까?

인류의 가장 오래된 고향인 아프리카는 수많은 풍토병을 가지고 있었다. 아프리카인들은 거기에 면역이 되어 있었던 반면 유럽인들은 그렇지 못했다. 사하라 사막이라는 장벽은 세상의 나머지 지역에 아프리카 풍토병이 퍼지지 않도록 막아 주는 역할을 해 주었고, 사하라 사막 남부에서 병에 걸린 사람들은 그 사막을 지나 돌아갈 때까지 낫거나 혹은 죽거나 둘 중 하나였다.

따라서 유럽인들이 처음 사하라 남부 아프리카 해안에 요새를 건설했을 때 그들은 페스트에 감염되어 전멸했다. 말라리아 앞에서는 성난 아프리카인들의 공격을 막아 내고 쫓아 낸 우수한 성능의 무기들도 별 쓸모가 없었다.

결과적으로 유럽인들은 질병을 전염시킬지도 모르는 아프리카인들과 일정 거리를 유지할 수밖에 없었다. 그들이 섬에 요새를 건설하고 해안에 상륙하는 일은 극히 드물었다. 비록 노예 무역이긴 했지만, 무역 역시 직접적인 접촉을 가능한 줄이는 방법으로 이루어졌다.

키니네와 같은 약이 만들어지자 유럽인들은 말라리아에 걸려도 살아남을 수 있게 되었고, 임시방편으로 모기장을 사용하여 질병에 감염될 확률을 줄일 수 있게 되고 나서야 비로소 아프리카의 식민지화가 가능해졌다.

따라서 사하라 남부 아프리카에 만연한 질병들은 거의 300년 이상이

나 뚫을 수 없는 요새의 역할을 해 준 셈이었다.

　같은 시기에, 남북아메리카 대륙이 모두 정복되었다. 독립을 쟁취한 첫 번째 식민지 이주자들은 대부분 유럽에서 건너간 사람들이기 때문에 기술 수준도 거의 비슷했다. 그리고 아메리카 원주민들은 유럽인들의 맹공을 막을 수 없었다.

　이는 유럽인들이 우월한 기술을 가졌을 뿐 아니라 그들에게는 면역된 질병이라는 더 강력한 무기가 있었기 때문이었다. 한때 유럽을 파멸로 몰아갔던, 천연두를 비롯한 갖가지 질병들은 아메리카 대륙 전역에 유언비어가 퍼지듯 빠르게 번졌다. 이민자들은 함께 온 사람들 중 거의 절반이나 4분의 3 정도를 잃은 채 육지에 상륙했을 정도였고, 아메리카 원주민들은 그 병에 대한 면역이 전혀 되어 있지 않은 상태였다.

　따라서 H. G. 웰스는 상상하기 어려운 먼 미래에 대한 이야기를 쓴 것도, 일어날 가능성이 극히 적은 가상의 우주에 대해 쓴 것도 아니었다. 그는 극히 최근에 종종 일어났던 일에 대해 쓴 것이다.

　그가 글 전개 과정에서 변화시킨 점이 있다면, 입장을 바꾼 것이다. 바로 전 세계의 유일한 초강대국인 영국이 기술적으로 저항할 수 없는 적들의 침공을 받은 것, 그리고 외부의 침입자에게서 원주민들을 보호해 준 것은 비밀의 무기가 아닌 그저 보통의 질병이라는 설정이었다.

　하지만 그런 요소들은 과학 소설에 늘 등장한다.

　심지어 과학 소설이라는 용어 자체가 H. G. 웰스가 주옥 같은 작품들을 쓰기 전까지는 존재하지 않았고, 과학 소설을 읽고 쓰는 우리 모두가 웰스와 줄스 버렌의 발자취를 따라온 것이다. 과학 소설 전문 잡지를 창간한 첫 번째 편집자인 휴고 겐스백은(《어메이징 스토리》라는 잡지를 창간했다.) 그 전부터 H. G. 웰스의 '로맨틱한 과학 소설' 과 줄스 버렌의

'기술 중심의 모험소설'과 같은 이야기를 가득 실은 월간지를 발간하고 싶다고 공공연하게 말하곤 했다.

물론 작가든 독자든 대부분의 사람들은 그들이 '미래'에 대해 쓰고 있다고 생각한다. 하지만 조금만 더 생각해 보면 소설 속에 담겨 있는 것은 미래가 아닌 단지 많은 가능성을 가진 미래일 뿐이라는 결론을 내릴 수 있다. 미래가 현실이 되는 순간은 그것이 하나의 방향으로만 나아갈 때뿐이다. 그리고 미래가 무엇을 가져올지에 대해 예상할 수 있는 사람이라면 실망하거나 수치심을 느낄 것이다.

상당히 근래에 일어난 일을 예로 들어 보면, 1988년에 누구도 그 다음 2년 안에 모든 동부 유럽 국가들이 소비에트 연방으로부터 독립을 쟁취할 것이며 공산주의 정권이 붕괴할 것임을 예상하지 못했다. 심지어 만약 누군가 그런 가능성에 대해 감히 제안했다고 해도, 그는 소비에트 연방 자체가 분열되고 우크라이나, 벨로루시와 몰도바와 같은 연방의 구성국들이 독립하게 될 것이라는 사실은 전혀 예상하지 못했을 것이다.

하지만 이 모든 일은 일어났고, 그것도 놀라우리만큼 짧은 시간 내에 일어났다.

정치적, 군사적인 측면의 역사가 그런 것처럼, 기술의 역사에서도 마찬가지였다. 아이작 아시모프는 애처롭게 지적하길, 과학 소설 작가들은 처음 유니백(1951년에 세계 최초로 시판된 컴퓨터——옮긴이)이 나온 순간부터 그들의 소설에 컴퓨터를 등장시키긴 했지만, 누구도 컴퓨터가 그렇게 작아지리라고는 짐작하지 못했기 때문에 1940년과 1950년, 그리고 심지어 1960년대에 나온 과학 소설에도 거의 빌딩 크기만한 거대한 컴퓨터들이 등장했다. 딕 트레이시 만화책에 현대의 핸드폰과 비슷한 기능을 가진 손목용 라디오와 같은 초소형 기구들이 나오는데, 이 경우를 제외하고는 누구도 그 크기에 대해 제대로 예상하지 못했다.

1970년대와 1980년대에 출판된 과학 소설에도 핸드폰 혁명이나 인터넷을 통해 음악을 공유한다는 내용은 나오지 않는다.

그렇다면 과학 소설 작가들은 '실패' 한 것일까? 그렇지 않다. 심지어 화성에 위험하고 높은 수준의 기술을 가진 외계인들이 살지 않고 있음이 밝혀져 H. G. 웰스의 소설이 '틀렸다' 는 것이 입증되었음에도 불구하고, '실패했다.' 고 말할 수는 없다.

과학 소설은 미래에 대한 것이 아니다. 여타의 다른 소설들처럼, 현재에 관한 것이다. 그저 조금 색다른 기술을 이용해서 우리가 무엇인지, 혹은 무엇이 될지, 또 앞으로 어떻게 될 것인지를 보여 주고 있는 것이다.

사회학자이기도 한 H. G. 웰스는 『타임머신(*The Time Machine*)』에서도 다양한 과학이 눈부시게 발달한 미래 사회를 그리며 우리를 감탄시키지만, 그 줄거리의 대부분은 페이비언의 눈으로 본 영국의 계급 투쟁을 우화적으로 표현한 것이다. 강력한 힘을 가진 하층민들, 게으른 상류층에게 오랫동안 착취당해 온 그들이 결국 한때 자신의 주인이었던 자들을 길들이고 식용 가축을 기르듯 사육함으로써 복수하는 것이다.

이와 대조적으로 미국의 과학 소설은 사회보다는 과학기술 자체를 설명하는 데 노력을 기울인다. 그들의 기계 장비들을 보라! 그것으로 인해 우리의 삶이 얼마나 멋지게 변할 수 있는가! 혹은 작가들이 암울한 생각을 할 때면, 자, 그들 기계들이 우리를 얼마나 쉽고 빠르게 파괴시킬 수 있는지 보라!

하지만 이들 소설도 작가들이 살고 있는 시대와 문화를 반영한다. 이들 미국 작가들은 진보를 진심으로 믿었던 사회에 살았다. 과학과 기술이 영원히 발전하고 진보하는 것처럼 인류도 발전하고 진보할 것이며,

그것을 이룩하는 것은 바로 대담하고 많은 자원을 지닌, 영웅적인 현대 미국인들이었다. 게리 쿠퍼가 열연했던 앨빈 요크처럼 말이다.

다른 모든 문학과 마찬가지로 과학 소설에는 그것이 쓰인 시대와 장소가 거의 모든 페이지에 나온다. H. G. 웰스와 그의 독자들로부터 현대에 이르기까지 과학 소설은 작가와 독자에게 명쾌함과 놀라움을 제공한다.

현실 세계를 그린 소설들의 경우, 독자가 현실에 대해 더 많이 알고 있을수록 놀라움은 줄어든다. 반면 과학 소설은 현실적인 이야기 속에서 예상치 못한 변화를 만들어 내면서 독자들에게 놀라움을 제공한다.

자연스럽게, 다른 모든 문학 작품들처럼 과학 소설에서도 반복성이 주류를 이루게 되었다. 바로 전 해에 나왔던 놀라운 내용들이 그 다음 해에도 전통이라는 이름으로 되풀이되었다. 마치 대부분의 판타지 소설 속에서 톨킨의 목소리가 울리는 것과 마찬가지이다. 과학 소설들 중 웰스나 버렌에 의해 언급되지 않았던 소재를 찾기란 어려운 일이다.

하지만 아직도 최고의 작가들은 과학 소설을 통해 우리가 살고 있는 세상을 조명할 수 있는 방법을 찾고 있다.

그런데 왜 과학 소설은 주로 젊은 층에게 읽히는 것일까? 왜 대다수의 독자들이 젊은 시절, 즉 중학교, 고등학교와 대학교에 다닐 때까지 아주 집중적으로, 혹은 거의 배타적으로 과학 소설만 읽다가, 이내 손도 대지 않게 되는 것일까? 왜 청소년기와 사회 초년생일 때에는 그토록 소중했던 것을 조금 지나면 무시해 버리는 것일까?

물론, 혹자는 이렇게 말할 수 있을 것이다. 한때 시에 매료되었던 일정 나이의 독자층이, 어른이 되고 나면 젊은 시절 빠져 들었던 문학의 가치에 다가서지 못하고 그 때 느꼈던 감동에 젖어 들지 못하는 것과 같다고 말이다.

　그것은 젊은이들의 세계가 바로 로맨스의 세계이기 때문이다. 여기서 말하는 로맨스란 통상적으로 일컬어지는 소년소녀의 로맨스가 아니라 고전적인 의미의 로맨스를 뜻한다. 즉 강렬하고 열정적인 이야기이며, 그 속에 담긴 모든 것이 커다란 의미를 가진다. 영웅은 그저 용감한 게 아니라 가장 용감한 사람이다. 그는 스스로를 구할 뿐 아니라 이 세상을 구한다. 시인은 단지 언어를 가지고 일하는 사람이 아니라 천재의 눈으로 세상을 보고 우리의 현재를 이해하도록 도와준다. 로맨틱한 작가가 쓴 모든 글은 현실보다 더 강하다. 더 깊고 진실하며 농도가 짙고 더 잔인하다.

　사실 세상에는 보통 사람들보다 더 위대한 삶을 사는 사람들이 있다. 윈스턴 처칠은 제2차 세계대전이 일어나기 전에 히틀러가 세상을 모두 정복할 것이며, 자신이 열등하다고 믿는 민족들을 몰살시키기 전까지 멈추지 않을 것이라고 끊임없이 경고했다.

　하지만 그런 사람들은 드물다. 그리고 그들도 결코 완벽하지 않다. 처칠은 알콜 중독 경향이 있었고 자신을 보좌하는 사람들을 무뚝뚝하게 대했다. 하지만 그들 중 그것 때문에 일을 그만둔 사람은 극히 적다. 사람들은 처칠의 성격을 참아 내면서 그를 돕는다면, 자신들이 세상을 좀 더 나은 곳으로 바꾸는 데 큰 역할을 할 수 있으리라는 사실을 잘 알고 있었다.

　또한 인간은 위대함을 갈망한다. 심지어 자신들이 위대한 인물로 태어나지 못했다고 해도 위대한 대의의 일부분이 되기를 바란다.

　그것이 바로 각 국가들이 나이 든 사람이 아닌 젊은이들을 전쟁터로 내보내는 이유이다. 젊은 사람들은 스스로 믿는 대의를 위해 죽이거나 죽을 수 있다. 자신의 생명을 스스로보다 더 커다란 무엇인가를 위해 내던질 수 있다.

젊음은 시의 세대이다. 그리고 시의 위대함을 보여 주는 우리 시대의 문학은 젊은이들을 과학 소설과 판타지에 흠뻑 빠져 들게 했다.

청소년기는 가족이나 학교에 의해 부여된 역할을 벗어던지고 어른이 되면 무엇을 할 것인지에 대해 탐색하는 시기이다. 더 이상 당신은 부모의 발자취를 그대로 따라간다든가 부모의 일을 하려고 들지 않는다. 당신은 무엇이든 될 수 있고 어떤 형태의 삶이든 만들어 낼 수 있으며 천 가지 다른 길이 당신 앞에 놓여 있다.

과학 소설은 젊은 독자들에게 희망하는 만큼의 많은 역할과 세상을 보여 준다. 작가의 관점이 어두우면 소설 속 세계는 현실보다 더 우울해진다. 태양은 결코 빛나지 않으며 사람들은 권력에 굶주린 위선자가 되고, 오직 한 사람의 영웅만이 냉소주의 한가운데에서 고귀함을 발휘하게 된다. 작가의 시선이 낙관적이면 그 영웅은 숭고한 모험심을 앞장서서 발휘하며 위대한 목적을 성취하기 위해 스스로를 희생한다.

대부분 다른 장르의 문학에서는 영웅주의가 발을 디딜 공간이 그리 많지 않다. 그러나 현실에는 영웅주의를 갈망하는 사람들이 있다. 우리는 정말로 중요한 것이 무엇인지를 알아야 할 필요가 있다. 서양 사회에서는 위대함에 굶주리는 시기의 청소년들을 학교라는 울타리 속에 가두어 두는 반면, 과학 소설은 아무런 의미도 찾기 힘든 현실을 탈피하여 모험을 하도록 도와준다.

그런 이유로 인해 젊은 독자들이 나이 든 층보다 더 과학 소설에 매료되는 것이다. 과학 소설은 현실 세계보다 더 매혹적이며 더 명쾌하다. 과학 소설은 그들에게 현실 세계에서는 찾기 어려운 영웅들을 보여 줌으로써 위대함이 어떤 것인지를 알려준다.

　하지만 과학 소설을 받아들였던 젊은 독자들이 어른이 된다고 해서 이 책을 더 이상 읽지 않고 '벗어던져야' 하는 것은 아니다. 사실, 과학 소설을 더 이상 읽지 않은 사람들은 그 책을 읽지 않을 만큼 자란 것이 아니라 현실 속으로 움츠러드는 것이라고 말할 수 있을 것이다. 사람들은 그들의 삶에서 자신의 역할을 선택하고 직업과 가정 속에 안주할 뿐 더 이상 무한한 가능성과 위대한 꿈을 원하지 않는다. 그들은 안전하고 예견 가능한 세상을 원하며, 그것은 지극히 당연하다.

　하지만 일부 사람들은 예측하기 힘든 실험, 이색적인 것, 세상을 바꿀 수 있는 혜안과 덕을 갖춘 영웅을 갈망한다.

　또한 일부 과학 소설 작가들은 작품 속에서 젊은이들의 갈망을 채워 주는 것 이상의 일을 해낸다. 그들은 '뻔한 세상'에서 자기만족에 빠진 독자들을 일깨우는 데 최선을 다한다. 대부분의 어른들은 안전하고 예견 가능한 세상에서 살고 싶어 하지만 최고의 과학 소설들마저도 현실이 그렇지 못하다는 사실을 끊임없이 일깨워 준다. 진실로, 과학 소설을 읽는 행위 자체를 통해서 독자들은 그들이 살아가는 보통의 세상이 아닌 또 다른 세상을 받아들이는 실제적인 경험을 할 수 있는 것이다. 즉 과학 소설은 우리에게 예상치 못한 변화를 받아들이는 연습을 하도록 해 준다.

　화성인들은 결코 지구를 공격하지 않을지도 모른다. 그러나 독자들은 『우주 전쟁』을 읽으면서 현실 세계에서 일어나는 것들을 경험하게 된다. 평화 속에서 사는 사람들은 예상치 못한 적의 침공에 대처할 수 없다. 그러나 아마도 『우주 전쟁』을 읽은 사람들은 그런 가능성을 예견할 수 있고 그런 시기가 도래했을 때 덜 당황하게 될 것이다. 그것이 제2차 세계대전 때 런던에 폭탄을 투하한 독일 비행기의 형태로 오든, 혹은 21세기 미국의 빌딩에 비행기를 충돌시킨 테러리스트의 형태로 오든 상관없이 말이다.

과학 소설은 또한 미래를 투영한다. 미래를 예견하기보다는 정신적, 감정적, 그리고 사회적 기술로 낯선 변화를 다룰 수 있도록 우리를 준비시킨다. 또한 숭고한 행동이 어떤 것인지 알려주고 우리가 그것을 받아들이고 실제로 행동할 수 있도록 용기를 불어넣음으로써 위대한 미래를 받아들일 준비를 할 수 있게 해 준다. 언제 그런 능력이 필요하게 될지는 아무도 모른다.

그리고 문학의 한 장르로 자리 잡은 과학 소설은 그것이 제공하는 모든 것과 함께 여러분이 지금 손에 쥐고 있는 책을 쓴 작가들과 함께 시작된 것이다.

올슨 스콧 카드(Orson Scott Card)

미국 워싱턴 출생. 현대 SF 소설을 이끌어가는 거장 중 한 명이다. 1986년 『엔더의 게임』으로, 1987년에는 『사자의 대변인』으로 휴고상과 네뷸러상을 수상하였다. 그의 대표작 『엔더의 게임』은 출간된 지 20년이 다 된 현재까지도 여전히 SF의 베스트셀러로 독자들의 인기를 얻고 있다.

제1부

전쟁 전야

19세기 말엽 그 누구도, 똑같이 탄생과 죽음을 경험하면서도 인류보다 훨씬 높은 지능을 가진 강력한 존재가 자신들을 세밀하게 관찰하고 있다는 사실을 알아채지 못했다. 사람들은 일상생활 속에서 일어나는 다양한 관심거리에 정신을 쏟기에 바쁜 나머지, 마치 현미경을 통해 물 한 방울 속에서 번식하는 수많은 투명한 생명체들을 관찰하는 것처럼 누군가가 자신들을 자세히 살펴보며 연구하고 있다는 사실을 깨닫지 못했다. 사람들은 자기 만족에 빠져, 사소한 일상사를 해결하기 위해 지구 위를 누비면서, 스스로 건설한 제국이 어떤 문제든 해결할 수 있다고 확신했다. 현미경 아래 놓인 원생동물처럼 말이다. 그 당시 사람들은 우주 어딘가에 지구보다 더 오래 전에 생성된 다른 세계가 있어 인간을 위험에 빠뜨린다거나, 혹은 그 곳에 생명체가 존재할 가능성이 있으리라고는 상상조차 하지 않았다. 과거의 사람들이 가졌던 관념들을 되새겨 보는 것은 호기심을 자극하는 작업이다. 그리고 그 중 우리 인간들에게 가장 매혹적으로 다가온 것은 화성에 또 다른 생명체가 있을지도 모르며, 자신들보다 하등하고 진취적인 모험심이 가득한 인간들을 환영할 준비가 어쩌면 이미 되어 있는지도 모른다는 생각이었다. 하지만 우리처럼 영혼을 지녔으되 야수처럼 궁핍하고, 지능은 높되 냉혹하며, 동정심이라곤 조금도 없는 그들은, 우주 공간 저 너머에서 질투 어린 시선으로 지구를 노려보고 있었다. 그들은 천천히, 아주 천천히 우리를 향한 계획을 진행시켰다. 그리고 20세기 초, 우리의 미몽을 깨우는 엄청난 사건이 일어났다.

새삼 깨우쳐 줄 필요는 없겠지만, 화성은 태양에서 2억 2500만 킬로미터 떨어진 곳에서 공전하며 지구가 태양으로부터 받는 열과 빛의 거의 절반가량밖에 받지 못하는 행성이다. 만약 성운설(칸트와 라플라스가 주창한, 태양계의 기원에 관한 가설로 원시 성운이 냉각, 수축, 회전 등의 작용을 거쳐 태양이나 여러 행성이 되었다고 한다——옮긴이)이 어느 정도 사실이라면, 화성은 분명히 지구보다 오래 전에 생성된 행성이다. 즉, 화성은 지구가 형성되기 훨씬 전에 생겨났고 그 곳에서 생겨난 생명의 싹은 자신에게 주어진 길을 가기 시작했다. 지구의 7분의 1밖에 되지 않는 부피로 인해 행성 표면의 온도는 빠르게 내려가 생명이 시작되기에 적당한 정도가 되었음에 틀림없다. 게다가 화성에는 공기와 물을 비롯하여 움직이는 생명체에게 꼭 필요한 모든 조건이 갖추어져 있다.

하지만 인간은 자만과 허영에 들떠 앞을 제대로 내다보지 못했다. 19세기 말까지 어떤 사람도, 뛰어난 지능을 가진 생명체가 이 머나먼 행성에서 진화하고 있다거나, 지구상에 사는 인류의 지적 수준을 뛰어넘을 수 있다는 주장을 한 적이 없었다. 또한 지구 표면적의 4분의 1밖에 되지 않으며 태양으로부터 더 멀리 떨어져 있는 화성이 지구보다 더 오래 전에 생성되었을 뿐 아니라 더 일찍 종말을 맞이할 것이라는 사실도 알지 못했다.

이웃 행성인 화성은 언젠가 이 지구 역시 집어삼키게 될 영구 빙하기를 이미 맞이했다. 물리적 조건에 대해서는 아직 모르는 부분이 많지만, 우리는 지금 그곳 적도 지역의 낮 기온이 지구의 제일 추운 지방의 겨울 온도에도 못 미친다는 사실을 알고 있다. 공기는 지구보다 훨씬 부족하고 바다는 표면적의 3분의 1 정도로 줄어들었다. 느린 속도로 진행되는 계절의 변화는 거대한 설봉들에 영향을 주었고, 양 극지방의 얼음이 녹아 비교적 온화한 기후 지역에는 주기적으로 물이 범람했다. 그리고 화성인들은 우리에겐 아직 아득한 먼 미래의 일인 행성 소멸이라는 문제를 당장 해결해야 했다. 발등에 떨어진 생존의 문제를 해결하기 위해 노력하는 과정에서 그들의 지능은 더욱 발달했고 힘은 커졌으며 냉혹하고 차가운 이성으로 무장했다. 그들은 우리가 상상하기 힘들 만큼의 고도의 기술로 만든 기구들과 뛰어난 지능을 이용해 우주를 탐색했고, 그들 행성에서 태양 방향으로 불과 5600만 킬로미터 떨어진 곳에 있는 희망의 별, 바로 우리가 살고 있는 온화한 기후의 행성을 찾아냈다. 거기에는 푸른 들판, 강과 바다, 땅의 비옥함을 대변해 주는 구름이 떠다니는 대기층, 그 떠다니는 구름 사이로 넓게 펼쳐진 대지와 그 곳에 사는 많은 사람들, 그리고 해군이 누비는 바다가 있었다.

그들의 눈에는 지구에 거주하는 인간들이 분명 원숭이나 다름없는 하등한 외계인으로 보였을 것이다. 인간들 중에서 지혜로운 이들은 삶이란 생존을 위한 끊임없는 투쟁이라는 사실을 인정했는데, 화성인들 역시 그렇게 믿고 있는 것 같았다. 그들의 세계는 오래 전에 빙하기를 맞이한 반면, 이 세계는 아직 생명으로, 그것도 그들과 비교해 볼 때 하등한 생명체로 가득 차 있다. 이제 그들은 자신들에게 천천히 다가오는 파멸을 피하기 위한 탈출구로서 태양과 좀 더 가까운 곳으로 가기 위한 투쟁을 택한 것이다.

하지만 화성인들을 잔악한 종족이라고 판단 내리기 전에, 우리는 사라진 아메리카 들소나 도도새(거위만한 크기의 날지 못하는 새로 17세기에 절멸함——옮긴이)와 같은 동물뿐 아니라 같은 인간이지만 지능이 낮은 종족에게 우리가 가했던 잔악하고 무자비한 폭력을 기억해야 한다. 태즈메이니아 사람들은 보통 사람들과 비슷하게 생겼음에도 불구하고 유럽 이민자들에 의해 50년 만에 절멸되었다. 만약 화성인들이 똑같은 생각으로 전쟁을 벌인다면, 우리가 그에 대해 불평을 늘어놓으며 자비의 전도사라도 되는 양 행동할 수 있을까?

화성인들은 멸망까지 남은 시간을 정밀하게 계산했고, 우리보다 훨씬 앞선 수학과 과학 기술을 이용하여 철저히 준비했다. 만약 우리에게 좀 더 발달된 도구들이 있었더라면, 19세기 이전부터 불행이 조금씩 싹트고 있었다는 사실을 이미 알아차렸을 것이다. 스키아파렐리(Schiaparelli)는 붉은 혹성을 관찰했지만 (기묘한 일이 있다면 아주 오랫동안 화성은 전쟁을 상징하는 별이었다는 사실인데) 변동의 기운을 알아채지 못했다. 그리고 화성인들은 그 기간 내내 무언가를 준비했음이 틀림없다.

1894년 충(외행성 등이 지구에서 볼 때 태양과 정반대의 위치에 오는 경우——옮긴이)의 시기에 화성 표면에서 엄청난 섬광이 방출된 것이 관측되었다. 처음에는 릭 관측소(1882년 설립된 미국 캘리포니아 해밀턴 산에 위치한 천문대——옮긴이)에서, 그리고 시간이 지난 후에는 니스의 페로틴 및 다른 천문대에서도 볼 수 있었다. 영국인 독자들은 8월 2일자 《네이처(Nature)》를 통해 처음으로 그 사실을 알게 되었다. 아마도 그 섬광은 거대한 포를 쏠 때 나온 것이며 발포 시 커다란 갱이 파였던 것 같다. 그 기묘한 자국들은 그 후에 맞이한 두 번의 충의 시기에도 관측되었으나 그게 무엇인지는 설명할 수 없었다.

우리에게 가혹한 폭풍이 밀어닥친 것은 지금부터 6년 전이었다. 화성이 충의 위치로 접근했을 때 자바 섬에 있던 라벨르는 화성에서 엄청난 백열의 섬광이 뿜어져 나온다는 놀라운 사실을 관측했고, 흥분에 들뜬 채 전보로 그 소식을 각 천문대에 알렸다. 그것은 12일 자정 무렵에 일어난 일이었다. 그가 즉시 가동한 분광기(빛의 스펙트럼을 관측하는 장치──옮긴이)에는 불길에 휩싸인 거대한 가스 덩어리가 포착되었는데, 주 성분은 수소이며 지구를 향해 빠르게 이동하는 중이었다. 그 불덩어리는 12시 15분경에 사라졌다. 라벨르는 화성에서 순식간에 무서운 속도로 분출된 거대한 불덩어리를 대포에서 발사된 화염 가스에 비유했다.

그것은 아주 적절한 표현이었음이 증명되었다. 하지만 《데일리 텔레그래프(Daily Telegraph)》에 간단한 기사가 실린 것을 제외하면 다음 날 그 내용은 어느 신문에서도 다뤄지지 않았고, 인류는 그 어느 때보다도 가장 크고 강력한 위험을 무시해 버렸다. 만약 유명한 천문학자인 오길비 박사를 오터쇼에서 만나지 않았다면 나 역시 그 폭발에 대해 다시 듣지 못했을 것이다. 그 사건에 잔뜩 흥분해 있던 그는 나를 초대해 밤새 그 붉은 혹성을 자세히 관찰했다.

수많은 일들이 일어났음에도 불구하고 나는 그날 밤의 철야 작업을 생생하게 기억하고 있다. 어둠에 둘러싸인 고요한 천문대, 구석진 바닥 위로 희미한 빛을 던지던 갓 씌운 램프, 천체 망원경에 달린 시계의 초침 소리…… 천장에 나 있는 장방형의 작은 구멍으로 깊고 검은 심연과 그 위에 뿌려진 작은 별들이 보였다. 오길비 박사의 움직임은 보이지 않았으나 그의 기척은 들을 수 있었다. 나는 천체 망원경 렌즈를 통해 동그란 모양의 검푸른 우주와 그 속에서 유영하는 작고 둥근 혹성을 보았다. 아주 조그맣게 느껴졌다. 움직임이 없는 밝고 작은 물체, 완벽한 동그라미가 약간 눌린 형태로, 가로줄 무늬가 희미하게 보였다. 따스한 은빛을 발산하는 이 작은 혹성은 마치 야광 핀의 둥근 머리 부분처럼 보였다! 바르르 떠는 것 같았으나 실상은 천문 망원대에 달린 시계의 초침 때문에 생긴 진동이었다.

내가 관찰하고 있는 동안 그 혹성은 점점 커지고 작아지는 듯, 앞으로 다가왔다가 뒤로 물러서는 것 같았으나 그것 역시 피로로 인한 착시 현상일 뿐이었다. 우리에게서 6400만 킬로미터나 떨어진 곳, 그리고 그보다 더 먼 공허. 우주 공간을 헤엄쳐 가는 작은 물체가 느끼는 엄청난 공허감을 상상할 수 있는 사람은 거의 없을 것이다.

나는 그 근처에서 희미한 빛 세 개를 보았던 것을 기억한다. 망원경을 통해 저 멀리 작은 별 세 개가 보였고 그 주변으로 깊이를 헤아릴 수 없는 짙고 검은 우주 공간이 펼쳐졌다. 별빛이 환히 빛나는 추운 밤하늘이 얼마나 검고 깊은지, 아마 독자들은 알고 있을 것이다. 천체 망원경으로 본 밤하늘은 그 깊이를 측정할 수 없었다. 그리고 너무 멀고 작아서 눈에 보이지는 않았지만, 무언가가 우리를 향해 놀라울 정도의 먼 거리를 일정한 속도로 빠르게, 1분에 수천 킬로미터의 속도로 날아오고 있었다. 그들이 우리를 향해 보낸 것, 지구에 그토록 엄청난 몸부림과 재난과 죽음을 가져오는 것……. 관측할 당시에 나는 그러한 상황에 대해 꿈조차 꾸지 못했다. 아니, 지구상의 그 누구도 목표

지점을 향해 그토록 정확하게 날아드는 외계의 미사일에 대해 상상하지 못했을 것이다.

그날 밤도 멀리 떨어진 그 혹성에서 또 다른 가스 덩어리가 뿜어져 나왔다. 나는 그것을 목격했다. 가장자리가 붉은 화염에 휩싸인 덩어리였다. 크로노미터(정밀시계——옮긴이)가 정확히 12시를 가리키는 순간 뭔가가 발사되는 것을 보았다. 오길비에게 말하자 그는 나와 자리를 바꾸어 앉았다. 그날 밤은 약간 더웠고 나는 갈증을 느꼈다. 어두운 실내에서 내가 조심스레 발을 내밀어 바닥을 더듬으며 탄산수가 담긴 병이 놓인 테이블로 다가가는 동안, 오길비는 우리를 향해 날아오는 가스 덩어리를 보며 소리를 질렀다.

그날 밤 눈에 보이지 않는 또 다른 물체가 화성으로부터 지구를 향한 여행을 시작했다. 첫 번째가 발사된 직후, 혹은 24시간 이내에 일어난 일이었다. 나는 어둠 속에 앉은 채, 눈앞에서 유영하는 녹색과 진홍색으로 어우러진 덩어리들을 관찰했던 것을 생생히 기억한다. 나는 담배를 피우기 위해 라이터가 있으면 좋겠다고 생각했을 뿐, 짧은 순간 보았던 섬광이나 그것이 가져올 결과에 대해 그리 깊게 생각하지 않았다. 오길비는 새벽 1시까지 그것을 관찰하다가 포기했고, 우리는 손전등을 켜 들고 그의 집으로 향했다. 오터쇼와 처트시는 어둠에 싸여 있었고, 그 곳에 거주하는 수백 명의 사람들은 평화로이 잠들어 있었다.

오길비는 그날 밤 관측한 화성의 상태에 대해 몹시 궁금해하긴 했으나 그 행성에서 우리에게 무슨 신호를 보내는 것은 아닐까라는 유치한

전쟁 전야 **27**

상상에는 그럴 리 없다며 콧방귀를 뀌었다. 그 혹성에 운석들이 충돌했거나 거대한 화산 폭발이 일어났으리라는 것이 오길비의 추측이었다. 그는 인접한 두 개의 혹성에서 유기체 진화가 같은 방향으로 일어날 가능성이 없다는 점을 지적했다.

"화성에 인간과 같은 생물체가 존재할 확률은 100만분의 1이라네."

그가 말했다.

수백 명의 학자들이 그날 밤 그 불덩어리를 관측했고, 그 다음 날 자정에도, 그 다음 날에도 그랬다. 열흘에 걸쳐서 매일 밤 불덩어리가 관측되었다. 하지만 왜 열흘 뒤에 그 현상이 사라졌는지에 대해 설명을 시도하는 사람은 아무도 없었다. 어쩌면 화성에 엄청난 재앙이 닥쳤을지도 모른다. 지구의 성능 좋은 천체 망원경으로 관측했을 때, 연기 혹은 먼지로 이루어진 밀도 높은 구름들은 불안정한 작은 회색 조각처럼 보이는 데다 화성 대기권에 퍼져 있어서, 그나마 볼 수 있었던 혹성의 모습을 아예 가려 버렸다.

마침내 일간 신문들도 이 소동에 대한 기사를 싣기 시작했다. 여기저기에서 화성에서 일어난 화산 폭발에 관한 기사들이 쏟아지고, 풍자 잡지인 《펀치(*Punch*)》는 정치 풍자 만화에 이를 이용하기도 했다. 하지만 그 누구도 화성인들이 우리를 향해 쏘아 올린 재앙의 우주선이 초당 수 킬로미터의 속도로 텅 빈 우주 공간을 날아오고 있다는 것, 한 시간이 지나고 하루가 지날수록 우리에게 점점 더 가까이 다가오고 있다는 생각을 하지 못했다. 파멸의 그림자가 빠른 속도로 머리 위에 드리워지고 있음에도, 우리 인간들은 일상 생활에서 발생하는 사소한 걱정거리에 골몰할 수 있었다는 사실이 그저 놀라울 따름이다. 나는 그 당시 자신이 편집하던 삽화 잡지에 넣을 새로운 화성 사진을 확보하고 즐거워하던 마크햄을 기억한다. 요즘 사람들은 19세기에 진취적인 성향의 신문들이 아주 많았다는 사실을 잘 모를 것이다. 그 당시 나는 새로 배운 자전거에 푹 빠져 있었고, 문명이 진보하는 것처럼 도덕적 이상도 발전할 가능성이 있는지에 관해 논쟁하는 신문들을 읽는 데 온통 정신이 팔려 있었다.

어느 날 밤 (첫 번째 미사일이 1600만 킬로미터 떨어진 곳까지 왔을 당시) 나는 아내와 함께 산책을 하러 바깥에 나갔다. 하늘에는 별들이 무수히 떠 있었다. 나는 아내에게 12궁에 대해 설명하고 화성을 가리켰다. 수많은 천체 망원경의 표적이 되어 있는 그 혹성은 천정(지평 좌표계에서 천구의 중심에 있는 관측자로부터 연직선을 그어 천구와 만나는 두 점 중에서 위쪽의 교점——옮긴이)을 향해 슬금슬금 다가가는 중이었다. 밝은 점처럼 보이는 작은 별이었다. 그날 밤은 따스했다. 집으로 돌아오는 길에 처트시 혹은 아일워스에서 온 여행객들이 음악을 연주하고 노래를 부르면서 지나가는 것을 보았다. 사람들이 잠자리에 들 무렵 늘어선 집들의 이층 창문에서 불빛이 흘러나왔다. 멀리 있는 철도역에서 차량을 다른 선로로 이동시키는 소리, 기적 소리, 덜거덕거리는 소리는 먼 거리 때문에 한풀 꺾여 마치 음악처럼 부드럽게 들려왔다. 아내는 허공에 걸려 있는 붉은색, 녹색, 그리고 노란색 신호등을 가리켰다. 우리가 살고 있는 세상이 안전하고 푸근하게 느껴졌다.

유성

첫 번째 유성이 떨어졌다. 이른 아침 윈체스터 동쪽 하늘 너머로 한 줄기 밝은 광선이 지나갔다. 수백 명의 사람들이 그것을 봤지만, 그저 흔히 볼 수 있는 유성으로만 여겼다. 앨빈은 유성 뒤쪽으로 녹색 광선이 잠시 번쩍했다고 말했고, 운석에 관한 한 최고의 권위를 자랑하는 데닝은 그것이 145~160킬로미터 떨어진 상공에서 발생한 일이라고 설명했다. 그가 있던 곳에서 동쪽으로 160킬로미터 떨어진 지점에 떨어졌다고 믿는 듯했다.

그 시간에 나는 서재에서 글을 쓰고 있었다. 오터쇼 쪽으로 나 있는 프랑스풍 창문의 블라인드를 올려놓았음에도(그 당시 나는 밤하늘을 즐겨 쳐다보곤 했기 때문이었다.) 아무것도 보지 못했다. 하지만 내가 거기 앉아 있는 동안 지금까지 우주에서 날아온 것들 중 가장 낯선 물체가 지구 표면에 떨어졌다는 것은 분명한 사실이었고, 그저 고개만 들었더라면 나 역시 그 광경을 목격했을 것이다. 몇몇 목격자들은 물체가 쉬익 하는 소리를 내며 떨어졌다고 했으나 나는 아무런 소리도 듣지 못했다. 버크셔, 서리와 미들섹스 근방에 살던 많은 사람들이 하늘에서 떨어지는 물체를 보았고, 대부분은 흔히 볼 수 있는 운석이라고 생각했다. 그 누구도 그날 밤 떨어진 유성을 보러 가려고 하지 않는 것 같았다.

하지만 그날 이른 새벽, 불쌍한 오길비는 유성을 목격했다. 그는 그 유성이 호셀과 오터쇼, 그리고 워킹 사이 들판 어딘가에 떨어졌으리라 짐작했고, 그것을 찾으러 가기 위해 아침 일찍 일어났다. 해가 뜬 직후, 그는 모래 구덩이에서 그리 멀리 떨어지지 않은 곳에서 그 물체를 찾아냈다. 떨어질 때의 충격으로 인해 거대한 구덩이가 생겼고, 모래와 자갈이 사방으로 튕겨 나가 2킬로미터 밖에서도 보일 만큼 커다란 덩어리로 쌓여 있었다. 들판 동쪽 관목에 불이 붙어, 가느다란 푸른색 연기가 동틀 무렵의 하늘을 배경으로 피어올랐다.

물체 자체는 모래 속에 통째로 처박혀 있고, 주변에는 추락할 때의 충격으로 부서진 전나무 가지들이 여기저기 널려 있었다. 드러난 부분은 거대한 원통 모양으로 부드러워 보이는 두터운 암갈색 비늘 모양의 외피에 싸여 있었다. 물체를 향해 다가가던 오길비는 지름이 거의 30미터에 달한다는 사실을 깨닫고 매우 놀랐다. 더욱 놀라운 것은 다른 운석과 달리 그것이 거의 완벽한 원형이라는 사실이었다. 하지만 대기권을 통과할 때 생긴 마찰열로 인해 아직은 너무 뜨거웠으므로 물체에 가까이 다가갈 수 없었다. 오길비는 원통 내부에서 나는 소리가 표면에 닿은 차가운 공기 때문이라고 설명했다. 당시에는 내부가 비어 있을 것이라는 생각을 하지 못했기 때문이었다.

오길비는 물체가 파묻혀 있는 구덩이 가장자리에 서서 이상하게 생긴 그 물체를 물끄러미 바라보았다. 그는 우선 보기 드문 형태와 색깔 때문에 놀랐고, 그 때 이미 그것이 계획된 착륙이라는 것을 나타내는 증거들을 희미하게나마 감지했던 것 같았다. 모든 것이 정지한 듯 고요한 아침이었다. 웨이브리지 쪽을 향하고 있는 소나무들 위로 방금 떠오른 태양의 햇살은 이미 따스했다. 그가 기억하는 바로는, 그날 단 한 마리의 새도 울지 않았고 연한 미풍조차 불지 않았다. 들리는 것은 오직 잿빛 원통 내부에서 들려오는 희미한 소리뿐이었다. 그는 들판에 홀로 서 있었다.

　다음 순간 갑자기, 그는 회색 용재의 일부분이, 그 운석을 덮고 있는 잿빛 외피의 일부이자 끝부분의 둥근 가장자리가 떨어지는 것을 보고 깜짝 놀랐다. 파편은 요란한 소리와 함께 모래 속으로 굴러 떨어졌다. 오길비는 너무 놀라 심장이 목구멍까지 올라오는 기분이었다.

　얼마 후 오길비는 무슨 일이 벌어지고 있는지를 희미하게 깨달았고, 아직 열기가 완전히 가시지 않았음에도 불구하고 구덩이 속으로 기어 내려와 물체를 좀 더 가까이 살펴보기 위해 다가갔다. 그는 몸체의 열기가 식어 가는 중에 조각이 떨어진 것이라고 생각했지만, 재가 오직 원통 끝에서만 떨어졌다는 사실이 왠지 이상했다.

　다음 순간 오길비는 원통형 물체의 둥근 윗부분이 천천히, 아주 천천히 회전하고 있다는 것을 감지했다. 5분 전까지 눈앞에 보이던 검은 표시가 지금 반대편으로 돌아가 있는 것을 보고 나서야 그 사실을 알 수 있을 정도로 움직임은 미묘했다. 그것도 둔탁한 소리와 함께 검은 표시가 2.5센티미터 정도 앞으로 튀어나오는 것을 볼 때까지 그 움직임이 의미하는 바를 거의 깨닫지 못했다. 무엇인가 그의 뇌리를 스쳐 지나갔다. 원통형 물체는 누군가에 의해 인공적으로 제작된 것이며 속은 비어 있고 끝은 돌려서 빼낼 수 있게 되어 있었다. 원통 속에 있는 무엇인가가 끝부분을 돌려서 열고 있는 것이다!

　오길비가 말했다.

　"맙소사! 저 속에 사람이 있어. 사람이 있다고! 거의 죽기 직전으로 통구이가 되어 있을 거야! 빠져나오려는 거라고!"

　원통형 물체가 화성에서 일어난 섬광과 관계 있다는 생각이 퍼뜩 들었다.

　생명체가 그 속에 갇혀 있다는 생각을 하자 갑자기 두려움이 몰려왔다. 오길비는 열기도 잊고 뚜껑 여는 것을 도와주기 위해 앞으로 다가갔다. 하지만 다행히도 금속 위에 손을 대기 전에 확 다가오는 뜨거운 열기를 느낄 수 있었다. 그는 잠시 망설이다가 돌아서서 허둥지둥 구덩이를 빠져 나와 워킹 쪽으로 달리기 시작했다. 그 때가 6시 무렵이었을 것이다. 한 마부와 마주친 오길비

는 그에게 상황을 설명하려고 노력했다. 하지만 거의 횡설수설인 데다 옷매무새도 엉망이었으니, 그의 말이 먹힐 리 만무했다. 마부는 그냥 가 버렸고, 호셀 다리 옆 선술집 문을 막 열고 있는 심부름꾼에게도 시도했으나 역시 실패했다. 미치광이라고 생각했는지 오히려 그를 선술집으로 들어오지도 못하게 하는 것이었다. 오길비는 정신을 조금 가다듬은 다음, 런던의 저널리스트인 헨더슨이 정원에 있는 것을 보고 울타리 너머로 그를 불렀다. 그리고 이번에는 사건에 대해 어느 정도 논리정연하게 설명할 수 있었다.

"헨더슨, 지난 밤 유성이 떨어지는 것을 보았나?"

"뭐?"

헨더슨이 물었다.

"그게 지금 호셀 들판에 떨어져 있다네."

헨더슨이 말했다.

"맙소사! 운석이 떨어지다니! 멋지군 그래."

"그런데 그건 운석보다 더 대단한 물건이라네. 원통 모양의 물체라고. 누군가가 만든 것이라네, 이 사람아! 그리고 그 안에 뭔가가 들어 있어."

헨더슨은 손에 삽을 든 채 일어섰다.

"뭐라고?"

그가 되물었다. 사실 그는 한쪽 귀가 들리지 않았다.

오길비는 자신이 목격한 것을 그대로 말해 주었다. 헨더슨은 얼마가 지나서야 겨우 알아듣더니, 이내 삽을 내동댕이치고 재킷을 낚아채 길가로 달려 나갔다. 두 사람은 들판으로 급히 향했다. 문제의 원통형 물체는 아직 거기에 그대로 있었다. 내부에서 들려오던 소리는 이미 그친 뒤였고 원통 몸체와 뚜껑 사이에 반짝이는 얇고 둥근 금속 조각이 보였다.

가장자리로 공기가 들어가고 나오면서 지글대는 소리가 희미하게 났다.

귀를 기울이면서 비늘 같은 것으로 덮인 그을린 금속 위를 막대기로 톡톡 두들겨 보았으나 아무런 반응이 없었다. 두 사람은 안에 있는 누군가는 틀림없이 인사불성이거나 죽은 것이라고 결론지었다.

물론 두 사람이 할 수 있는 것은 아무것도 없었다. 그들은 안에 있을지도 모를 누군가를 향해 큰 소리로 위로와 약속의 말을 외친 뒤, 도움을 구하기 위해 다시 마을로 돌아갔다. 이제 막 상점 덧문이 올라가고 사람들이 침실 창문을 여는 이른 시각에, 온몸에 모래를 뒤집어쓴 두 남자가 흥분과 혼란에 빠진 채 햇살 가득한 좁은 길을 따라 달려가는 모습을 상상해 보라. 헨더슨은 즉시 철도역으로 들어가서 그 소식을 런던에 전보로 알렸다.

8시경, 소년들과 할 일 없는 사람들이 이미 '죽은 화성인'을 보기 위해 들판으로 모여들기 시작했고, 그렇게 소문이 퍼지기 시작했다. 나는 9시 15분 전쯤 《데일리 크로니클(*Daily Chronicle*)》을 가지러 나갔다가 신문 돌리던 소년에게서 처음 그 소식을 들었다. 깜짝 놀란 나는 그대로 달려 나가 오터쇼 다리를 건너 들판으로 향했다.

호셀 들판에서

　원통형 물체가 박혀 있는 거대한 구덩이 주변에 스무 명 정도의 사람들이 모여 있었다. 땅 속에 박혀 있는 물체의 거대한 크기에 대해서는 이미 설명했을 것이다. 마치 급작스런 폭발이 일어난 것처럼 근처의 잔디나 자갈들이 그을린 것으로 보아, 충격으로 인해 불이 났던 것이 분명했다. 헨더슨과 오길비는 그 곳에 없었다. 아마 당장 할 수 있는 일이 아무것도 없다는 것을 깨닫고 헨더슨의 집으로 아침을 먹으러 갔을 것이다.
　네댓 명의 소년들이 구덩이 가장자리에 걸터앉아 다리를 흔들면서 거대한 물체를 향해 돌을 던지고 있었다. 내가 말리자 아이들은 구경꾼들 사이에서 술래잡기를 하기 시작했다.
　그 곳에는 자전거를 타고 온 두어 사람, 내가 가끔씩 일을 시킨 적이 있는 임시직 정원사, 아기를 안은 소녀, 푸줏간 주인 그레그와 그의 아들, 건달 두세 명과 철도역 주변을 어슬렁거리곤 하는 골프 캐디 등 다양한 사람들이 있었다. 사람들은 거의 서로 이야기를 나누지 않았다. 잉글랜드 목초지에 사는 사람들 중 천문학적 지식이 있는 이들이 거의 없는 게 당연했고, 대부분은 아무 말 없이 원통 끝에 달린 테이블처럼 생긴 것을 물끄러미 바라보았다. 그것은 오길비와 헨더슨이 보았던 그대로였다. 아마도 사람들은 그을린 시체들이 잔뜩 쌓여 있는 모습을 상상하고 왔다가, 꼼짝하지 않고 박혀 있는 거대한 물체를 보고 실망했을 것이다. 내가 그 곳에 있는 동안 자리를 뜨는 사람도 있고 또 오는 사람들도 있었다. 나는 구덩이로 기어 내려가면서 발 밑에서 약간의 진동이 느껴진다고 생각했다. 회전하던 원통 끝부분은 이제 움직이지 않았다.

물체에 가까이 다가가서 보니, 그것은 내가 한 번도 보지 못한 이방인의 물건이라는 사실이 명백해졌다. 얼핏 보기에는 뒤집어진 새장이나 길 한복판을 가로막고 쓰러진 나무기둥보다 더 신기할 것은 없었다. 사실, 그 정도도 아니었다. 그것은 마치 불에 그슬린 가스 부구(浮球)처럼 보였다. 아마도 상당한 과학적인 지식을 가진 사람만이, 회색 비늘 같은 것으로 덮인 물체가 보통의 산화물이 아니며, 뚜껑 부분과 원통 사이 틈에서 반짝거리는 금속의 황백색도 지구상에서 흔히 볼 수 있는 색조가 아니라는 사실을 알아차릴 수 있었을 것이다. 하지만 그 곳에 있는 구경꾼 대부분은 '지구 대기권 바깥'이라는 단어의 의미조차 제대로 알지 못했다.

그 당시 나는 그 물체가 화성에서 온 것이 확실하다고 믿었으나, 그 속에 살아있는 생명체가 있을 가능성은 희박하다고 판단했다. 회전하다가 멈춘 것은 그저 자동 장치일 것이라고 생각했다. 오길비의 설명에도 불구하고, 나는 화성에 생명이 존재한다고 믿었다. 물체 속에 해독하기 힘든 문서가 있다거나 동전이나 설계도 같은 것이 발견될 수 있다는 상상도 해 보았지만, 그런 물건들이 들어 있기엔 물체가 좀 컸다. 그것을 열어 보고 싶다는 충동이 불쑥 솟았다. 11시경까지 아무런 일도 일어나지 않았고, 나는 머릿속으로 온갖 상상을 하면서 메이버리에 있는 집으로 돌아왔다. 하지만 온통 신경이 그 곳에 쏠려 있었기 때문에 그 때까지 하고 있던 추상적인 주제의 연구에 몰두할 수 없다는 사실을 깨달았다.

 오후가 되자 들판의 모습이 많이 변했다. 석간 신문 초판은 어마어마한 제목을 찍어 내어 런던 사람들을 깜짝 놀라게 했다.

화성으로부터 온 메시지
—워킹에서 일어난 놀라운 사건

 게다가 천문대 정보교환국(Astronomical Exchange)으로 보낸 오길비의 전보가 세 왕국(잉글랜드, 스코틀랜드, 아일랜드——옮긴이)의 천문대로 각각 전해졌다.

 모래 구덩이 옆 도로에는 워킹 역에서 온 여섯 대가량의 임대마차와 처브햄에서 온 2인승 이륜마차 한 대, 그리고 귀족이 타는 화려한 마차도 한 대 서 있었고, 그 외에 자전거들도 많이 있었다. 게다가 한낮의 열기에도 불구하고 워킹과 처트시에서부터 걸어온 사람들도 많이 있었다. 결국 상당히 많은 사람들이 모이게 되었는데, 화려하게 차려입은 귀부인도 한두 명 볼 수 있었다.

 이글거리는 더위에, 하늘에는 구름 한 점 없고 바람 한 점 불지 않는 날이었다. 드문드문 서 있는 소나무 몇 그루를 제외하면 그늘도 없었다. 관목에 붙은 불은 꺼졌지만, 오터쇼 쪽의 들판에서 자라는 키 작은 풀들은 시야가 닿는 곳까지 모두 그을려 있고 아직 연기가 모락모락 피어올랐다. 처브햄 도로에서 장사를 하던 과자 장수는 아들과 함께 푸른색 사과

와 진저비어(진저에일과 비슷하나 향미가 강함──옮긴이)가 가득 담긴 손수레를 끌고 왔다.

나는 구덩이 가장자리로 가다가 여섯 명의 사람들이 모여 서 있는 것을 발견했다. 헨더슨과 오길비, 그리고 키 큰 금발머리 남자(후에 알게 된 바에 의하면 그의 이름은 스텐트이며 왕립 천문학회 회원이었다.)가 낫과 곡괭이를 휘두르는 일꾼 몇 명과 함께 있었다. 물체의 열기는 많이 식은 뒤였고, 스텐트는 원통형 물체 위에 서서 카랑카랑한 목소리로 지시를 내리고 있었다. 벌겋게 달아오른 얼굴 위로 땀이 비오듯 쏟아졌다. 왠지 초조한 표정이었다.

밑부분은 아직 땅 속에 묻혀 있긴 했지만, 이제 원통형 물체의 대부분이 모습을 드러냈다. 오길비는 구덩이 가장자리에서 구경하고 있는 사람들 사이에서 나를 발견하고 부르더니, 그 곳 영지의 영주인 힐튼 경을 만나러 가 달라고 했다.

오길비는 사람들, 특히 소년들이 점점 많아져서 발굴 작업에 방해가 된다고 말했다. 작업자들은 사람들이 너무 가까이 다가오지 못하도록 가벼운 난간을 설치해 주길 원하고 있었다. 그의 말에 의하면 물체 내부에서 뭔가 움직이는 소리가 이따금씩 희미하게 들려오고 있으며 원통의 뚜껑 부분은 손잡이가 없어서 열 수 없는 상황이었다. 몸체 벽이 아주 두꺼웠기 때문에, 우리가 듣는 작은 소리가 내부에서는 커다란 소리일 가능성도 있었다.

나는 이제 단순 구경꾼에서 뭔가 임무를 수행하는 사람이 되었다는 기분이 들어서 그의 부탁을 흔쾌히 수락했다. 그리고 힐튼 경을 만나지는 못했지만, 그가 런던의 워털루 역에서 6시 기차를 타고 돌아올 것이라는 말을 전해 들었다.

나는 5시 15분쯤 집으로 돌아와 홍차를 마신 뒤 힐튼 경에게 이야기를
전하기 위해 기차역으로 향했다.

문이 열리다

나는 해가 질 무렵 들판으로 돌아왔다. 워킹 쪽에서 사람들이 삼삼오오 짝을 지어 오고 있었고, 일부는 돌아가는 중이었다. 노랗게 물든 하늘을 배경으로, 구덩이 근처에 모여든 사람들의 검은 형체가 더욱 두드러져 보였다. 큰 목소리가 들려오기도 했고 사람들은 구덩이 쪽으로 다가가려고 서로 밀치기도 했다. 이상한 상상들이 머릿속을 스쳐 지나갔다. 내가 가까이 다가갔을 때 스텐트의 목소리가 들렸다.
"뒤로 물러서요! 물러서라구!"
한 소년이 나를 향해 달려왔다.
"저게 움직여요."
아이는 내 옆을 지나가면서 말했다.
"뚜껑이 돌아가고 있어요. 정말 무서워요. 집에 갈래요."
나는 군중들이 모여 선 곳으로 갔다. 이삼백 명 정도의 사람들이 팔꿈치로 서로 밀쳐 대고 있었고, 귀부인들도 몸싸움에서 결코 뒤쳐지지 않앉다.

"저 사람, 구덩이 속으로 떨어진다!"

누군가가 소리쳤다.

"뒤로 물러서라니깐!"

여러 사람이 동시에 소리를 질렀다.

구경꾼들이 수런거리기 시작했고 나는 사람들을 밀치며 앞으로 나아갔다. 모두들 대단히 흥분한 것 같았다. 구덩이 속에서 기분 나쁘게 윙윙거리는 소리가 들려왔다. 오길비가 말했다.

"내가 말했지? 저 바보들을 뒤로 물러서게 해. 저 망할 것 속에 뭐가 들어 있을지 모른다니깐!"

나는 한 젊은이를 보았다. 워킹에서 상점 조수로 일하는 청년으로, 원통형 물체 위에 서 있다가 이제 구덩이 밖으로 빠져나오려고 안간힘을 쓰는 중이었다. 사람들이 밀치는 바람에 빠진 것이었다.

원통 끝부분이 내부에서 돌아가며 열렸고 거의 60센티미터 정도 되는 반짝거리는 볼트 모양의 물체가 튀어나왔다. 누군가가 중심을 잃으면서 미는 바람에, 나는 하마터면 튀어나온 물체 위로 곤두박질칠 뻔했다. 나는 얼른 몸을 돌렸다. 그러는 동안에도 볼트는 계속 돌아갔다. 원통의 뚜껑 부분이 요란한 소리와 함께 자갈 위로 떨어졌고, 나는 팔꿈치로 뒤에 서 있는 사람을 밀면서 다시 물체를 향해 고개를 돌렸다. 석양의 햇살 때문에 한동안 둥근 구멍 속이 시꺼멓게 보였다.

사람들은 모두 거기에 누군가가 나타나리라 기대했을 것이다. 우리네 지구인들과는 약간 다르지만 그래도 인간의 필수 요소는 모두 갖춘 누군가를 말이다. 나 역시 그랬다. 하지만, 보라. 어두운 그림자 속에서 무엇인가 꿈틀대고 있었다. 소용돌이치는 칙칙한 움직임이, 하나 그리고

또 하나, 눈처럼 보이는 번뜩이는 원반 두 개가 보였다. 지팡이 굵기의 작은 회색 뱀을 연상시키게 하는 것이 요동을 치며 나를 향해 꿈틀거리더니, 또 다른 놈이 나타났다.

갑자기 차가운 한기가 엄습하며 온몸에 소름이 쫙 돋았다. 뒤쪽에 있던 한 여자는 외마디 소리를 질렀다. 나는 몸을 반쯤 돌려, 이제 또 다른 촉수가 모습을 드러낸 원통에 시선을 고정시킨 채 구덩이 가장자리에서 뒤로 물러나려고 했다. 주변 사람들의 얼굴에 떠올랐던 놀라움이 공포로 바뀌고 알아듣기 힘든 외침이 사방에서 터져 나왔다. 뒤쪽에 있던 사람들이 조금씩 움직이기 시작했다. 상점 점원은 아직 구덩이 가장자리에서 빠져나오지 못해 발버둥치고 있었다. 정신을 차려 보니 나 혼자 남아 있었다. 구덩이 양쪽에 있던 사람들이 도망치는 모습이 보였고, 그들 중에는 스텐트도 있었다. 다시 원통 물체를 향해 시선을 돌린 나는, 억누르기 힘든 공포에 사로잡혔다. 나는 마비된 채 서서 그것을 물끄러미 바라보았다.

곰처럼 거대한 회색의 둥근 생명체는 원통형 물체에서 나오기 위해 고통스럽다는 듯 천천히 몸을 일으켰다. 빛을 받은 피부는 마치 젖은 가죽처럼 반들거렸다.

크고 검은 두 눈이 나를 빤히 바라보았다. 눈이 자리 잡은 커다란 덩어리가 그 생명체의 머리였고, 모양은 둥글었다. 아마도 얼굴이라 칭할 수 있을 것이다. 눈 아래에 입이 있었고, 입술 없는 입이 바르르 떨면서 숨을 헐떡이고 침을 질질 흘렸다. 동작은 굼뜨고 경련을 일으키는 듯 파르르 떨렸다. 곧은 촉수 모양의 손으로 원통의 가장자리를 꽉 잡았고 또 다른 촉수가 허공에서 흔들렸다.

살아있는 화성인을 한 번도 본 적이 없었으므로 아무도 이런 끔찍하고 이상한 모습은 상상조차 하지 못했을 것이다. 윗입술이 뾰족한 입은 기묘한 브이자 형태인 데다 눈썹 뼈는 아예 없고 쐐기꼴의 아랫입술 아래에 있음직한 턱도 없었다. 촉수들은 고르곤(머리카락이 뱀인, 보는 사람은 돌로 변한다는 세 자매 중 하나——옮긴이) 같았고, 낯선 대기권에서 힘겹게 작동하는 허파는 요란한 숨소리를 뿜어냈다. 둔하고 고통스러운 움직임은 아마도 지구의 엄청난 중력 때문일 것이다. 게다가 커다란 눈동자에서 나오는 특유의 강렬한 눈빛까지 합쳐져, 생생함, 강렬함, 냉혹함과 함께 괴물 같다는 인상을 불러일으켰다. 미끈거리는 밤색 피부에는 균사가 증식했고 천천히 꿈틀거리는 동작은 형언하기 힘든 불쾌감을 안겨 주었다. 두려움과 공포가 나를 압도했다.

갑자기 그 괴물의 모습이 사라졌다. 그것은 원통 가장자리에서 나오다가 커다란 가죽 덩어리가 떨어지는 것처럼 쿵 하는 소리와 함께 구덩

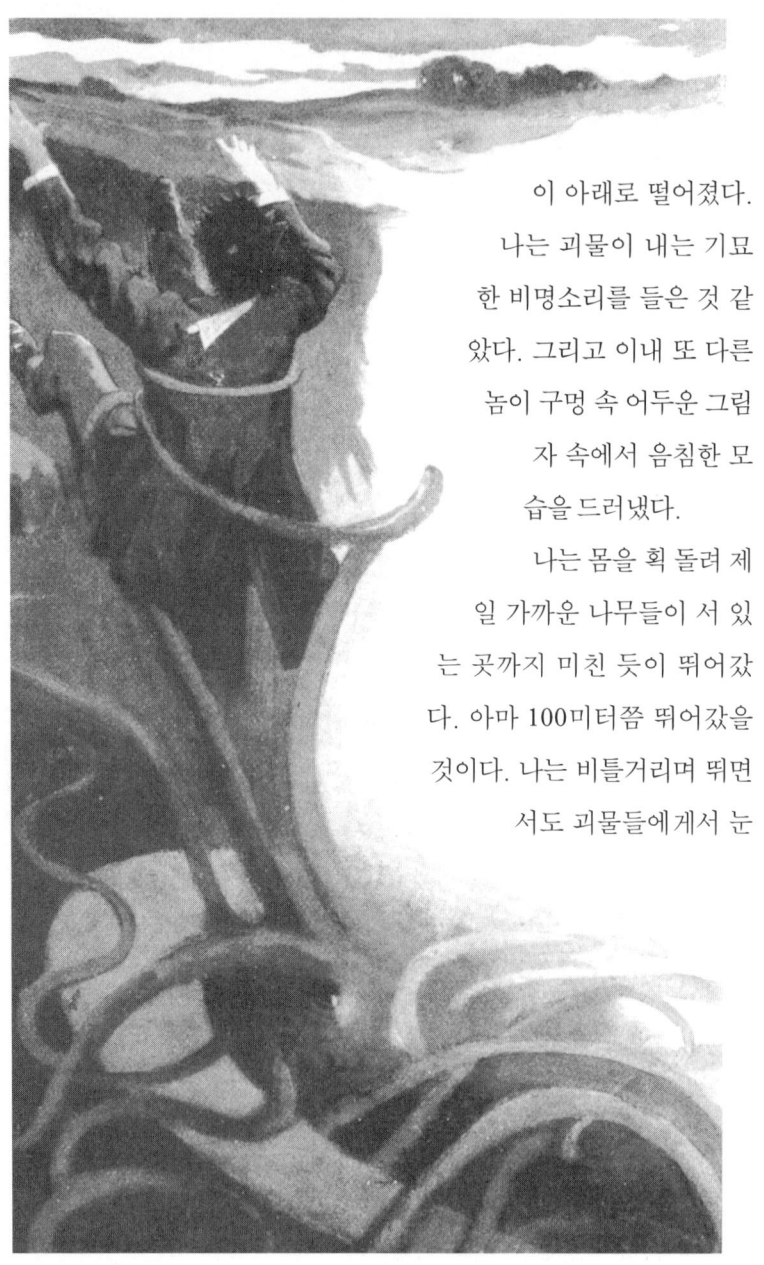

이 아래로 떨어졌다. 나는 괴물이 내는 기묘한 비명소리를 들은 것 같았다. 그리고 이내 또 다른 놈이 구멍 속 어두운 그림자 속에서 음침한 모습을 드러냈다.

나는 몸을 획 돌려 제일 가까운 나무들이 서 있는 곳까지 미친 듯이 뛰어갔다. 아마 100미터쯤 뛰어갔을 것이다. 나는 비틀거리며 뛰면서도 괴물들에게서 눈을 뗄 수가 없었다.

나는 어린 소나무와 가시금작화 덤불에서 멈춰 숨을 몰아쉬면서 다음에 벌어질 일들을 기다렸다. 모래 구덩이 주변의 들판에는 나처럼 두려움에 사로잡힌 사람들이 여기저기 서서 그 생물체들을, 혹은 모래 구덩이 가장자리에 쌓인 자갈 더미를 빤히 쳐다보았다. 다음 순간 나는 구덩이 가장자리에서 불쑥 올라갔다 내려가기를 반복하는 검고 둥근 무엇인가를 보았다. 또다시 두려움이 엄습해 왔다. 그것은 구덩이 속으로 미끄러진 점원의 머리였는데, 노을 진 서쪽 하늘을 배경으로 검은색의 작은 물체처럼 보였다. 그의 어깨가 보이는가 싶더니, 애써 다리를 올리는 듯하다가 또 미끄러졌는지 머리 부분만 보였다. 그리고 갑자기 그의 모습이 사라졌고, 그가 내지르는 비명소리가 들리는 듯했다. 순간 나는 돌아가서 그를 도와주고 싶다는 충동을 느꼈으나 공포가 내 발길을 가로막았다.

그 다음에 일어난 일들은 거의 볼 수 없었다. 깊은 구덩이와 원통형 물체가 추락하면서 만들어 놓은 모래 더미들이 시야를 가로막았다. 초브햄과 워킹에서 오던 사람들은 그 광경을 보고 놀랐을 것이다. 조금씩 빠져나가 이제 100명가량 되는 사람들이 덤불이나 문, 울타리 뒤에 옹기종기 모여 서서 소리를 지르거나 모래 더미를 빤히 바라보거나 했다. 타오르는 하늘을 배경으로 진저비어를 실은 손수레가 버림받은 채 검게 서 있었고, 내버려진 마차를 끌던 말들은 꼴 주머니에 담긴 먹이를 먹거나 땅을 발로 긁어 대고 있었다.

열광선

나는 그들의 혹성에서 지구까지 타고 온 원통 우주선에서 모습을 드러낸 화성인들을 흘깃 본 다음부터 마치 무엇인가에 홀린 듯 꼼짝할 수 없었다. 무릎까지 올라오는 관목들 사이에 서서 그들의 모습을 가리고 있는 흙 더미를 바라보았다. 머릿속에서는 공포와 호기심이 교차했다.

감히 구덩이로 돌아가지는 못했지만 그 안을 엿보고 싶다는 열망이 나를 사로잡았다. 나는 반원 모양의 대열을 이루고 서 있는 사람들 사이를 누비며 관찰하기 좋은 지점을 찾으러 다녔고, 그러면서도 지구를 방문한 낯선 손님들을 가리고 있는 모래 더미들에서 눈을 떼지 않았다. 문어 다리처럼 보이는 얇고 검은 촉수가 석양을 배경으로 번뜩이더니 이내 자취를 감추었고 그 다음에는 가느다란 막대기 같은 것이 올라왔다. 마디가 있고, 끝에는 흔들거리며 돌아가는 둥근 원반이 달려 있었다. 대체 무슨 일이 벌어지고 있는 것일까?

구경꾼들은 두 그룹 정도로 나뉘어 서 있었다. 한 무리는 워킹 쪽에,

또 다른 무리는 초브햄 쪽에 모여 있었다. 분명 그들은 내가 느끼는 것과 똑같은 감정에 사로잡혀 있었다. 내 주변에는 사람이 별로 없었고, 나는 비록 이름은 모르지만 이웃에 사는 것이 분명한 한 남자에게 다가가 말을 걸었다. 하지만 조리 있는 대화를 나눌 만한 때가 아니었다.

그가 말했다.

"정말 끔찍한 야수로군요! 하느님 맙소사! 정말 끔찍해."

"저 구덩이 속에 있는 사람을 보았습니까?"

내가 물었다.

하지만 그 남자는 아무 대답도 하지 않았다. 우리는 한동안 아무 말 없이 나란히 서 있었다. 그저 같이 있는 것만으로도 서로에게서 동질감과 위안을 느끼는 것 같았다. 잠시 후, 나는 주변보다 약간 높아서 관찰하기에 좋아 보이는 작은 둔덕으로 자리를 옮겼다. 아까 그 남자를 찾아 보니 워킹을 향해 가는 중이었다.

석양이 엷어지고 어둠이 내려앉을 때까지 아무 일도 일어나지 않았다. 워킹 방향으로 왼쪽 저 멀리까지 사람들은 더 불어났고, 이제 웅성거리는 사람들의 목소리가 들렸다. 초브햄 쪽에 서 있던 얼마 안 되는 사람들은 흩어졌고 구덩이에서는 아무런 움직임도 감지되지 않았다.

무엇보다도 바로 그 점이 사람들에게 용기를 불어넣었다. 그리고 새로 워킹에 도착한 사람들도 그 때문에 안심할 수 있었을 것이다. 좌우지간에, 땅거미가 질 무렵 간헐적이긴 하지만 구덩이 속에서 뭔가 느릿느릿 움직이는 것이 포착되었다. 처음 착륙했을 때 원통 우주선을 열지 않고 조용히 그날 밤을 보냈던 것처럼, 큰 일을 앞두고 힘을 모으려는 준비 자세 같았다. 삼삼오오 서 있던 사람들은 앞으로 조금씩 다가가 멈추었다가, 다시 앞으로 나아갔다. 사람들의 대형은 초승달 모양으로 점점 퍼져 구덩이를 둘러쌀 수 있을 만큼 커졌다. 나 역시 구덩이로 다가가기 시작했다.

마부 몇 명과 다른 사람들이 대담하게 모래 구덩이를 향해 걸어가고 있었고, 말굽 소리와 삐걱거리는 수레바퀴 소리가 났다. 사과 손수레를 밀고 있는 젊은이도 보였다. 구덩이에서 약 30미터 거리 내에, 호셀 쪽에서 온 몇몇 사람들이 눈길을 끌었는데 제일 앞에 있는 사람은 흰색 깃발을 흔들고 있었다.

그들은 사절단이었다. 긴급회의가 열렸던 것이다. 비록 징그러운 외모를 지니기는 했어도, 화성인들이 지능을 가진 생물체라는 사실이 분명한 만큼, 신호를 보내며 접근하여 우리 역시 지능이 있는 인간이라는 사실을 보여 주기로 결정했던 것이다.

사절단은 깃발을 펄럭이며 나아갔다. 처음에는 오른편에서, 다음에는 왼편에서 깃발을 흔들었다. 나는 너무 멀리 떨어져 있어서 거기에 누가 있는지 구분하기 힘들었으나, 이내 오길비, 스텐트, 그리고 헨더슨이 대화를 시도하려는 사람들 틈에 있다는 것을 알 수 있었다. 그들은 앞으로 더 나아갔다. 사람들이 구덩이를 완전히 둘러싸고 있었고, 어느 정도 거리를 유지하고 있는 사람들의 모습도 흐릿하게 보였다.

다음 순간 갑자기 밝은 무엇인가가 번뜩였다. 녹색 연기가 세 번에 걸쳐서 구덩이로부터 고요한 허공을 향해 곧장 뿜어져 나왔다.

이 연기(혹은 섬광이라고 하는 것이 더 적절한 표현일 것이다.)는 너무 밝아서, 머리 위의 검푸른 하늘과 그림자 진 소나무들이 있는 처트시 쪽의 어두운 넓은 들판이 갑자기 더 까맣게 보였고, 연기가 사라지자 어두움도 더욱 짙어졌다. 동시에 쉬익 하는 소리가 들려왔다.

구덩이 너머에 하얀 깃발을 선두로 서 있던 사절단은 놀란 표정으로

그 현상을 바라보았다. 검은 땅바닥에 한 무리의 검은 그림자가 드리워졌다. 사람들의 얼굴은 피어오르는 섬광을 받아 창백한 녹색으로 번뜩였다가 빛이 사라질 때 같이 희미해졌다. 점차 쉬익거리는 소리가 윙윙거림으로 바뀌더니, 더 길고 크게 변했다. 구덩이 속에서 망령 같은 광채와 더불어 둥그런 물체가 천천히 나타났다.

곧이어 진짜 불길이 번쩍였다. 한 사람에서 또 한 사람, 그리고 흩어지는 사람들로부터 밝은 섬광이 솟구쳤다. 마치 투명한 광선이 사람들과

열광선 51

충돌하고 거기에서 하얀 불길이 이는 것 같았다. 그 파멸의 빛에 의지해서, 쓰러지는 사람들과 돌아서서 도망치는 사람들의 모습을 볼 수 있었다.

　서서 바라보면서도 나는 이것이 곧 죽음이라는 것을, 그리 멀리 떨어지지 않은 곳에서 사람들이 하나씩 죽어 가고 있다는 사실을 깨닫지 못했다. 하지만 뭔가가 이상했다. 눈부신 섬광이 소리없이 번쩍이고 사람들은 그대로 쓰러져 꼼짝도 하지 않았다. 눈에 보이지 않는 열광선이 스쳐 지나가자, 소나무에 불이 붙고 마

른 가시금작화 덤불이 둔탁한 소리와 함께 불길에 휩싸였다. 냅힐 쪽 저 멀리에서 나무와 울타리, 그리고 나무로 지은 집들이 갑자기 불타오르기 시작했다.

죽음의 불길, 눈에 보이지 않는 열의 검은 빠르게, 그리고 일정한 속도로 나아갔다. 나는 덤불에 붙은 불길을 보고서 광선이 나를 향해 오고 있음을 감지했다. 간담이 서늘해지고 발이 땅에 붙은 듯 움직일 수 없었다. 모래 구덩이 속에서 불길이 탁탁거리며 타는 소리가 들려왔고 갑자기 말 한 마리가 긴 비명을 내지르며 땅바닥에 쓰러져 꼼짝도 하지 않았다. 다음 순간 마치 강렬한 열기를 내뿜는 투명한 손가락이 나와 화성인들 사이에 있는 관목들 위로 선을 긋기라도 한 것처럼, 그리고 구덩이 주변을 둘러싼 구역을 따라 둥글게 움직이는 것처럼, 검은 땅바닥에서 연기가 피어오르고 갈라졌다. 무엇인가가 왼편 저 멀리, 워킹 역과 들판을 잇는 길에서 요란한 소리를 내며 쓰러졌다. 곧이어 쉬익 하는 소리와 윙윙거리는 소리가 사라지고 검고 둥근 물체는 천천히 구덩이 속으로 가라앉았다.

모든 게 순식간에 벌어졌다. 나는 눈부신 섬광에 홀린 듯 하얗게 질린 채 꼼짝 않고 서 있었다. 만약 죽음의 광선이 완전히 한 바퀴를 돌았더라면 나 역시 놀라움을 간직한 채 죽음을 맞이했을 것이다. 하지만 죽음의 순간은 지나갔고 나는 살아남았다. 갑자기 그날 밤이 어둡고 낯설게 여겨졌다.

기복이 심한 들판에 어둠이 드리워져 이제는 거의 시커멓게 보이는 가운데, 이른 저녁의 검푸른 하늘 아래 놓인 도로만이 창백한 회색이었다. 어두웠다. 갑자기 사람이라곤 하나도 없는 것 같았다. 머리 위로 별들이 모여들고, 아직 빛이 조금 남아 있는 서쪽 하늘은 녹색을 띤 푸른빛이었다. 검고 뾰족한 모양의 소나무와 호셀의 집 지붕들이 저녁노을을 배경으로 더욱 두드러져 보였다. 화성인들과 기계 장치는 모두 사라지고 쉴 새 없이 흔들리는 반사경이 달린 가느다란 기둥만 남았다. 여기저기 덤불과 나무에서는 아직도 연기와 불길이 피어오르고 워킹 역 쪽에 있는 집들은 뼈대만 앙상하게 남은 채 고요한 저녁공기 속에 서 있었다.

그것을 제외하면, 그리고 공포 섞인 경외감만 제외하면 변한 것은 아무것도 없었다. 하얀 깃발을 든 사절단들도 모두 사라졌고, 정적은 영원히 지속될 것만 같았다.

나는 홀로 이 어두운 들판에 남겨졌다는 사실을 깨달았다. 나를 보호해 줄 수 있는 것도, 내가 할 수 있는 것도 없었다. 갑자기 뭔가가 나를 내리 눌렀다. 그것은 바로 공포였다.

　나는 남아 있는 힘을 모두 짜내어 돌아섰고, 비틀거리면서 관목 사이를 달리기 시작했다.

　내가 느낀 두려움은 이성적인 공포가 아니었다. 화성인에 대한 것뿐 아니라 나를 감싸고 있는 황혼과 정적에 대한 두려움이 뒤섞인 공포였다. 나는 뒤를 돌아볼 엄두조차 내지 못한 채 마치 어린애처럼 울면서 달려갔다.

　내가 누군가의 장난감이 되어 버린 것 같았다. 내가 안전한 장소에 막 도달하려는 순간 원통 우주선이 있는 구덩이에서 정체를 알 수 없는 죽음의 섬광이 뻗어 나와 나를 쓰러뜨릴 것만 같았다.

초브햄을 향해 발사된 열광선

화성인들이 어떻게 그토록 빠르고 소리 없이 인간들을 죽음으로 몰아갈 수 있었는지, 지금 생각해도 경이로울 뿐이다. 대부분의 사람들은 그들이 어떤 방식으로든 완전 부도체로 이루어진 실내에서 강력한 열을 발생시킬 수 있는 능력을 가지고 있다고 추측했다. 그들은 정체불명의 물질로 만들어진 윤기 있는 볼록 모양 반사경을 사용해서 선택한 목표물을 향해 수직으로 강력한 열광선을 뿜어냈는데 이는 마치 등대에서 빛줄기가 나오는 것과 비슷했다. 그 누구도 자세한 내막에 대해서 알지 못했다. 어쨌든 사건은 벌어졌고, 열광선은 분명 그 사건의 중심이었다. 그것은 눈에 보이는 빛이 아닌 열을 이용했다. 가연성이 있는 물질이라면 뭐든 닿기만 하면 불길에 휩싸였다. 납은 녹아 물처럼 흘렀고 철은 흐물흐물하게 변했다. 유리는 깨지거나 녹았으며 물은 광선이 닿자마자 폭발해 증기가 치솟았다.

그날 밤, 구덩이 근처의 무수한 별이 떠 있는 밤하늘 아래, 마흔 명 정도 되는 사람들이 불에 그슬리고 알아볼 수 없을 정도로 뒤틀린 채 쓰러져 있었다. 호셀에서 메이버리까지 텅 빈 들판은 밤새 불타올랐다.

대학살의 소식이 아마도 초브햄, 워킹, 그리고 오터쇼에 거의 동시에 전해졌을 것이다. 워킹에서 참사가 일어났을 때, 상점들은 문을 닫았고 어떤 이들은 이 소식을 듣고 호기심이 생겨, 호셀 다리 건너 그 들판까지 뻗어 있는 산울타리 사이 도로를 따라 걸어갔다. 하루 일을 마치고 기분 전환을 한 젊은이들은 이 색다른 이야기에 귀가 솔깃했고 그것을 핑계 삼아 친구들과 함께 걸으며 시시덕거렸다. 아마 땅거미 진 길을 따라 들려오는 작은 목소리들을 상상할 수 있을 것이다.

이젠 고인이 된 헨더슨이 심부름꾼을 자전거에 태워 우체국으로 보내서 긴급 전보를 치도록 했음에도 불구하고, 그 때까지 워킹에서 원통형 물체가 열렸다는 사실을 아는 사람들은 거의 없었다.

사람들은 두세 사람씩 짝을 지어 들판이 보이는 곳까지 와서, 옹기종기 모여선 이들이 흥분한 목소리로 이야기를 나누면서 모래 구덩이 위에서 회전하는 반사경을 흘끔흘끔 살피는 모습을 보았다. 새로이 도착한 사람들도, 의심할 여지 없이 이내 흥분에 휩싸였다.

사절단이 모두 목숨을 잃기 전, 즉 8시 30분 조금 전에 그 곳에는 화성인들에게 가까이 다가가기 위해 그 도로에서 떠난 사람들을 제외한 300명 정도 되는 사람들이 있었다. 말을 탄 경찰을 포함한 세 명의 경찰관들은 스텐트의 지시 하에 사람들이 원통 우주선에 가까이 가지 못하도록 최선을 다했고, 야단법석이 벌어질 때면 늘 그렇듯 생각이 짧고 다혈질인 일부 사람들은 경찰관들에게 야유를 보냈다.

스텐트와 오길비는 화성인이 처음 모습을 드러냈을 때 있을지도 모를 충돌 가능성을 예견했다. 그들은 호셀에서 병영으로 전보를 쳐서 혹시 나 있을 수 있는 폭력 사태로부터 화성인들을 보호하기 위한 병력을 보내 달라고 요청한 뒤 다시 돌아와 불운한 죽음을 맞이했다. 두 사람의 죽음에 대한 구경꾼들의 증언은 내가 본 것과 일치했다. 세 번에 걸쳐 뿜어져 나온 녹색 연기, 깊게 울리는 윙윙거림과 번쩍이는 섬광…….

그 목격자들은 나보다 훨씬 더 힘들게 탈출한 사람들이었다. 열광선으로부터 그들을 보호해 준 것은 덤불이 자라는 모래언덕뿐이었다. 만약 볼록 반사경의 위치가 조금만 더 높았더라면 살아남아서 이런 이야기를 전할 수 있는 사람은 하나도 없었을 것이다. 섬광이 번쩍이고 사람들은 쓰러졌다. 보이지 않는 손이 덤불에 불을 붙이고 어스름한 저녁하늘을 가로질러 사람들을 추격했다. 구덩이에서 휘파람 소리가 나더니, 사람들 머리 위로 광선이 뻗어 오고 길가에 줄지어 서 있는 너도밤나무 꼭대기에 불길이 일었다. 벽돌이 쪼개지고 창문이 박살 났으며, 창문들에 불이 붙고 길모퉁이에서 제일 가까운 집의 박공 지붕이 무너져 내렸다.

쿵 하는 소리와 쉬익거리는 소리, 그리고 나무를 태우는 불길 속에서 공포에 질린 사람들은 한참 동안 다급하게 우왕좌왕했다. 불꽃과 불에 탄 가지들이 땅바닥에 떨어지기 시작했고 나뭇잎들은 작은 불덩어리가 되어 바람을 타고 날아다녔다. 모자와 옷에 불이 붙고 들판 여기저기에서 비명이 들렸다. 비명과 고함 속에 갑자기 말을 탄 경찰관이 양손으로 머리를 움켜쥔 채 난장판을 가로질러 달려가면서 소리를 질렀다.

"그들이 오고 있다!"

한 여자가 비명을 질렀고, 갑자기 모두들 뒤로 돌아서더니 앞 사람을 밀치며 워킹 쪽으로 도망쳤다. 마치 한 무리의 양떼처럼 앞도 제대로 보지 않고 뛰었다. 양 옆으로 막아선 높은 언덕 때문에 길은 좁고 어두웠지만, 사람들로 꽉 들어찼다. 그들은 모두 탈출에 성공하지 못했다. 여자 두 명과 소년 한 명이 넘어지면서 사람들에게 밟혔고 공포와 어두움에 짓눌린 채 죽음을 맞이했다.

집에 오기까지

나는 나무에 부딪혀 기우뚱거리고 덤불에 걸려 비틀거리던 것 이외에 아무것도 기억나지 않는다. 그저 화성인에 대한 보이지 않는 공포만이 나를 짓눌렀다. 머리 위에서 이리저리 움직이는 무자비한 열의 검이 곧 내 목숨도 앗아 갈 것 같았다. 나는 교차로와 호셀 사이의 도로로 들어섰고 그 길을 따라 교차로를 향해 달려갔다.

그러다 나는 마침내 더 이상 나아갈 수 없는 상태에 도달했다. 소란스러운 감정들로 괴로운 데다 허겁지겁 도망치느라 기운이 다 빠져 버린 나머지 비틀거리다가 길가에 쓰러졌다. 가스공장 옆 수로를 가로지르는 다리 근처였을 것이다. 나는 쓰러진 채 죽은 사람처럼 누워 있었다.

얼마간 그 상태로 있었던 게 분명했다.

나는 눈을 떴다. 머릿속이 혼란스러웠다. 잠시 동안, 내가 어떻게 거기까지 온 건지도 정확히 기억나지 않았다. 일단 공포는 사라졌다. 모자는 없어지고 칼라 깃은 찢겨 나간 상태였다. 조금 전까지만 해도 내가 느낀 것은 세 가지뿐이었다. 무한한 밤과 우주와 자연, 나 자신의 연약함과 고뇌, 그리고 옆에 바싹 다가선 죽음뿐이었다. 그런데 지금은 마치 무언가가 뒤집어진 것처럼 보는 관점도 완전히 달라져 있었다. 자각하지 못하는 사이에 이루어진 의식의 변화였다. 분명한 건 내가 다시 일상으로, 점잖은 보통 시민으로 돌아왔다는 사실이었다. 침묵하는 들판, 도망치고 싶은 충동과 무섭게 번지던 불길이 모두 꿈처럼 여겨졌다. 나는 스스로에게 물었다. '모든 것이 정말로 일어났단 말인가?' 믿을 수 없었다.

나는 애써 일어나 경사가 가파른 다리 위를 비틀대며 걸어갔다. 놀라움과 허망함이 밀려들었고, 근육과 신경의 힘이 다 빠져 지친 상태였다. 나는 취한 사람처럼 휘청거렸다. 아치형 다리 저쪽에서 사람 머리가 보이더니 일꾼 한 사람이 광주리를 들고 나타났다. 그 옆에서 작은 소년이 폴짝폴짝 뛰어왔다. 그는 내 옆을 지나면서 인사를 건넸다. 나는 그에게 말을 건네고 싶었으나 차마 하지 못한 채, 인사말만 웅얼거린 뒤 다리를 건너갔다.

메이버리 아치 위로, 불빛이 새어 나오는 창문들이 달린 긴 열차 한 대가 소용돌이치는 하얀 연기를 뿜어내며 달려왔다. 열차는 덜거덕거리는 소리와 함께 남쪽으로 향하더니 이내 사라졌다. 한 무리의 사람들이 '오리엔탈 테라스'라는 지명의 박공 지붕 집들 앞에서 이야기를 나누는 모습이 흐릿하게 보였다. 모든 것이 너무 현실적이고 친숙했다. 하지만 내가 뒤에 두고 온 것! 그것은 환상이었다!

'사실일 리가 없어.'

나는 자신에게 타일렀다.

어쩌면 내가 남다른 감정을 가진 사람일 수 있다. 나는 내 경험이 얼마나 독특한 것인지 잘 몰랐다. 가끔씩 나와 나를 둘러싼 세상에서 이탈한 것 같은 기분이 들곤 했다. 마치 내가 외부 세계에서 이 모든 것을 지켜보고 있는 듯한 느낌이었다. 믿을 수 없을 만큼 먼 곳, 시간과 공간을 초월한 곳, 이 모든 압박과 비극을 초월한 장소에서 말이다. 그날 밤에 느낀 기분은 더욱 강렬했고, 이 곳은 내 꿈속의 한 장면이었다.

하지만 내가 느낀 평온함은 3킬로미터도 채 떨어지지 않은 곳에서 일어난 학살과 전혀 어울리지 않았고, 이 감정의 부조화가 바로 문제였다. 가스공장에서 사무적인 목소리가 들려오고 전기 램프가 밤새 훤히 켜져 있었다. 나는 모여선 사람들에게 다가섰다.

"들판에서 무슨 소식이라도 있었나요?"

내가 말했다.

문 앞에는 남자 두 사람과 여자 한 사람이 서 있었다.

"뭐요?"

그 중 한 남자가 몸을 돌렸다.

"들판에서 무슨 소식이 온 게 있습니까?"

내가 말했다.

"당신이야말로 그 쪽에서 오지 않았소?"

그 남자가 물었다.

"사람들이 들판에 대해 정말 바보 같은 이야기를 하더군요. 대체 무슨 일이죠?"

여자가 말했다.

"화성인에 대해 뭔가 들은 게 없습니까? 화성에서 온 생물체 말입니다."

내가 말했다.

"제발 그 이야기는 그만 해요. 이제 그만하면 충분하다니까요."

여자가 말했다. 세 사람은 웃음을 터뜨렸다.

나는 바보가 된 기분이었다. 화가 치밀었다. 그들에게 내가 본 것에 대해 말하려고 했으나, 내가 말까지 더듬자 그들은 다시 웃음을 터뜨렸다.

"아마 더 엄청난 이야기를 듣게 될 것입니다."

나는 간단하게 말하고 집으로 향했다.

아내는 문 앞에서 초췌한 내 몰골을 보고 깜짝 놀랐다. 나는 식탁에 앉아 와인을 마시고, 얼마간 기운을 차리자마자 아내에게 내가 목격한 장

면들에 대해 말해 주었다. 아내가 내온 저녁 식사는 이미 차갑게 식어 버렸으나 나는 이야기를 하는 동안 식사에 손도 대지 않았다.
"한 가지가 더 있어."
나는 다시 살아난 공포를 가라앉히려고 노력하며 말했다.
"그들은 동작이 정말 둔했어. 그렇게 느리게 기어가는 것은 처음 본다니깐. 그들은 자신들이 있는 곳을 지키면서 가까이 다가오는 사람들을 죽일 거야. 거기서 나올 수는 없겠지만 정말 끔찍한 놈들이야!"

"제발!"

아내는 이맛살을 찌푸리며 내 손을 잡았다.

"불쌍한 오길비. 그는 아마 그 곳에서 죽었을 거야."

내가 말했다.

적어도 아내는 내가 하는 말을 믿어 주었다. 나는 창백하게 질린 그녀의 얼굴을 보고 그쯤에서 말을 멈추었다.

"그들이 이 곳으로 올지 몰라요."

아내가 중얼거렸다.

나는 그녀에게 와인을 조금 마시게 하며 안심시키려고 노력했다.

"그 놈들은 움직일 수 없어."

나는 아내와 나 자신을 진정시키기 위해, 화성인들이 지구에서 살아남기가 거의 불가능하다는 오길비의 말을 되풀이했다. 특히 중력 때문에 힘들다는 점을 강조했다. 지구의 중력은 화성의 세 배에 달했다. 따라서 화성인들은 아무리 근육의 힘이 같다고 해도 세 배나 되는 무게를 지고 있는 것이나 다름없었다. 아마 납덩어리로 된 옷을 입고 있는 것과 마찬가지일 게다. 게다가 그 점은 누구나 공감하는 의견이었다. 다음 날 아침, 《타임스(Times)》와 《데일리 텔레그래프》도 그렇게 주장했으나 그들 역시 내가 그랬던 것처럼 충분히 변화 가능한 두 가지 사실을 간과했다.

지금까지 밝혀진 바에 따르면, 지구의 대기는 화성에 비해서 산소는 많고 아르곤은 적다. 많은 양의 산소는 분명히 화성인들이 몸에 느끼는 압력을 상쇄시켜 줄 것이다. 두 번째로, 우리는 모두 화성인들이 지닌 첨단 기계 장비의 힘으로, 위기의 순간에 육체적인 힘에 의존하지 않아도 된다는 사실을 잊고 있었다.

하지만 그 당시에 나는 그런 점을 전혀 몰랐기 때문에 침입자들이 가진 유리한 상황에 대해 완전히 반대로 추론을 했던 것이다. 거기에 와인과 맛있는 음식, 내 이론에 대한 확신, 그리고 아내를 안심시켜야 한다는 필요성이 맞물려 내 용기와 자신감은 점점 커졌다.

"그 놈들은 바보 같은 짓을 한 거야."

나는 와인 잔을 만지작거리며 말했다.

"위험한 놈들인 건 분명해. 두려움으로 거의 미쳐 버렸을 테니까. 이곳에서 생명체를 발견하게 될 것이라고 전혀 예상하지 못했을 거야. 지능이 발달한 생명체가 있으리라고는 상상도 못했겠지. 만약 상황이 나빠지면……." 내가 말했다. "구덩이에 포탄을 쏘아 죽이면 돼."

그 동안 일어났던 사건들로 인해 흥분한 나머지, 내 인지 능력도 과민 상태에 빠졌던 것이 틀림없다. 나는 그 날의 저녁 식사를 지금까지도 생생히 기억한다. 분홍색 갓을 씌운 전등불 아래서 걱정스러운 얼굴로 나를 지켜보던 사랑스러운 아내, 하얀 식탁보, 은과 유리로 된 식기들(그 당시에는 철학자들도 어느 정도의 사치품을 소유할 수 있었다.), 잔에 담긴 붉은 와인이 사진처럼 또렷하게 뇌리에 새겨져 있다. 나는 식탁 끄트머리에 앉아 담뱃불로 땅콩을 지지면서 오길비의 성급함에 유감을, 화성인들의 짧은 사고력과 소심함에 비난을 퍼부었다.

모리셔스 섬에 살던 도도새들도 자신의 둥지에 군림하면서, 자신들을 잡으러 온 무자비한 선원들에 대해 의논했을지 모른다. "내일이면 저들을 죽도록 쪼아서 쫓아내 버릴 수 있어, 여보."라고.

그 당시 나는 그게 인간답게 먹을 수 있는 마지막 저녁 식사가 되리라고는 상상도 하지 못했더랬다. 이상하고 끔찍한 많은 나날들이 기다리고 있었는데 말이다.

금요일 밤

금요일 밤에 일어났던 기이하고 경이로운 모든 일들 중에서도 가장 독특했던 것으로 기억에 남아 있는 것은, 사회 질서를 완전히 무너뜨린 많은 사건들의 첫 시작이 그 사회의 관습과 완전히 들어맞았다는 사실이었다. 만약 그날 누군가 컴퍼스를 들고 워킹의 모래 구덩이를 중심으로 지름이 약 8킬로미터인 동그라미를 그렸다고 하자. 들판에서 죽은 스텐트나 자전거를 타고 온 서너 명의 사람들, 혹은 런던 사람들의 친척이 아니라면, 그 반경 너머에 사는 사람들 중 새로 지구에 착륙한 생물체로 인해 심한 마음의 동요를 느낀 사람은 아마 거의 없었을 것이다. 많은 사람들이 원통 우주선에 대한 이야기를 들었고, 시간이 날 때마다 그에 대해 이야기를 나눈 것은 사실이지만, 이 사건이 독일군의 최후통첩보다 물의를 일으킨 것은 분명히 아니었다.

그날 헨더슨은 조금씩 뚜껑이 열리던 우주선을 묘사한 내용을 담아 런던으로 보냈다. 하지만 그 전보는 허위라는 판정을 받았다. 그에게 확인을 요구하는 전보를 쳤으나 그가 사망했기 때문에 아무런 답변도 받지 못했고 그가 일하던 석간 신문사 측은 호외를 내보내지 않기로 결정했다.

심지어 사건 발생지에서 8킬로미터 반경 내에 살던 사람들 중에도 그 사태에 대해 모르는 이들이 상당히 많았다. 내가 이야기를 나누었던 사람들의 반응에 대해서는 이미 설명한 바 있다. 사람들은 저녁을 먹었고 노동자들은 하루 일과를 마친 뒤 정원을 가꾸었다. 또 아이들은 잠자리에 들고 젊은이들은 사랑하는 사람과 산책을 했으며 학생들은 공부를 했다.

물론, 사람들은 길거리에서 화성인에 관련된 이야기를 주고받았고, 선술집에서 주요 화젯거리로 삼기도 했다. 심부름꾼이나 나중에 상황을 목격한 사람들이 여기저기에서 흥분의 소용돌이와 비명소리를 불러일으켰고 사람들은 우왕좌왕했다. 하지만 일하고 먹고 술 마시고 잠을 자는 일상적인 일들은 지금까지 오랜 세월 동안 그랬던 것처럼 계속되었다. 마치 화성이라는 혹성이 존재하지 않는 것처럼 말이다. 심지어 워킹 역과 호셀, 초브햄도 평상시와 똑같았다.

워킹 역에서는 늦은 시간까지 열차가 멈추거나 떠났다. 어떤 열차들은 선로를 바꾸었고 승객들은 내려서 기다렸다. 모든 것이 평상시와 똑같이 진행되었다. 도시에서 온 한 소년은 그 지역 신문을 독점으로 팔던 스미스 씨 몰래 석간 신문을 팔았다. 트럭들의 경적 소리와 역에서 들려오는 기차 엔

진 소리에 "화성인들이 왔대요!" 하는 외침이 뒤섞여 들려왔다. 들뜬 사람들은 9시경에 기차역으로 몰려들어, 술주정뱅이의 주정과 다를 바 없는 소동을 일으켰다. 사람들은 런던을 향해 가면서 마차 창문을 통해 어둠 속을 바라보았지만, 호셀 쪽으로 이따금씩 피어올랐다가 춤을 추듯 사라지는 불꽃이나 붉은 섬광, 그리고 별들 사이로 흘러가는 엷은 연기만 보일 뿐이었다. 덤불에 불이 붙은 것 정도에 불과했다. 들판 가장자리까지 도달해야 비로소 그 곳에서 벌어지는 소란을 감지할 수 있었다. 워킹 경계선 부근에 있는 약 여섯 채의 집이 불에 탔다. 들판과 면한 세 개의 마을에서는 집집마다 불이 훤하게 켜져 있었고 사람들은 동틀 무렵까지도 잠자리에 들지 못했다.

호기심이 강한 사람들은 뜬눈으로 밤을 지새면서 초브햄과 호셀 다리 위를 이리저리 몰려다녔다. 나중에 알려진 바에 의하면 좀 더 모험심이 강한 몇몇 사람들이 어둠을 뚫고 기어서 화성인들 근처까지 다가갔더랬다. 하지만 그들은 돌아오지 못했다. 전함의 탐조등과 흡사한 빛이 번쩍이고 열광선이 뒤를 이었다. 그것만 제외하면 넓은 들판은 조용했다. 불에 탄 시신들은 별을 바라보며 그날 밤 내내, 그리고 그 다음 날도 거기에 누워 있었다. 많은 사람들이 구덩이로부터 망치질 소리를 들었다고 했다.

이 정도면 독자들은 금요일 밤의 상황을 대충 알게 되었을 것이다. 문제의 중심은 마치 독이 묻은 화살촉처럼 지구 표면에 박혀 있는 원통 모양의 우주선이었다. 독은 아직 그 힘을 제대로 발휘하지 않은 상태였다. 군데군데 불길로 그을린 침묵의 들판이 그 주변에 펼쳐져 있고, 뒤틀린

자세로 누워 있는 검은 물체들이 희미하게 보였다. 흥분의 가장자리 너머, 그 가장자리보다 더 멀리 떨어진 곳 너머까지, 정말로 중대한 문제는 아직 다가오지 않았다. 그 외의 세상에서는 태곳적부터 그랬던 것처럼 생명의 샘이 계속 흘렀다. 동맥과 정맥에 들러붙어 신경을 죽이고 뇌를 파괴시키는 전쟁의 열기는 아직 자라나는 중이었다.

밤새 내내 화성인들은 망치질을 하고 이리저리 움직였다. 잠도 자지 않고 지치지도 않았다. 그들은 끊임없이 기계 장치를 가지고 뚝딱거렸고, 다시 한 번 녹색과 흰색이 섞인 연기가 무수한 별이 반짝이는 하늘로 피어올랐다.

밤 11시경, 한 무리의 병사들이 호셀에 도착하여 들판 가장자리를 둥글게 둘러쌌고, 얼마 후 초브햄에서 행군해 온 다른 무리의 병사들이 들판 북쪽에 배치되었다. 잉커맨 병영에서 온 여러 명의 장교들이 그날 이른 시각부터 들판을 지켰는데, 그 중 에덴 소령이 실종되었다고 보도되었다. 연대장은 한밤중에 초브햄 다리로 와서 사람들에게 이것저것 질문을 늘어놓았다. 군대 지휘관들은 사태의 심각성을 깨닫고 좀 더 활발하게 움직였다. 다음 날 조간 신문은 11시쯤 경비병 기병대와 두 대의 대포, 그리고 카디건 연대 소속 400여 명의 병사들이 올더숏에서 출발했다는 기사를 실었다.

자정이 조금 넘었을 때, 워킹의 처트시 도로에 모인 사람들은 하늘에서 별 하나가 북서부 소나무 숲으로 떨어지는 것을 목격했다. 한여름 번개처럼 대단히 밝은 녹색의 빛이었다. 바로 두 번째 원통 우주선이었다.

전쟁이 시작되다

 다음 날인 토요일은 내 기억 속에 휴전의 날, 무기력한 날로 남아 있다. 날씨는 덥고 답답했으며, 기온도 제멋대로 오르내렸다. 단잠에 빠진 아내와 달리 나는 잠을 거의 자지 못하고 일찍 일어났다. 아침을 먹기 전에 정원에 나가 무슨 소리가 나는지 귀를 기울였지만, 들판 쪽에서 들리는 것은 종달새 울음소리뿐이었다.
 우유 배달부는 늘 오던 시각에 왔다. 나는 덜거덕거리는 그의 마차 소리를 듣고서 얼른 옆문으로 다가가 밤사이에 일어난 일들에 대해 물었다. 그는 밤새 군사들이 화성인들을 포위했으며 곧 교전이 벌어질 것 같다고 말했다. 바로 그 때 워킹을 향해 달려가는 열차소리가 들려왔고, 나는 귀에 익은 그 소리를 듣자 왠지 안심이 되었다. 우유 배달부가 말했다.
 "그들을 죽이지는 않을 것 같은데요. 그런 사태는 피할 수 있을 거예요."

나는 아침 식사를 하러 들어가기 전에 정원으로 나온 이웃집 사람과도 잠시 이야기를 나누었다. 평상시와 조금도 다름없는 아침이었다. 그는 우리 군대가 그날 안으로 화성인들을 사로잡거나 몰살시킬 수 있다고 믿고 있었다.

그가 말했다.

"가까이 가지 못하게 하다니 정말 유감이죠. 다른 혹성 사람들이 어떻게 살아가는지 궁금하거든요. 뭔가 알아낼 수도 있을 텐데."

그는 울타리로 다가와 딸기 한 줌을 내밀었다. 그는 정원을 열심히 가꾸었고 수확도 많다. 그러면서 내게 바이플리트 골프장 근처 소나무 숲에서 일어난 화재 사건에 대해 말했다.

"사람들이 그러는데. 그 망할 놈의 우주선이 거기에 또 하나 떨어졌다고 하더군요. 두 번째래요. 하나로도 충분한 것을……. 모든 게 완전히 정리될 때까지 보험회사에서는 꽤 많은 비용을 부담해야 할 겁니다."

그는 자신이 정말 재미있는 농담을 했다고 여기는 듯 허공에 대고 껄껄 웃었다. 그리고 소나무 숲이 아직 불타고 있다고 말하면서 피어오르는 연기를 가리켰다.

"소나무 잎과 풀이 많아서 화재는 며칠 동안 계속될 겁니다."

그런 다음 그는 정색을 하고 중얼거렸다.

"불쌍한 오길비."

아침 식사를 마친 뒤, 나는 산책을 하는 대신 들판 쪽으로 걸어가 보기로 마음먹었다. 철교 아래에서 한 무리의 병사들을 보았는데, 내가 보기엔 공병 같았다. 작고 둥그런 모자와 단추를 채우지 않고 걸친 흙 묻은 붉은색 상의, 그 안으로 보이는 푸른색 셔츠, 그리고 검은색 바지에 무릎까지 오는 장화를 신고 있었다. 그들은 내게 수로를 건너거나 다리와 연

전쟁이 시작되다 73

결된 도로에서 어슬렁거리는 것이 금지되어 있다고 말했고, 나는 거기서 보초를 서고 있는 카디건 연대 소속 병사를 보았다. 나는 잠시 동안 병사들과 이야기를 나누며, 그 전날 저녁에 본 화성인들에 관해 말해 주었다. 그들 중 아무도 화성인을 보지 못했고 그저 막연하게 상상만 하고 있던 참이어서 나에게 질문 공세를 퍼붓기 시작했다. 그들은 누가 군대의 이동을 명령했는지 모른다며, 그저 기병대 내에서 논쟁이 일었다는 짐작만 할 뿐이었다. 일반 병사들보다 교육 수준이 높은 공병들은 앞으로 발생할 수 있는 전투에 대해 격렬한 토론을 벌였다. 내가 열광선에 대해 설명하자 그들은 또다시 논쟁을 하기 시작했다.

"덮개를 쓰고 기어가야 해."

한 병사가 말했다.

"입 닥쳐! 그걸 막을 수 있는 덮개가 있겠어? 아마 구이가 되어버릴 걸? 우리가 할 수 있는 거라곤 가까이 갈 수 있는 데까지 가서 참호를 파는 방법밖에 없어."

다른 병사가 대꾸했다.

"그놈의 참호! 넌 항상 참호 타령이야. 아마도 넌 토끼로 태어나는 게 더 나았을 텐데, 스니피."

"그렇다면 그들은 목이 없다는 겁니까?"

까무잡잡한 피부의 세 번째 병사가 불쑥 질문을 던졌다. 그는 파이프 담배를 피우며 뭔가 곰곰이 생각하고 있었다.

나는 화성인들의 생김새에 대해 다시 설명했다.

그가 말했다.

"문어들. 그렇게밖에 부를 수 없군요. 어부들에게 물어봐야겠네요. 물고기와 싸우는 사람들 말입니다!"

첫 번째 병사가 말했다.

"그런 괴물을 죽이는 것은 살인이 아니지."

가무잡잡한 병사가 말했다.

"저 빌어먹을 놈들에게 포탄 세례를 퍼붓는 것은 어떨까? 놈들이 어떻게 나올까?"

첫 번째 병사가 말했다.

"자네 탄약통은 어디에 있지? 시간이 없어. 서두르자고. 쇠뿔도 단김에 빼야 해."

병사들은 그에 대해 의논을 했다. 잠시 후 나는 그들을 떠나 기차역으로 가서 구할 수 있는 조간 신문은 모조리 손에 넣었다.

하지만 나는 기나긴 아침과 더 길게 느껴진 오후 동안 일어난 일들에 대해 세세하게 설명하면서 독자들을 지루하게 하고 싶지 않다. 나는 들판의 모습을 살펴볼 수 없었다. 호셀과 초브햄 교회 탑들도 모두 군대의 통제 하에 놓였기 때문이었다. 내가 만난 병사들은 아무것도 알지 못했다. 지휘관은 정신없이 바빴고 또 누가 지휘관인지도 알 수 없었다. 마을

전쟁이 시작되다

사람들은 군대가 와 있다는 사실에 다시 안심하는 눈치였는데, 그 때 나는 담배장수 마샬에게서 그의 아들이 들판에서 죽었다는 말을 처음으로 들었다. 병사들은 호셀 외곽에 사는 사람들에게 문을 잠그고 피신하라고 했다.

2시경, 나는 지칠 대로 지친 채 점심을 먹기 위해 돌아왔다. 아까 말한 것처럼 그날은 대단히 덥고 지루했고, 나는 기분 전환을 위해 차가운 물로 목욕을 했다. 4시 30분이 되자, 기차역으로 가서 석간 신문을 샀다. 조간 신문에는 스텐트, 헨더슨, 오길비를 비롯한 다른 사람들의 죽음이 제대로 다뤄지지 않았기 때문이었다. 하지만 석간 신문에 실린 기사들도 내가 거의 아는 내용이었다.

화성인들은 모습을 드러내지 않았다. 그들은 구덩이 속에서 뭔가를 하느라 바쁜 것 같았고, 망치질 소리가 나면서 연기가 계속 피어올랐다. 싸울 준비를 하는 것이 분명했다.

"신호를 보내려고 시도했으나 성공하지 못했다."

신문들은 일률적으로 같은 기사를 실었다. 한 공병이 말하기를, 한 남자가 도랑에서 긴 막대기에 하얀 깃발을 달고 신호를 보냈지만 화성인들은 어느 집 개가 짖느냐는 식으로 무시해 버렸다고 했다.

나는 그 모든 무기나 병사들, 그리고 준비 상황들을 보고 매우 흥분했더랬다. 머릿속 상상은 점점 더 호전적으로 바뀌어 갔고, 나는 여러 가지 방법으로 침입자를 패퇴시켰다. 어린 시절의 전쟁놀이와 영웅주의가 되살아났다. 그 때까지만 해도 나는 구덩이 속에 무기력하게 늘어져 있는 화성인들을 떠올리면서 이건 공평한 싸움이 아니라고 생각했다.

3시쯤 되자 처트시 혹은 애들스턴 쪽에서 일정한 간격을 두고 대포 소리가 나기 시작했다. 두 번째 원통 우주선이 착륙하면서 불이 났던 소나무 숲을 향해 포탄 공격이 가해진 것으로, 우주선이 열리기 전에 파괴해 버리려는 시도였다. 하지만 5시가 되어서야 첫 번째로 도착한 화성인을 공격하기 위한 야전포가 초브햄에 도착했다.

저녁 6시, 아내와 함께 앉아 차를 마시면서 싸움이 우리에게도 영양을 미칠지에 대해 열띤 논쟁을 벌이고 있을 때, 들판에서 폭발음이 들리고 이어서 거센 불길이 일어났다. 언덕 근처에서 강력하고 요란한 소음이 나고 땅이 진동했다. 불길은 풀밭에서 시작되었고, 나는 오리엔탈 대학 근처 나무 꼭대기가 불길에 휩싸이면서 연기가 피어오르는 것을 보았다. 그 옆에 있는 작은 교회의 탑이 와르르 무너졌다. 교회 꼭대기 부분이 사라지고 대학 건물의 지붕은 마치 100톤짜리 대포에 맞은 것처럼 보였다. 우리 집 굴뚝 하나가 포탄을 맞은 것처럼 금이 가더니, 조각들이 요란한 소리를 내며 타일바닥 위로 떨어졌고, 내 서재 유리창 아래 꽃밭에는 깨진 붉은 파편들이 수북하게 쌓였다.

아내와 나는 뭔가에 홀린 듯이 서 있었다. 다음 순간 나는 대학 건물이 완전히 파괴되어 버린 지금, 이 곳 메이버리 언덕 위도 화성인의 열광선의 사정거리 내에 들어간다는 사실을 깨달았다.

나는 아내의 팔을 잡자마자 설명할 시간도 없이 도로로 몰아냈다. 그리고 하녀를 끌어내면서 내가 2층으로 올라가 그녀의 중요한 소지품을 반드시 가져다주겠다고 약속했다.

"우린 이 곳에 있으면 안 돼."

내가 말했다. 말하는 동안에도, 들판에서는 포성이 한동안 이어졌다.

"하지만 어디로 가죠?"

아내가 공포에 질린 채 물었다.

나는 생각에 잠겼다. 당황스러웠다. 그 순간 레더헤드에 사는 사촌들이 떠올랐다.

"레더헤드!"

나는 갑자기 들려온 요란한 소음을 뚫고 외쳤다.

아내는 언덕 아래쪽을 보았다. 놀란 사람들이 집에서 뛰쳐나오는 중이었다.

"거기까지 어떻게 가요?"

아내가 물었다.

나는 말 탄 경비병 한 무리가 철교 아래로 지나가는 것을 보았다. 세 명은 오리엔탈 대학의 열린 문으로 들어갔고 다른 두 명은 말에서 내려 집집마다 뛰어다니기 시작했다. 나무 꼭대기 위에서 피어오르는 연기 사이로 빛을 발하던 태양은 이제 피처럼 붉은색이 되어 낯설고 섬뜩한 빛으로 사방을 물들였다.

내가 말했다.

"여기 있어. 여기 있으면 안전해."

나는 '얼룩배기 개'라는 여인숙으로 급히 갔다. 그 집 주인은 말과 이륜 마차를 가지고 있었다. 나는 조금 지나면 이 언덕에 사는 모든 사람들이 이동해야 한다는 것을 감지하고 되도록 서둘렀다. 그는 바에 있었는데 집 뒤편에서 무슨 일이 벌어지고 있는지 전혀 알지 못하는 것 같았다. 그는 내게 등을 돌린 채 말했다.

"1파운드는 받아야 하오. 그리고 마부는 없소."

"2파운드를 내죠."

내가 말했다.

"무엇 때문이오?"

"그리고 자정쯤 다시 돌려주겠습니다."

내가 말했다.

"세상에! 왜 그리 서두르는 거요? 그 가격이라면 돼지라도 팔겠군. 2파운드를 내고 마차를 빌렸다가 다시 돌려준다고? 지금 무슨 일이 벌어지고 있는 건가요?"

여인숙 주인이 말했다.

나는 집을 떠나야 하는데 마차가 필요하다고 급히 설명했다. 그 당시에는 여인숙 주인도 집을 떠나야 할 만큼 사태가 나빠졌다고 여기지 않았다. 나는 그 곳에서 마차를 빌려서 한길로 몰고 나온 뒤, 아내와 하녀에게 마차를 맡겨 놓고 서둘러 집으로 달려가 고급 그릇 같은 몇 가지 귀중품을 챙겼다. 내가 그 일을 하는 동안 집 뒤에 있던 너도밤나무에 불이 붙고 길 옆 울타리도 벌겋게 타올랐다. 말에서 내린 경비병 한 명이 달려와 집집마다 돌아다니며 사람들에게 어서 대피하라고 경고했다. 나는 식탁보에 싼 귀중품을 가지고 현관을 나서다가 그를 보고 소리쳤다.

"새로운 소식은 없습니까?"

그는 돌아서서 나를 바라보더니 큰 소리로 외쳤다.

"식탁보 같은 것을 뒤집어쓰고 몸을 낮춰야 해요!"

그는 다시 언덕 꼭대기에 있는 집으로 달려갔다. 갑자기 몰려온 검은 연기 때문에 한참 동안 그 병사의 모습을 볼 수 없었다. 나는 이웃집 문을 두드리다가 그 집 부부가 런던에 갔다는 사실을 기억해 내고 다행이라고 생각했다. 나는 다시 집 안으로 들어가서 약속한 대로 하녀의 귀중품 상자를 가져와, 이제 마차에 앉아 있는 하녀 옆에 내려놓았다. 그런 다음 고삐를 잡고 마부석에 올라탔다. 아내는 내 옆에 앉았다. 우리는 연기와 소음을 뚫고 메이버리 언덕의 반대편 비탈길로 재빨리 내려가 올드 워킹으로 향했다.

햇살이 내리비치는 조용한 풍경이 시야에 들어왔다. 길 양쪽으로 밀밭이 펼쳐지고 바람에 흔들거리는 '메이버리 여인숙'의 간판이 보였다. 나는 앞에 달려가는 의사의 마차를 보았다. 언덕을 거의 내려왔을 때 나는 방금 지나온 비탈길을 돌아보았다. 붉은 불길과 함께 검은 연기가 고요한 대기 중으로 번져 나가, 동쪽을 향해 있는 나무들 끝부분에 검은 그림자를 드리웠다. 매캐한 연기는 이미 동쪽과 서쪽으로 상당히 퍼져 있었다. 동쪽으로는 바이플리트 소나무 숲까지, 서쪽으로는 워킹까지 번졌다. 많은 사람들이 우리가 가는 방향으로 달려오는 중이었다. 희미하긴 했지만 기관총 탄알이 공기를 휙 가르는 소리와 간헐적으로 발사되는 라이플 소총 소리가 뜨겁고 조용한 대기를 가로질렀다. 분명 화성인들은 사정거리 내에 있는 사람들을 향해 열광선을 발사했을 것이다.

　나는 마차를 모는 일에 익숙하지 않았기 때문에 일단 거기에 신경을 집중했다. 다시 뒤를 돌아보았을 때 두 번째 언덕도 검은 연기로 인해 보이지 않았다. 나는 채찍을 휘두르며 말을 재촉했고 워킹과 샌드 사이에 이르러서야 고삐를 조금 늦추었다. 그 지점에서 우리는 의사의 마차를 앞질렀다.

폭풍 속에서

　레더헤드는 메이버리 언덕에서 약 20킬로미터 떨어진 곳에 있었다. 피르포드 너머 무성한 목초지로부터 바람에 실려 온 싱그러운 향기가 공기 중에 가득했고, 양쪽으로 뻗은 산울타리에 만개한 들장미는 달콤한 향내와 화려한 모습을 자랑했다. 우리가 메이버리 언덕을 내려오는 동안, 화재는 갑자기 시작되었던 것만큼이나 갑자기 사라졌고, 평화롭고 고요한 저녁만 남았다. 우리는 9시경 레더헤드에 별 탈 없이 도착했다. 사촌들과 식사하는 동안 말도 휴식을 취했고 나는 그들에게 아내를 돌봐 달라고 부탁했다.
　아내는 마차를 타고 오는 동안 이상할 정도로 침묵을 지켰다. 불길한 예감에 사로잡힌 사람 같았다. 나는 아내를 안심시키기 위해 화성인들은 중력 때문에 구덩이 속에서 나올 수 없으며 기껏해야 근처까지 기어 나오는 정도라는 점을 강조했지만, 그녀는 짤막하게 대답하고 이내 입을 다물었다. 만약 여인숙 주인과의 약속이 아니었다면, 아내는 어떻게

든 나를 그날 밤 레더헤드에서 머무르게 했을 것이다. 나도 그랬어야 했다! 그녀의 얼굴, 우리가 헤어질 때 하얗게 질려 있던 그 얼굴이 아직 생생하다.

나는 하루 종일 흥분에 들떠 지냈다. 이따금씩 문명화된 사회에 무섭게 번지는 전쟁의 광기와 비슷한 무언가가 혈관 속으로 흘러들고, 그날 밤 메이버리로 돌아가야 한다는 사실이 다행스럽게 여겨지기까지 했다. 심지어 아까 들었던 마지막 일제 사격으로 인해 화성에서 온 침입자들이 절멸한 것은 아닌지 걱정될 정도였다. 솔직히 말하자면 그들의 최후를 내 눈으로 보고 싶었다.

거의 밤 11시가 되었을 무렵 나는 돌아갈 준비를 마쳤다. 그날 밤은 예상보다 어두웠다. 사촌의 집 밖으로 나오니 사방이 칠흑처럼 어두웠고 낮만큼이나 후덥지근하고 답답했다. 바로 옆 관목의 잎들은 미동조차 하지 않았으나 머리 위의 구름은 빠르게 이동했다. 사촌의 하인이 램프 두 개에 불을 밝혔다. 다행히도 나는 근처 도로들을 훤히 알고 있었다. 아내는 문가에 서서 내가 마차에 올라탈 때까지 지켜보다가 갑자기 휙 돌아서서 집 안으로 들어가 버렸고 옆에 서 있던 사촌들은 행운을 빌어 주었다.

처음에는 아내의 공포가 전염되기라도 한 듯 약간 의기소침했으나 이내 생각은 화성인들에게로 향했다. 그 때 당시 나는 그날 저녁에 일어났던 싸움과 왜 싸움이 벌어졌는지에 대해 전혀 모르는 상태였다. 오크햄을 가로질러 갈 때(돌아갈 때는 샌드와 올드 워킹을 통과하지 않았다.), 서쪽 지평선이 핏빛으로 물든 것이 보였고, 좀 더 가까이 다가가자 그 붉은 기운은 하늘 위쪽으로 천천히 번져 나갔다. 폭풍우를 담은 번개 구름이 검고 붉은 연기 덩어리와 뒤섞이며 점점 커져 갔다.

리플리 거리는 조용했다. 불빛이 새어 나오는 창문 하나를 제외하고는, 인기척을 전혀 느낄 수 없었다. 하지만 피르포드로 향하는 도로 모퉁이에서 내게 등을 돌린 채 사람들이 모여 서 있었다. 나는 하마터면 그들과 부딪힐 뻔했으나 가까스로 모면했다. 아무도 지나가는 내게 말을 걸어 오지 않았다. 나는 그들이 언덕 저편에서 일어난 일에 대해 얼마나 알고 있는지 알 수 없었다. 오는 길에 보았던 집들이 조용한 것도 사람들이 잠을 자고 있는 것인지, 혹은 모두 떠나 비어 있는 건지, 아니면 두려움 때문에 경계하고 있는 건지 알 수 없었다.

리플리에서 피르포드를 통과할 때까지 나는 웨이 계곡을 따라갔다. 그 곳 지형에 가려 불길은 보이지 않았다. 하지만 피르포드 교회 뒤쪽 작은 언덕에 올라가자 다시 불길이 보였고, 주변의 나무들은 폭풍우의 첫 징후를 감지한 듯 바르르 떨었다. 그 때 뒤쪽에 서 있던 피르포드 교회에서 자정을 알리는 종소리가 울려 퍼지고 이내 메이버리 언덕의 윤곽선이 시야에 들어왔다. 붉은 하늘을 배경으로 뾰족하고 검은 나무 꼭대기와 지붕들이 보였다.

내가 바라보고 있을 때, 섬뜩한 녹색 섬광이 번쩍하면서 멀리 떨어진 애들스턴의 숲이 언뜻 보였고, 말은 놀라 심하게 동요했다. 한 줄기 녹색 섬광이 몰려가는 구름을 관통하여 왼쪽 들판에 떨어졌다. 세 번째 유성이었다!

갑작스러운 유성의 출현으로 녹색이 붉은 하늘과 강렬한 대조를 이루는 가운데, 세력을 확보한 폭풍우 구름이 만들어 낸 첫 번째 번개가 번쩍하면서 머리 위에서 천둥소리가 울려 퍼졌다. 말은 이제 마구 날뛰기 시작했다.

나는 메이버리 언덕 발치까지 이어진 완만한 경사를 덜거덕거리며 마차를 몰았다. 번개는 한 번 치고 난 뒤 연속적으로 빠르게 이어졌다. 요란한 천둥소리에 뒤이어 날카로운 금속성의 소리가 함께 났다. 보통 들을 수 있는 대포의 반향음이 아니라 거대한 기계 장치에서 나는 소리처럼 들렸다. 번쩍이는 빛 때문에 눈이 부시고 더욱 혼란스러웠다. 경사진 길을 달려 내려가는데, 돌풍에 실린 우박이 갑자기 얼굴을 덮쳤다.

처음에는 눈앞에 있는 길에만 신경을 모았다. 그런데 갑자기 메이버리 언덕 반대편 경사로를 빠르게 내려가는 물체가 내 주의를 끌었다. 번개가 치는 순간마다 젖은 지붕이 언뜻 보이는 것이라고 생각했으나, 이어지는 번갯불에 의지해 보니 뭔가가 재빨리 굴러가듯 움직였다. 하지만 제대로 살피기 힘든 상황이었다. 까마득한 어둠과 대낮처럼 밝은 섬광이 순간적으로 교차하는 가운데, 언덕 꼭대기 근처에 자리한 고아원 건물과 푸른 소나무, 그리고 문제의 물체가 명확하게 보였다.

내가 본 그 물체의 모습이란! 그것을 어떻게 묘사한단 말인가? 그것은 다리가 셋 달린 괴물이었다. 집채만한 괴물이 어린 소나무 위를 넘어 성큼성큼 걸어갔고 그럴 때마다 옆에 있는 나무들이 뭉개졌다. 번뜩이는 이 금속 기계는 이제 키 작은 관목들 위로 걸어갔다. 몸통에 매달린 강철 로프, 걸을 때마다 나는 철거덕거리는 쇳소리가 천둥과 뒤섞여 들려왔다. 번개가 다시 칠 때 그 괴물의 모습이 똑똑히 드러났다. 그것은 허공에 두 다리를 들고 한쪽으로 기우는가 싶더니 사라지고, 다음 번 번개와 함께 다시 나타났다. 그것도 100미터밖에 떨어지지 않은 곳에 말이다. 소 젖 짤 때 사용하는 의자가 약간 기울어진 채 땅 위를 거침없이 달려오는 모습을 상상할 수 있겠는가? 사실 그것은 번개의 불빛이 순간적으로 만들어 낸 인상이었고, 상대는 의자가 아닌, 세 다리로 버티고 선 거대한 기계였다.

 마치 사람이 허약한 갈대밭을 헤치고 지나가는 것처럼, 갑자기 앞쪽 숲에 있는 소나무들이 옆으로 쓰러지기 시작했다. 부러진 나무들이 땅바닥으로 곤두박질쳤다. 두 번째 삼각다리 괴물이 나타났고 곧장 나를 향해 오는 것 같았다. 나는 더 빨리 달리기 시작했다!
 두 번째 괴물을 본 나는 바싹 긴장했다. 멈추지 않고 달리면서 말의 머리를 오른쪽으로 획 돌렸고, 다음 순간 마차의 몸체가 말보다 더 높이 튀어 올랐다. 마차의 축이 요란한 소리를 내며 부서지고 내 몸뚱이는 길 옆

으로 날아가 얕은 물웅덩이 속에 처박혔다.

나는 얼른 기어 나와 가시금작화 덩굴 아래에 몸을 웅크렸다. 발은 아직 물에 잠긴 채였다. 말은 쓰러져 꼼짝도 하지 않았다.(목이 부러진 것이다. 불쌍한 짐승!) 뒤집어진 마차에 달린 바퀴는 아직도 천천히 돌아가고 있었다. 그 순간 거대한 기계 장치가 내 옆으로 성큼성큼 걸어 산비탈을 올라 피르포드로 향했다.

가까이서 본 기계 장치는 믿을 수 없을 만큼 기괴했다. 단순히 걷기만 하는 기계가 아니었다. 걸을 때마다 금속성 소리를 냈고, 길고 유연하며 번쩍이는 촉수들은 (그 중 하나는 어린 소나무를 잡고 있었다.) 이리저리 흔들리며 몸체에 닿을 때마다 요란한 쇳소리를 냈다. 성큼성큼 걸어갈 때마다 길이 파였고 놋쇠로 된 머리 부분은 마치 주변을 살피는 것처럼 사방으로 움직였다. 몸체 뒤에 달린 거대하고 하얀 금속 덩어리는 마치 어부들이 사용하는 커다란 광주리처럼 보였고, 괴물이 내 옆을 지나갈 때 다리 마디에서 녹색 연기가 피어올랐다. 그리고 괴물은 순식간에 사라졌다.

내가 본 모든 것은 그저 희미했다. 눈이 멀 정도로 밝고 짧게 빛을 내는 번갯불과 짙은 어둠이 교차하는 가운데 본 것이기 때문이었다.

또한 괴물은 지나가면서 귀를 멀게 하고 천둥소리를 압도할 만큼 크고 의의양양하게 "알루! 알루!"라고 외쳤다. 잠시 후 보니 그 기계 장치는 800미터 정도 떨어진 들판 위에 웅크린 채 있는 물체와 함께 있었다. 나는 그것이 화성인들이 쏘아 보낸 열 대의 원통 우주선 중 세 번째 것이라고 확신했다.

한동안 나는 쏟아지는 비와 어둠 속에 누운 채, 간헐적으로 번쩍이는 빛에 의지해 산울타리 너머 상당히 멀리 떨어진 거리에서 움직이는 금속 덩어리들을 지켜보았다. 우박이 다시 떨어지기 시작했고, 그들의 모습은 안개 속에 있는 듯 희미해졌다가 다시 또렷해지곤 했다. 번개가 칠 때에는 나타났다가 이내 시꺼먼 밤이 그들을 집어삼켰다.

나는 위로는 우박 때문에, 아래로는 물웅덩이 때문에 온몸이 흠뻑 젖었다. 너무 놀란 나머지 머릿속이 텅 비어 버린 상태였다. 어느 정도 시간이 지나고 나서야 빨리 일어나서 조금 높은 지대로 피해야겠다는 생각을 했다. 그런 다음에야 지금 내가 처한 곤경에 대해 생각할 수 있을 것 같았다.

그리 멀지 않은 곳에 있는 감자밭 한가운데에, 양치기의 작은 오두막 한 채가 있었다. 나는 마침내 일어나서 몸을 웅크린 채 그 곳을 향해 달렸다. 문을 두드렸으나 아무도 그 소리를 듣지 못한 것 같았다. (만약 그 안에 누군가가 있었다면 말이다.) 잠시 후 나는 포기하고 괴물 같은 기계들에게 들키지 않도록 도랑 속으로 기어들어 가, 메이버리 쪽 소나무 숲으로 갔다.

흠뻑 젖은 나는 바들바들 떨면서 우리 집을 향해 나아갔다. 나무들 사이에 난 사람들의 발자국을 찾으려고 노력했지만, 숲속은 칠흑처럼 어두웠다. 이제 번개도 그리 자주 치지 않았고 본격적으로 마구 쏟아지는 우박이 우거진 잎들 사이로 줄줄이 떨어졌다.

만약 주변에서 벌어지는 상황들이 무엇을 의미하는지 깨달았더라면, 나는 즉시 돌아서서 바이플리트를 가로지르고 코브햄 거리를 지나, 아내가 있는 레더헤드로 갔을 것이다. 하지만 그날 밤 주변에서 보았던 이상한 물체들과 육체적인 고통으로 이성적 사고가 불가능했다. 나는 멍들고 지치고 옷 속까지 완전히 젖은 데다 폭풍우로 인해 제대로 듣지도 보지도 못하는 상태였다.

집으로 돌아가겠다는 막연한 생각에 몰두한 채, 나는 겨우 몸을 움직였다. 나무 사이를 비틀거리며 걷다가 도랑에 처박히고 널빤지에 부딪혀 무릎에 멍이 들었고, 마침내 철벅철벅 소리를 내면서 암스 칼리지로 이어진 좁은 길로 들어섰다. 폭풍우로 언덕 위에서 모래들이 씻겨 내려와 사방이 진흙으로 덮여 있었다. 그 때 어둠 속에서 한 남자가 비틀거리며 달려왔고 나는 놀라 뒤로 물러섰다.

그 남자도 공포에 질린 채 비명을 지르며 옆길로 몸을 피했고, 내가 정신을 차리고 뭔가 말을 건네기도 전에 뛰어가 버렸다. 거센 폭풍우를 거슬러 언덕을 오르기란 무척 힘들었다. 나는 왼편에 있는 울타리를 잡고 몸을 지탱하며 걸어갔다.

꼭대기 근처에서 나는 물컹한 물체에 걸려 넘어질 뻔했는데, 번갯불에 의지해 보니 검은색 옷을 입고 장화를 신은 남자였다. 그가 어떻게 거기에 쓰러져 있는지 알아내기도 전에 번갯불은 사라졌다. 나는 그의 곁에 서서 다시 번개가 칠 때까지 기다렸다. 남자는 건장했고 옷은 싸구려였지만 누더기는 아니었다. 고개가 앞으로 확 꺾이고 몸은 뒤틀린 채 울타리 가까이에 쓰러진 모양을 보니, 마치 울타리에 세게 내동댕이쳐진 것 같았다.

시체를 한 번도 본 적이 없는 사람에게 반사적으로 일어나는 혐오감을 억누르면서, 나는 심장이 뛰는지 확인하기 위해 그의 몸을 반듯하게 눕혔다. 그는 죽어 있었다. 목이 부러진 것이 틀림없었다. 세 번째 번개가 쳤을 때 나는 사내의 얼굴을 보고 펄쩍 뛰듯 일어났다. 그 남자는 바로 내게 마차와 말을 빌려 준 여인숙 주인이었다.

나는 조심스럽게 시체를 넘어 언덕으로 올라갔다. 경찰서와 암스 칼리지를 지나 집으로 향했다. 들판에는 우박이 쏟아지는 가운데 불길과 휘몰아치는 연기가 아직도 피어오르고 있었으나, 산비탈에 있는 어떤 것도 불에 탄 흔적은 없었다. 적어도 내 시야에 들어오는 주변의 집들은 건재했다. 암스 칼리지 옆 길가에 시커먼 덩어리가 보였다.

메이버리 다리를 향해 길을 내려오다가 웅성거림과 발소리를 들었으나 그들을 소리쳐 부르거나 가까이 다가갈 용기는 나지 않았다. 나는 현관문을 열고 안으로 들어갔다. 문을 닫아 잠그고, 빗장을 질렀다. 그리고 집 계단 발치까지 비틀거리며 걸어가 주저앉았다. 머릿속은 온통 걸어다니는 금속 괴물과 울타리에 부딪혀 죽은 사내의 모습으로 가득했다.

나는 계단 발치에서 벽에 등을 기댄 채 웅크리고 앉아 덜덜 떨었다.

창밖을 보다가

내가 이미 말한 대로 폭풍처럼 몰려온 감정들은 스스로 지쳐 사그라졌다. 추위에 떨던 나는 잠시 후 몸이 젖어 있다는 것을 깨달았다. 계단 옆을 보니 몸에서 떨어진 물이 고여 있었다. 나는 거의 기계적으로 일어나 식당으로 가서 위스키를 조금 마시고 옷을 갈아입었다.

나는 무의식적으로 2층에 있는 서재로 올라갔다. 너무 서둘러 떠나느라 미처 잠그지 못한 서재 창문에서는 나무들과 호셀 들판으로 향하는 기찻길이 내려다 보였다. 창문 너머로 보이는 바깥 풍경과는 대조적으로 서재 안은 칠흑같이 어두웠다. 나는 문가에 멈추어 섰다.

폭풍우는 이제 지나갔다. 오리엔탈 대학의 탑과 소나무들은 사라졌고, 먼 곳에서 타오르는 선명한 불길로 모래 구덩이 근처 들판을 볼 수 있었다. 거대한 검은 덩어리, 기이하고 낯선 형상의 물체들이 이리저리 분주하게 움직였다.

마치 그쪽 방향의 마을 전체가 불길에 휩싸인 것 같았다. 넓은 경사면

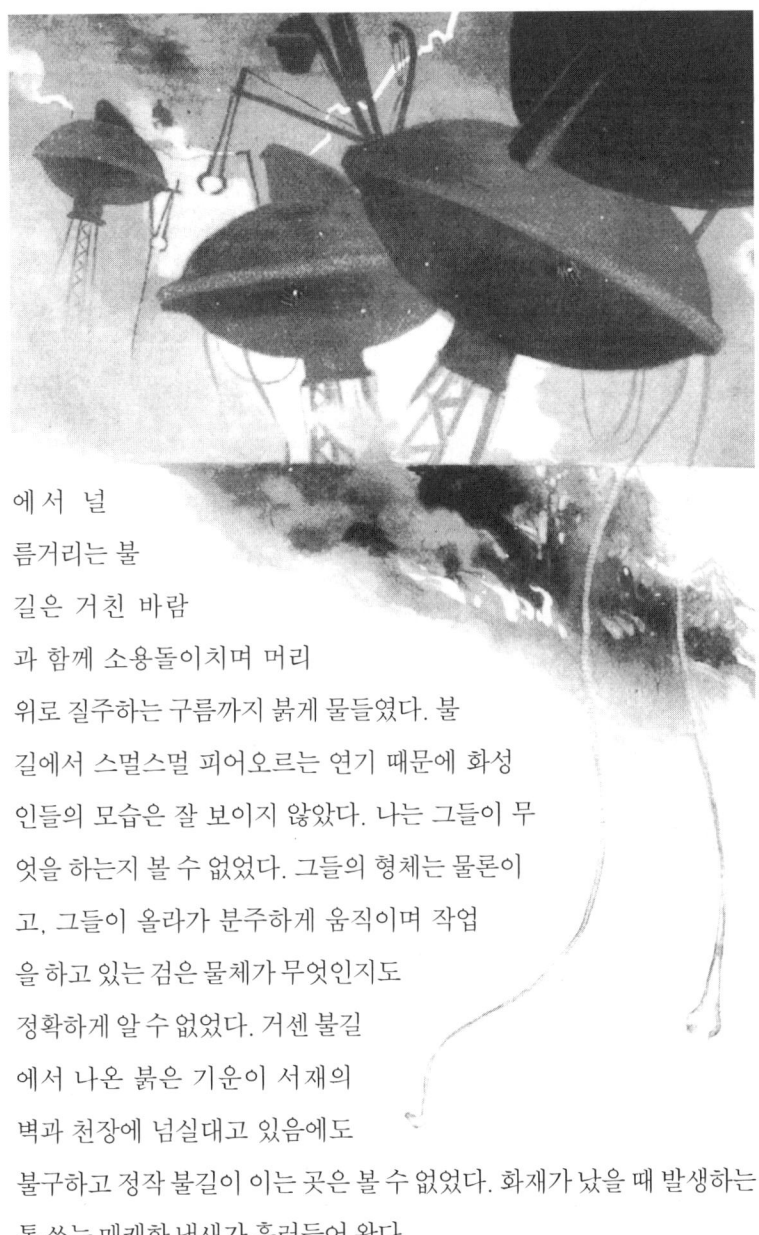

에서 널
름거리는 불
길은 거친 바람
과 함께 소용돌이치며 머리
위로 질주하는 구름까지 붉게 물들였다. 불
길에서 스멀스멀 피어오르는 연기 때문에 화성
인들의 모습은 잘 보이지 않았다. 나는 그들이 무
엇을 하는지 볼 수 없었다. 그들의 형체는 물론이
고, 그들이 올라가 분주하게 움직이며 작업
을 하고 있는 검은 물체가 무엇인지도
정확하게 알 수 없었다. 거센 불길
에서 나온 붉은 기운이 서재의
벽과 천장에 넘실대고 있음에도
불구하고 정작 불길이 이는 곳은 볼 수 없었다. 화재가 났을 때 발생하는
톡 쏘는 매캐한 냄새가 흘러들어 왔다.

나는 소리 없이 문을 닫고 창문을 향해 기어갔다. 한쪽으로는 워킹 역 부근의 집들이, 다른 한쪽으로는 불에 타 검게 변한 바이플리트의 소나무 숲이 보였다. 언덕 바로 아래 다리 근처에 있는 기찻길에 불빛이 보였고 메이버리 도로를 따라 들어선 집들과 역 근처 길거리는 불에 타서 폐허가 되어 있었다. 처음에 나는 기찻길 위의 불빛을 보고 이상하게 여겼다. 검은 덩어리와 선명한 불길, 그 오른쪽으로 노란 장방형의 물체가 보였다. 다음 순간 나는 그것이 부서진 열차라는 사실을 깨달았다. 앞부분은 불에 완전히 타 버렸고 뒷부분의 화물칸만이 선로 위에 남아 있었다.

가장 거세게 타오르는 집들과 열차, 그리고 초브햄 쪽의 들판, 이 세 군데 사이로 검게 보이는 들판이 불규칙적으로 펼쳐지고 엷은 불길과 연기가 여기저기서 간헐적으로 피어올랐다. 불길로 검게 타들어 간 부분이 점점 넓어지는 기괴한 광경이었다. 그날 밤 무엇보다도 내 기억에서 잊혀지지 않은 곳은 파터리즈였다. 처음에는 아무리 신경을 곤두세우고 살펴보아도 사람들을 전혀 구별해 낼 수 없었다. 나중에 워킹 역에서 치솟은 불길에 의지하여 보니 차례로 선로를 가로질러 가는 몇몇 사람들이 보였다.

이것이 바로 내가 몇 년 동안 안심하고 살아온 조그만 세상이었다. 이 불길에 휩싸인 혼돈의 세계가! 지난 일곱 시간 동안 무슨 일이 일어났는지 나는 모른다. 짐작이 되긴 했지만, 거대한 기계 장치들과 우주선에서 나온 굼뜬 덩어리들 사이에 무슨 연관이 있는지 정확히 알 수는 없었다. 나는 이 상황과 전혀 관계없는 제3자인 양 호기심이 일었고, 의자를 창문 쪽으로 돌려놓고 앉아서 검은 들판을 바라보았다. 특히 거대한 물체 세 개가 모래 구덩이 근처 불빛이 비치는 곳에서 이리저리 왔다 갔다 하는 모습을 눈여겨보았다.

그들은 대단히 분주하게 움직였다. 나는 '그들이 대체 무엇일까?' 라고 자문했다. 지능을 가진 기계일까? 그건 불가능하다. 혹은 화성인들이 각각의 기계에 올라타서 명령을 내리고 방향을 지시하면서 사용하는 것일까? 마치 우리의 뇌가 몸에게 명령을 내리는 것처럼 말이다. 나는 그 물체를 인간이 만든 기계와 비교하기 시작했고, 난생 처음으로 철갑함이나 증기 기관이 지능을 갖춘 하등동물처럼 보일 수 있을 가능성에 대해 자문해 보았다.

폭풍우는 물러가고 하늘은 맑게 갰다. 땅에서 피어오르는 연기 위로 희미하게 보이는 화성이 서쪽으로 기울어 갈 무렵, 한 병사가 우리 집 정원으로 들어왔다. 울타리 긁는 소리가 들리자, 나는 나를 감싸던 무기력에서 애써 빠져나와 아래를 내려다보았다. 누군가 울타리를 기어오르는 모습이 희미하게 보였다. 또 다른 사람이 존재한다는 사실을 깨닫자 정신이 확 들었고, 나는 창문 밖으로 몸을 내밀었다.

"조용히!"

내가 작은 목소리로 말했다.

그는 울타리에 한쪽 다리를 걸친 채 의심스럽다는 듯 잠깐 머뭇거렸다. 그리고 곧 울타리를 넘어 잔디밭을 가로질러 집 모퉁이 쪽으로 왔다. 그는 상체를 수그리고 조심스럽게 걸었다.

"누가 거기에 있습니까?"

그는 창문 아래에 서서 위를 올려다보며 작은 소리로 물었다.

"당신은 어디로 가는 길입니까?"

내가 물었다.

"하느님만이 아시겠지요."

"숨을 곳을 찾고 있는 겁니까?"

"그렇습니다."

"여기로 들어오시죠."

내가 말했다.

나는 아래층으로 내려가 문을 열고 그를 안으로 들이고 나서 다시 문을 잠갔다. 얼굴은 볼 수 없었지만 그는 모자도 벗겨지고 코트의 단추도 풀어 헤쳐진 상태였다.

그는 들어서면서 말했다.

"맙소사!"

내가 물었다.

"무슨 일이 일어난 겁니까?"

비록 주위는 어두웠지만 나는 그의 절망적인 몸짓을 볼 수 있었다.

"별의별 일이 다 일어났지요. 우리는 전멸당했습니다. 깡그리 파괴되었죠."

그가 되뇌였다.

그 병사는 무엇에 홀린 사람처럼 멍한 표정을 지은 채 나를 따라 식당으로 들어왔다.

"위스키를 좀 드시죠."

나는 독한 술을 컵에 따랐다.

병사는 위스키를 마시고 나서 갑자기 의자에 털썩 앉아 팔에 고개를 파묻더니 어린 소년처럼 흐느끼기 시작했다. 그는 깊은 감정의 골에 사로잡혀 있었다. 조금 전 느꼈던 절망감은 이상하게도 사라졌고, 나는 묵묵히 그의 곁에 서 있었다.

얼마간의 시간이 지나고 나서야 그는 겨우 나의 질문에 대답할 수 있을 만큼 기운을 회복했다. 물론 순서

가 뒤엉키고 말도 제대로 잇지 못했다. 그는 포병대의 수송 담당 병사였고 7시경 작전에 투입되었다. 불길이 들판 전체로 번질 때였다. 전해지는 바에 의하면, 첫 번째로 도착한 화성인들이 금속 방패처럼 생긴 것을 내세우고 두 번째 원통 우주선을 향해 천천히 이동했다고 했다. 후에 그 방패에서 다리 세 개가 나오면서 내가 처음 보았던 전투용 금속 기계로 변한 것이다.

병사들은 호셀 근처에서 모래 구덩이를 향해 대포를 발사할 준비를 하고 있었는데, 거대한 전투 로봇이 나타나자 병사들의 행동이 더욱 다급해졌다. 포병대원들이 후미로 이동할 때 이 포병의 말이 토끼굴을 밟아 넘어졌고 그의 몸은 땅바닥으로 곤두박질쳤다. 동시에 그의 뒤에서 대포가 발사되고 탄약들이 터지면서 주변은 온통 불바다가 되었다. 잠시 후 그는 자신이 불에 타 죽은 병사들과 말들 더미 아래 누워 있다는 사실을 깨달았다.

그가 말했다.

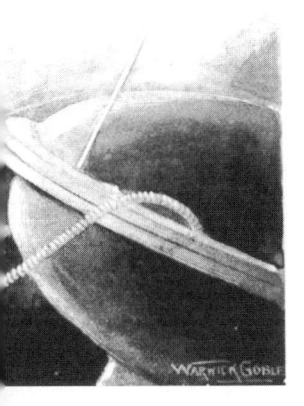
"나는 가만히 누워 있었습니다. 너무 두려워 정신을 차릴 수 없었고 말의 일부분이 내 몸을 누르고 있었으니까요. 우리는 전멸당했습니다. 그리고 그 냄새라니, 오 하느님 맙소사! 살이 타는 냄새! 나는 말에서 떨어질 때 등을 다쳤습니다. 그래서 움직일 수 있을 때까지 누워 있어야 했습니다. 조금 전까지는 당당하게 진군하던 부대가 순식간에 비틀거리고 터지고 일격에 전멸당하다니! 전멸이라니!"

포병은 한참 동안 죽은 말 아래 깔린 채 몰래 들판을

엿보았다. 카디건 기병대원들이 돌격하려고 했으나 모두 목숨을 잃었다. 그 괴물 같은 전투 로봇은 겨우 살아남은 몇몇 병사들 사이로 들판을 천천히 걷기 시작했다. 두건을 쓴 것처럼 보이는 머리 부분이 좌우로 회전했다. 팔 역할을 하는 촉수는 복잡하게 생긴 금속 상자를 들어 올렸고, 그 주변에서 녹색 섬광이 번쩍거리며 상자 구멍에서 열광선이 방출되었다.

얼마가 지난 뒤, 적어도 그 병사가 볼 수 있는 한 그 들판에 살아있는 생명은 하나도 남지 않았고, 덤불이나 나무들도 이미 검은 뼈대만 앙상했다. 조금 떨어진 곳에 있던 경비병들도 보이지 않았고, 대포 소리도 한동안 들려오다가 이내 멈추었다. 거대한 괴물이 마지막까지 남겨 놓은 워킹 역과 근처의 집들도 이내 열광선의 공격을 받아 활활 타오르는 폐허로 변했다. 전투 로봇은 열광선을 끄고 그 포병이 있는 곳에서 등을 돌리더니 두 번째 원통 우주선이 착륙한 소나무 숲을 향해 어기적거리며 걸어갔다. 그 때 두 번째 전투 로봇이 구덩이 속에서 나왔다.

두 번째 놈은 첫 번째 놈의 뒤를 따라갔고, 포병은 조심스럽게 기어 잿더미로 변해 아직 뜨거운 관목들 사이를 지나 호셀로 향했다. 그는 겨우 도로 옆 도랑으로 숨어들어 가 워킹으로 도망칠 수 있었다. 그쯤에서 그의 말소리는 절규로 바뀌었다. 그 곳을 통과하는 것은 불가능했다. 살아남은 사람들은 얼마 되지 않았고 대부분이 광란의 도가니에 빠져 있었다. 화상을 입어 피부가 벗겨진 사람들도 많았다. 그는 불길을 피해 시커멓게 그을리고 부서진 담장에 몸을 숨겼고, 그 때 화성인들의 전투 로봇 하나가 그 쪽으로 돌아왔다. 전투 로봇이 한 남자를 추격하더니 그 사람을 강철 촉수로 움켜잡고 소나무 밑둥에 머리를 짓이겼다. 마침내 밤이 되자 포병은 미친 듯이 달려 기찻길을 건넜다.

그는 런던 쪽으로 가면 위험에서 벗어날 수 있다는 희망을 품고 메이버리로 몰래 들어왔다. 사람들은 참호나 지하실에 숨었고, 살아남은 사람들 대부분이 워킹 빌리지나 샌드로 도망쳤다. 몹시 목이 말랐던 그는 열차 레일이 놓인 다리 근처에서 부서진 수도관을 발견했다. 물이 펑펑 쏟아지고 있었다.

토막토막 끊기기는 했지만, 내가 그에게서 들은 이야기는 대강 그랬다. 그는 조금씩 평정을 되찾았고, 자신이 본 사실에 대해 세세히 설명했다. 나는 아까 이야기를 처음 시작할 때 그가 정오 이래로 아무것도 먹지 못했다고 말한 것을 기억해 내고 식료품 저장고에서 양고기와 빵을 찾아 가져왔다. 화성인에게 들킬 것을 우려해서 램프는 켜지 않았다. 만약 그랬다간 우리는 영원히 빵이나 고기에 손도 댈 수 없는 불귀의 객이 되어 버렸을 것이다. 그가 이야기를 하는 동안 주변의 사물들이 어둠 속에서 연한 윤곽선을 드러냈다. 창문 밖의 뭉개진 관목과 부러진 장미나무들도 조금씩 구별되기 시작했고, 사람인지 동물인지 알 수 없는 뭔가가 황급히 잔디밭을 가로질렀다. 검게 그을리고 초췌한 병사의 얼굴도 볼 수 있었다. 의심할 여지 없이 그의 마음도 그랬을 것이다.

음식을 먹은 뒤 우리는 조용히 2층 서재로 갔고, 나는 다시 열린 창문으로 바깥을 내다보았다. 울창했던 녹색 계곡은 이제 재의 계곡으로 변해 버렸다. 불길로 온통 뒤덮여 있었고 이미 타 버린 곳에서는 연기가 끊임없이 피어올랐다. 밤의 장막이 가려 주었던 부서지고 뼈대만 남은 수없이 많은 집들과 마르고 검게 탄 나무들은 이제 냉정한 여명의 빛 아래 황량하고 끔찍한 모습을 드러내기 시작했다. 하지만 운 좋게 남은 것도 있었다. 하얀 철도 표지판이 보였고 저쪽에 온실 끝부분이 남아 있었다. 잔해 속에 푸른 풀 몇 포기도 보였다. 전쟁 역사상 이토록 무차별적으로 모든 것이 파괴된 적은 없었을 것이다. 거대한 전투 로봇들의 몸체는 점점 밝아 오는 햇살을 받아 번쩍거렸고, 그들은 구덩이 근처에서 자신들이 만든 폐허를 감상이라도 하는 것처럼 좌우를 살폈다.

원래보다 조금 더 커진 구덩이 속에서 나온 녹색 연기가 밝아 오는 새벽녘의 하늘을 향해 피어오르다가 소용돌이치면서 부서지고 사라졌다.

그 뒤로 초브햄 근처에서 불기둥이 솟구쳤다. 이제 막 터 오르는 여명 속에서 그것은 마치 붉은 연기 기둥처럼 보였다.

파괴된 웨이브리지과 세퍼튼

여명이 밝아 올 무렵, 우리는 화성인들을 관찰했던 창문에서 물러나 아래층으로 조용히 내려왔다.

그 포병은 이 집에 더 이상 머무를 수 없다는 내 의견에 동의했고, 자신은 런던 쪽으로 가서 포병 중대와 합류하겠다고 했다. 제12기병 포대였다. 내 계획은 레더헤드로 즉시 돌아가는 것이었다. 나는 화성인들의 강한 힘에 충격을 받은 나머지, 아내를 데리고 뉴헤이번으로 간 다음 당장 이 나라를 떠나야겠다고 결심했다. 그 괴물들이 곧 런던도 파괴하게 되리라는 것을 쉽게 짐작할 수 있었다.

그러나 이 곳과 레더헤드 사이에는 세 번째 원통 우주선과 그것을 호위하는 전투 로봇이 있었다. 만약 내가 혼자였다면 위험을 무릅쓰고 들판을 가로질렀겠지만, 포병이 나를 말렸다.

"아내에게도 좋은 일이 아닙니다. 당신 아내를 과부로 만들지 마세요."

결국 나는 그와 함께 숲으로 숨어들어 가 코브햄까지 가기로 했다. 그곳에서 나는 그와 헤어지고 엡섬 옆으로 빙 돌아 레더헤드까지 갈 작정이었다.

나는 즉시 출발하려고 했으나 현역 병사인 내 동료는 나보다 생각이 깊었다. 그는 내가 찾아낸 물통에 위스키를 담았고 옷에 달린 주머니마다 비스킷과 고기를 집어넣었다. 이제 우리는 집에서 살짝 빠져나와 어젯밤에 지나왔던 도로를 따라 전속력으로 달렸다. 주변의 집들은 조용했다. 길에는 열광선에 맞아 불에 탄 시체 세 구가 뒤엉켜 있고, 여기저기에 시계, 슬리퍼와 은숟가락 등 사람들이 떨어뜨리고 간 물건들이 널려 있었다. 우체국으로 향하는 길모퉁이에 가구를 가득 실은 작은 마차가 있었다. 말은 어디론가 가 버렸고 한쪽 바퀴가 부서진 마차의 몸체는 한쪽으로 기울어져 있었다. 거친 솜씨로 부서진 금고가 휑하게 열린 채 버려져 있었다.

아직 불에 타고 있는 고아원 건물만 제외하면 이 곳의 집들은 그나마 온전한 편이었다. 열광선은 굴뚝 끝으로 지나간 것 같았다. 하지만 우리들 외에 메이버리 언덕에서 살아있는 인간은 하나도 없는 듯했다. 짐작컨대, 대부분의 거주자들은 내가 레더헤드로 갈 때 지나갔던 올드 워킹 도로 쪽으로 도망쳤거나 어딘가에 숨어 있을 것이다.

우리는 길을 따라 내려갔다. 간밤에 내린 우박에 젖은 채 누워 있는 검은 옷차림을 한 사내의 시체를 지나 언덕 아래 숲으로 들어갔다. 우리는 숲을 헤치고 기찻길을 향해 계속 걸어갔다. 가는 도중 아무도 만나지 못했다. 선로를 따라 늘어선 나무들은 불에 타서 검게 변해 있었다. 대부분의 나무들이 쓰러지고 그나마 서 있는 나무들도 잎이 초록색이 아닌 짙은 밤색이었다.

양 옆으로 불길이 이미 지나간 뒤였고 근처에는 불에 탄 나무들뿐이었다. 나무들은 아예 뿌리째 뽑혀 있었다. 어떤 곳은 나무꾼이 토요일에 작업을 했는지, 베어진 나무가 깨끗하게 다듬어진 채 빈터에 놓여 있고 전기톱과 엔진 옆에는 톱밥이 수북이 쌓여 있었다. 근처에 있는 임시 오두막집도 텅 비어 있었다. 그날 아침은 바람 한 점 불지 않고 모든 것이 이상할 정도로 고요했다. 심지어 새들조차 울지 않았다. 나는 그 포병과 함께 서둘러 걸으면서 속삭이듯 이야기를 나누었고 가끔씩 뒤를 돌아보며 살폈다. 한두 번쯤 무슨 소리가 나는지 귀를 기울이기 위해 멈추어 섰다.

우리가 길 가까이에 갔을 때 말굽 소리가 났다. 나무들 사이로 기병대원 세 사람이 천천히 워킹을 향해 가는 것이 보였다. 우리가 소리쳐 부르자, 그들은 멈추어 서서 서둘러 다가오는 우리를 기다렸다. 중위와 제8경비병 소속 병사 두 명이었다.

중위가 말했다.

"오늘 아침 이 길을 따라오면서 아무도 만나지 못했는데, 당신들이 첫 번째군요. 대체 무슨 일이 일어난 겁니까?"

목소리와 표정을 보아하니 그는 잔뜩 흥분한 상태였다. 그의 뒤에 있는 병사들은 궁금하다는 듯 지켜보고 서 있었다. 나와 함께 온 포병이 언덕에서 길로 뛰어내려 경례를 붙였다.

"대포가 지난 밤 파괴되었습니다, 중위님. 저는 숨어서 포병대와 합류하려고 가는 중입니다. 아마 이 길을 따라 800미터 정도만 가면 화성인들의 모습을 볼 수 있을 겁니다."

"그 빌어먹을 놈들이 어떻게 생겼나?"

중위가 물었다.

"대단히 크고 완전 무장을 했습니다. 키는 30미터쯤 됩니다. 다리가 셋이고 몸통은 알루미늄처럼 번들거립니다. 꼭대기에 대단히 커다란 머리가 있습니다. 중위님."

중위가 외쳤다.

"그만! 말도 안 되는 소릴세!"

"아마 직접 보시게 될 겁니다. 그들은 상자 같은 것을 가지고 다니면서 거기에서 열광선을 발사합니다. 그것에 맞으면 죽습니다."

"그럼, 총이란 말인가?"

"아닙니다, 중위님."

그 포병은 열광선에 대해 자세히 설명하기 시작했다. 얼마간 그의 말을 듣던 중위는 말을 막더니 내가 있는 쪽을 보았다. 나는 여전히 길 옆 언덕배기에 서 있었다.

내가 말했다.

"전부 사실입니다."

중위가 말했다.

"그렇다면……. 내 임무는 바로 그 놈들을 보는 것이겠군."

그는 포병을 보았다.

"우리는 사람들을 대피시키기 위해 이 곳에 파견되었네. 자네는 가서 마빈 여단장님께 이 사실을 보고하게. 자네가 아는 것을 모두 말씀드리도록. 그 분은 웨이브리지에 계시다. 가는 길은 알고 있겠지?"

"알고 있습니다."

내가 대신 대답했다. 중위는 남쪽으로 말머리를 돌렸다.

"800미터라고?"

그가 말했다.

"그 정도 됩니다."

나는 나무 꼭대기 저편 남쪽을 가리켰다. 그는 나에게 고맙다는 인사를 남기고 떠났다. 우리는 그들을 다시는 보지 못했다.

계속 나아가다가 우리는 오두막집에서 급히 나오는 여자 셋, 아이들 두 명과 마주쳤다. 그들은 작은 손가방을 들고 나와 지저분한 보따리와 싸구려 세간 위에 올려놓으며 지나가는 우리에게 말을 건네기조차 힘들 정도로 바쁘게 움직였다.

바이플리트 역 근처에 이르렀을 때 우리는 소나무 숲에서 나왔다. 주변은 아침 햇살이 내리쬐는 조용하고 평화로운 마을이었고, 열광선의 사정거리에서 상당히 떨어진 곳이었다. 만약 주인이 버리고 간 몇몇 빈집들이 주는 쓸쓸함과 피신하기 위해 짐을 싸는 바쁜 움직임들, 그리고 철교 위에 서서 워킹으로 향하는 기찻길을 내려다보는 병사들이 아니었던들, 여느 때와 다를 바 없는 평범한 일요일의 모습이었다.

농장 마차 몇 대와 수레들이 애들스턴으로 가는 도로를 따라 끼익거리며 길을 재촉했고, 우리는 평평한 목초지에 워킹을 겨냥한 12문짜리 대포 여섯 대가 일정한 간격으로 배치되어 있는 것을 보았다. 포병들이 대포 옆에 서 있었고 탄약을 실은 수레도 사용하기 편리한 거리에 위치하고 있었다. 병사들은 마치 검열을 받는 것처럼 긴장을 늦추지 않고 서 있었다.

내가 말했다.

"좋아! 어쨌든 그 놈들도 한방 얻어맞게 되겠지."

나와 동행한 포병은 더욱 서두르며 말했다.

"나는 계속 가야만 합니다."

다리를 건너 웨이브리지를 향해 좀 더 나아가자, 하얀 작업복을 입은 한 무리의 사람들이 긴 보루를 쌓는 중이었고 그들 뒤에는 아까보다 더 많은 대포가 배치되어 있었다.

포병이 말했다.

"활과 화살로 번갯불을 쏘아 맞추는 격이군요. 하긴 저들은 아직 열광선을 보지 못했으니 당연합니다만."

직접 작업에 참여하지 않는 장교들은 서서 나무 꼭대기 너머 서남쪽을 응시했고, 나머지 병사들도 땅을 파다가 때때로 멈추고 그 쪽을 바라보았다.

바이플리트는 떠들썩했다. 사람들은 짐을 싸고 있었고, 말을 타고 있거나 말에서 내린 경비병들은 사람들에게 어서 떠나라고 재촉했다. 흰색 동그라미 안에 십자가가 그려진 정부 소유의 검은색 마차 서너 대와 낡은 승합마차도 다른 마차들과 함께 지나갔다. 자신들이 가진 것 중 가장 좋은 옷을 골라 입고 나온 사람들도 있었는데, 병사들은 그들에게 사태의 심각성을 인식시키느라 진땀을 빼고 있었다. 커다란 상자와 여러 개의 난초화분을 가지고 나온 쭈글쭈글한 노인이 그것들을 두고 떠나라는 한 하사의 말을 듣고 화를 벌컥 냈다. 나는 멈추어 서서 노인의 팔을 잡았다.

"저기에서 대체 무슨 일이 벌어지고 있는지 아십니까?"

나는 화성인들이 숨어 있는 소나무 숲을 가리켰다.

그가 돌아서며 말했다.

"뭐요? 이것들이 얼마나 귀중한 것인지 아오?"

내가 소리 질렀다.

"죽음입니다! 죽음이 다가오고 있습니다! 죽음이요!"

나는 노인이 충고의 의미를 스스로 깨닫기를 바라며 내 동행의 뒤를 서둘러 따라갔다. 모퉁이에서 나는 뒤를 돌아보았다. 아까 그 병사는 떠났고 노인네는 난초 화분을 올려놓은 커다란 상자 옆에 서서 멀거니 숲 저편을 바라보고 있었다.

 웨이브리지에 있는 사람들 중에서 우리에게 군대의 본부가 있는 곳을 말해 줄 수 있는 사람은 아무도 없었다. 난생 처음 보는 북새통이었다. 손수레와 마차가 여기저기 서 있고 각종 운송 수단과 말이 뒤섞여 난장판을 이루었다. 존경받는 부류의 사람들, 골프복이나 요트복 차림의 남자들과 그들의 아름다운 부인들이 짐을 꾸리고 있었고, 강가에서 노닥거리던 건달들도 작업을 도와주었다. 아이들은 신이 나서 뛰어다녔다. 대부분의 사람들은 늘 겪는 일요일의 일상에서 벗어나게 된 것에 재미있어하는 것 같았다. 그러는 가운데, 목사님은 예배를 조금 일찍 시작했고 뎅그렁거리는 종소리가 온갖 소음을 넘어 들려왔다.

 포병과 나는 식수대 계단에 앉아 챙겨 온 음식으로 배를 채웠다. 이 곳에서는 경비병들의 모습이 보이지 않았다. 모두 흰 제복 차림의 근위보병이었다. 병사들은 순찰을 돌면서 사람들에게 당장 떠나든지, 총이 발포되기 시작하면 지하창고에 숨으라고 경고했다. 철교를 건널 때 보니 점점 더 많은 사람들이 기차역으로 모여들었고 플랫폼은 쌓아 놓은 상자와 짐으로 넘쳐났다. 열차는 평상시처럼 운행되지 않았는데, 나는 많은 열차들이 병사와 무기를 처트시로 실어 나르는 데 사용되고 있을 것이라고 짐작했다. 그리고 특별 수송 열차 속 여기저기에서 심한 몸싸움이 일어나는 바람에 열차 출발이 한 시간가량 지연되었다는 소문도 들려왔다.

 우리는 정오까지 웨이브리지에 남아 있었다. 우리가 있던 장소는 웨이 강과 템스 강이 합류하는 세퍼튼 록(수문) 근처였고, 그 곳에서 작은 손수레에 짐을 싣는 두 명의 노부인을 도와주었다.

웨이 강 어귀는 삼중으로 되어 있어 배를 댈 수 있었고 강 건너편에는 여객선이 있었다. 세퍼튼 쪽 강변에는 잔디밭이 있는 여관이 있고 그 너머 나무들 위로 세퍼튼 교회의 첨탑이 우뚝 솟아 있었다.

우리는 이 곳에서 잔뜩 흥분하여 시끄럽게 떠들어 대는 피난민들을 보았다. 아직 공포를 안겨 주는 심각한 사건들이 벌어진 것은 아니었으나 배를 모두 동원한다고 해도 실어 나를 수 있는 수보다 더 많은 사람들이 몰려들었다. 사람들은 무거운 짐을 이고 거친 숨을 몰아쉬었다. 한 부부는 아예 화장실 문을 떼어 내어 그 위에 가재도구들을 올려놓은 채 들고 다녔다. 한 남자는 우리에게 이미 난리가 난 세퍼튼 역에서 도망쳐 왔다고 말했다.

고함소리가 났고 그 와중에 농담을 하는 사람도 있었다. 사람들은 화성인을, 마을을 공격하거나 약탈할 가능성이 있는 그저 무서운 인간과 비슷한 존재쯤으로 여기면서 결국 그들을 물리칠 수 있을 것이라고 확신하는 것 같았다. 가끔씩 사람들은 긴장한 얼굴로 웨이 강 너머 처트시 쪽 들판을 응시했으나 아직은 모든 것이 조용했다.

템스 강 건너편도 사람들이 배에서 내린 곳을 제외하고는 평온한 모습을 유지하며 서리 쪽과 확실한 대조를 이루었다. 배에서 내린 사람들은 통로를 따라 쿵쾅거리며 내려갔다. 커다란 여객선이 막 도착했다. 서너 명의 병사들이 여관 잔디밭에 서서 사람들을 바라볼 뿐 도와주기는커녕 피난민들을 향해 농담을 던졌다. 여관 문은 영업 시간이 아니었기 때문에 굳게 닫혀 있었다.

"이게 무슨 소리지?"

한 선원이 소리쳤다.

"주둥이 닥쳐, 이 바보야!"

내 옆에 있던 한 남자가 짖어 대는 개를 향해 소리 질렀다.

다음 순간 다시 커다란 소리가 들렸다. 이번에는 처트시 쪽에서 나는 소리였다. 멀리서 쿵 하는 소리가 한풀 꺾여 들려왔다. 대포 소리였다.

전투가 시작되었다. 거의 동시에 강 건너편에 배치된 포병 중대도 발포를 시작했다. 그들의 모습은 나무에 가려 보이지 않았으나 차례로 발사되는 육중한 대포 소리가 들려왔다. 한 여자가 비명을 질렀다. 모두들 눈에 보이지는 않지만 얼마 떨어지지 않은 곳에서 갑자기 발발한 전투에 정신을 빼앗긴 채 서 있었다. 그러나 평평한 목초지 외에는 아무것도 보이지 않았다. 소들은 무심히 풀을 뜯었고 가지치기를 한 버드나무가 온화한 햇살 아래 미동도 없이 서 있었다.

"우리 병사들이 저들을 막을 수 있을 거예요."

근처에 있던 한 여자가 걱정스럽다는 듯이 말했다. 나무들 위로 엷은 아지랑이가 피어올랐다.

다음 순간 강 상류 먼 곳에서 연기가 피어올랐다. 공중으로 갑자기 훅 피어오르더니 한동안 허공에 머물렀다. 그 때 땅이 울리고 무서운 폭발음이 공기를 뒤흔들면서, 근처에 있는 집의 유리창 몇 장이 박살 났다.

푸른색 옷을 입은 한 남자가 소리쳤다.

"그들이 저기 있다! 저기에! 저기 보입니까? 저기!"

하나, 둘, 셋, 넷…… 전투 로봇으로 무장한 화성인들이 차례로 작은 나무들 너머 저 먼 곳에 나타나더니, 처트시 쪽으로 뻗은 평평한 목초지를 가로질러 강을 향해 빠른 속도로 성큼성큼 걸어왔다. 처음에는 두건을 쓴 거대한 수도승처럼 보였다. 마치 굴러가듯, 나는 새처럼 빠르게 움직였다.

그리고 다섯 번째 놈이 우리를 향해 다가왔다. 몸체가 햇살을 받아 번쩍거렸다. 그들은 대포를 향해 성큼성큼 다가왔고 가까이 올 때마다 그 모습은 점점 커졌다. 가장 먼 거리에 있던 제일 왼쪽 놈이 거대한 상자를 허공으로 들어 올렸고 내가 금요일 밤에 목격했던 섬뜩한 열광선이 처트시 쪽으로 발사되어 마을을 강타했다.

 강 근처에 있던 사람들은 이들 기이하고 동작이 빠른 무서운 침입자들을 보고 한동안 공포로 얼어붙은 듯했다. 비명소리도, 외침도 들리지 않았다. 오직 정적만 감돌았다. 그런 다음 중얼거리는 목소리들, 그리고 움직이는 발자국 소리와 첨벙거리는 물소리가 들렸다. 두려움에 질린 한 남자가 어깨에 걸머졌던 커다란 여행 가방을 휙 돌리며 떨어뜨리는 바람에, 나는 그 모서리에 맞아 휘청했다. 나를 밀치며 먼저 가려는 여자도 있었다. 나는 사람들 틈에 섞여 움직였으나 생각조차 할 수 없을 만큼 두려움에 질린 것은 아니었다. 나는 무서운 열광선에 대해 생각했다. 물 속으로 들어가야 한다는 생각이 퍼뜩 스쳐 갔다. 바로 그거야!

"물 속으로 들어가요!"

내가 소리 질렀으나 사람들은 내 말에 귀를 기울이지 않았다.

나는 다시 고개를 돌려 화성인들이 다가오는 방향으로 달려갔다. 자갈이 많은 강가로 달려 내려가 물 속으로 뛰어들었다. 몇몇 다른 사람들도 나를 따라했다. 배에 탔던 사람들은 뒤로 물러났다가 내가 달려 나가자 고개를 내밀었다. 발 아래 돌들은 미끈거렸고, 강 수심은 얕아서 6미터쯤 달려 들어갔는데도 물이 허리에 올라오는 정도였다. 하늘로 치솟은 듯 거대한 화성인들의 모습이 약 200미터 전방에 나타났을 때 나는 얼른 물 속으로 풍덩 들어갔다. 배에 탄 사람들이 강으로 뛰어내리는 소리가 내 귀에는 마치 천둥소리처럼 들려왔고, 사람들은 강변으로 허겁지겁 도망쳤다.

그러나 전투 로봇을 탄 화성인의 눈에는 이리저리 뛰는 사람들이 마치 개미집을 발로 찼을 때 우왕좌왕하는 개미들처럼 하찮게 보였을 것이다. 숨이 찬 내가 물 위로 고개를 내밀었을 때 로봇의 머리가 강 저편에서 계속 대포를 쏘아 대는 포병대로 향하더니, 열광선 발사 장치를 천천히 휘둘렀다.

다음 순간 화성인들은 방죽 위에 서 있었다. 그들은 성큼성큼 걸어 거의 반쯤 건너왔다. 앞다리의 무릎이 방죽 위에서 구부러지는가 싶더니 다음 순간 다리를 완전히 펼 때에는 셰퍼튼 마을 근처까지 이미 도달해

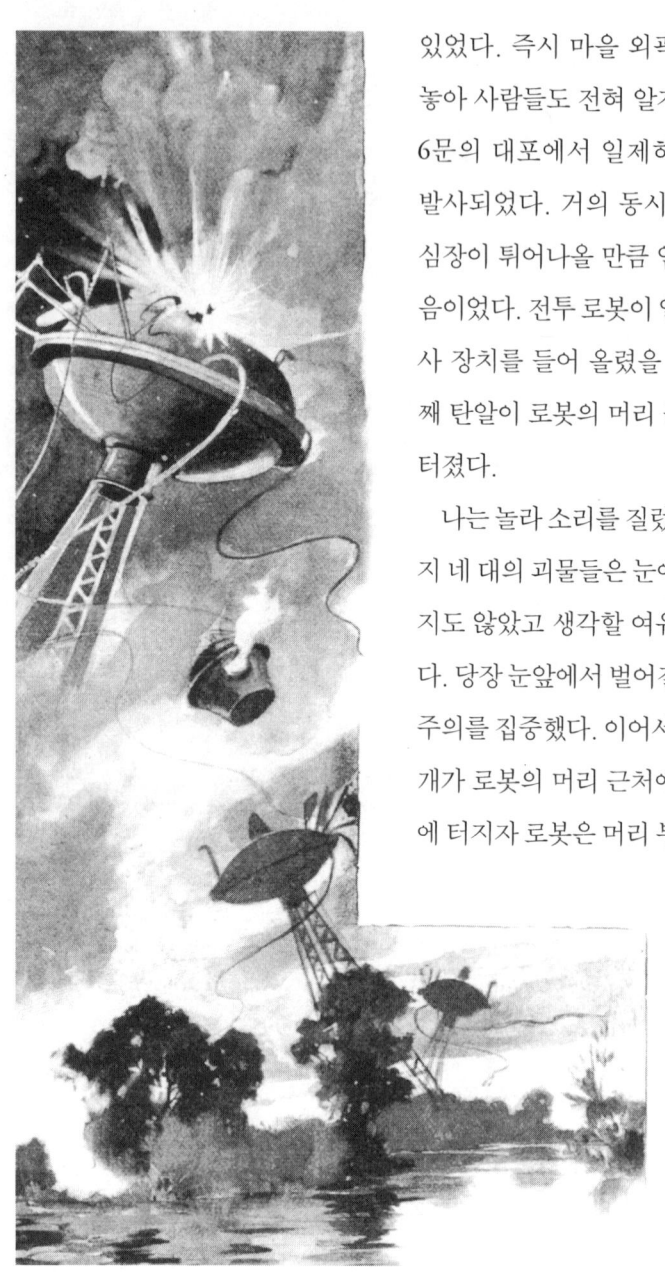

있었다. 즉시 마을 외곽에 숨겨 놓아 사람들도 전혀 알지 못했던 6문의 대포에서 일제히 포탄이 발사되었다. 거의 동시에 터진, 심장이 튀어나올 만큼 엄청난 굉음이었다. 전투 로봇이 열광선 발사 장치를 들어 올렸을 때 첫 번째 탄알이 로봇의 머리 근처에서 터졌다.

나는 놀라 소리를 질렀다. 나머지 네 대의 괴물들은 눈에 들어오지도 않았고 생각할 여유도 없었다. 당장 눈앞에서 벌어질 일에만 주의를 집중했다. 이어서 포탄 두 개가 로봇의 머리 근처에서 동시에 터지자 로봇은 머리 부분을 휙 돌려 피했다. 그러나 네 번째 포탄은 피할 시간이 없었다.

포탄은 전투 로봇의 얼굴에 정통으로 맞았다. 머리 부분이 부풀어 오르다가 터지고 붉은 살점과 번쩍거리는 금속 조각이 사방으로 흩어졌다.

"맞았다!"

나는 비명인지 환호성인지 구별하기 힘든 목소리로 외쳤다.

내 주위 강물 속으로 들어온 사람들의 입에서도 감탄사가 흘러나왔다. 순간의 기쁨에 취한 나머지, 나는 그만 물 밖으로 튀어나갈 뻔했다.

머리 부분이 파괴된 전투 로봇은 술 취한 거인처럼 비틀거렸으나 그대로 쓰러지지 않고 기적처럼 균형을 다시 회복했다. 하지만 이제는 조심스럽게 발을 내딛지 않았고, 열광선 발사 장치를 위로 쳐든 채 비틀거리며 세퍼튼을 향해 걸어갔다. 머리 부분에 타고 있던 화성인이 대포에 맞아 죽고 조각난 살덩어리가 하늘 높은 곳에서 부는 바람에 흩어진 지금, 정교한 금속 기계에 불과한 전투 로봇은 파멸의 몸부림을 치고 있었다. 지휘자를 잃어버린 로봇은 그냥 곧장 걸어가기만 했다. 세퍼튼 교회탑에 몸을 부딪힌 로봇은 마치 파성퇴(과거에 성벽을 부수는 데 쓰였던 도구——옮긴이)라도 된 것처럼 탑을 쓰러뜨리고 난 뒤 옆으로 몸을 돌려 비틀비틀 걸었다. 그리고 내 시야의 한계를 넘어 보이지 않는 강 어딘가에서 무서운 충격을 일으키며 쓰러졌다.

엄청난 폭발음이 천지를 뒤흔들었다. 물과 수증기, 진흙과 부서진 금속 조각들이 공중으로 솟구쳤다. 열광선 발사 장치는 물 위에 떨어지자마자 폭발했고 주변에는 증기가 자욱했다. 순간 거대한 파도가 일었다. 탁한 조류 같은, 하지만 거의 끓는점에 도달한 뜨거운 물결이 물줄기가 굽이쳐 흐르는 상류 근처를 휩쓸었다. 사람들은 육지 쪽으로 가려고 발

버둥을 쳤다. 그들의 비명과 고함소리가 화성인을 태운 괴물이 쓰러지면서 내는 요란한 소리에 묻혀 희미하게 들려왔다.

한동안 나는 뜨겁다는 사실을 잊고 있었다. 자기 방어라는 명백한 필요성마저 잊었다. 나는 소란스러운 강물을 헤치고, 검은 옷을 입은 한 남자를 밀치면서 강의 만곡 부분이 보이는 데까지 나아갔다. 텅 빈 배 여섯 대가 소란스러운 물결 위에 아무렇게나 내던져진 상태로 떠다녔고, 쓰러진 화성인의 몸체는 반쯤 물 속에 잠긴 채 물살을 타고 하류 쪽으로 떠내려왔다.

짙은 수증기가 잔해에서 쏟아져 나왔다. 소란스럽게 휘몰아치는 뿌연 연기 사이로, 간헐적이고 희미한 동작이긴 하지만 물을 휘젓는 거대한 팔다리와 허공을 향해 이리저리 튀기는 물방울, 진흙 덩어리와 거품이 보였다. 촉수는 마치 살아있는 팔처럼 흔들리고 서로 부딪혔다. 속수무책이고 의미가 없는 동작이라는 것만 제외하고는 마치 부상당한 생명체가 물 속에서 살아나기 위해 몸부림을 치는 모습처럼 보였다. 엄청난 양의 검붉은 체액이 요란한 소리와 함께 기계 속에서 분출되었다.

내가 죽은 화성인에게서 주의를 돌린 것은 광기에 가까운 고함소리 때문이었다. 마치 공업 도시에서 나는 사이렌 소리 같았다. 한 남자가 물이 무릎 정도까지 올라오는 예선 뱃길 근처에 서서 소리를 지르며 뭔가를 가리켰다. 돌아보니 다른 화성인들이 성큼성큼 걸어 처트시 쪽에서 강둑으로 내려오는 게 보였고, 그것은 세퍼튼에 배치된 대포들이 무용지물이었다는 의미였다.

나는 즉시 물 속으로 고개를 처박고는 고통스러울 때까지 숨을 참았다. 가능한 오래, 할 수 있는 데까지 물 속에서 비틀거리며 앞으로 나아갔다. 주변이 소란스러웠고 수온은 빠르게 상승했다.

잠시 후 숨을 쉬기 위해 고개를 들고 시야를 가린 머리카락과 물기를 닦아 냈을 때, 화성인들이 탄 전투 로봇의 모습은 휘몰아치는 하얀 연무처럼 피어오른 증기에 가려 보이지 않았다. 귀청을 찢는 듯한 요란한 소리가 들리고, 다음 순간 그들의 모습이 희미하게 보였다. 거대한 회색 몸체는 자욱한 안개 속에서 더욱 크게 느껴졌다. 그들은 내 옆을 지나갔고,

두 화성인이 몸을 수그리고 거품이 부글거리며 엉망이 된 동료의 잔해를 살펴보았다.

세 번째와 네 번째 놈은 그 옆에 서 있었다. 하나는 내게서 200미터쯤 떨어진 곳에 있고 다른 하나는 랄레햄 쪽에 있었다. 열광선 발사 기계가 작동하자 쉬익 소리와 더불어 나온 광선이 여기저기를 강타했다.

요란한 소음이 허공을 가득 메웠다. 뒤엉킨 소리 때문에 귀가 먹먹하고 혼란이 가중되었다. 전투 로봇에서 나는 금속음, 집들이 무너지는 소리, 쓰러지는 나무와 울타리, 불이 붙은 헛간들, 그리고 우지직거리며 타 들어가는 불길에서 나오는 소리들이 마구 충돌했다. 농도 짙은 검은 연기가 강에서 피어오르는 증기와 뒤섞이고 열광선은 웨이브리지 상공에서 이리저리 움직이며 발사되었다. 그 백열의 하얀 섬광이 지나간 곳에서 선홍색의 불길이 너울거렸고 검은 연기가 피어올랐다. 아직 불길이 미치지 못해 남아 있는 집들도 뒤쪽에서 타오르는 불길을 배경으로 희미하고 창백한 모습으로 서서 자신들의 운명을 기다렸다.

아마 나는 한동안 거기에 서 있었을 것이다. 뜨거운 강물이 가슴까지 차 올랐다. 너무 커다란 충격을 받은 나머지 도망갈 생각조차 할 수 없었다. 나와 함께 강물 속에 있던 사람들은 비명을 지르면서 육지로 올라갔고, 갈대밭을 헤치고 가는 그들의 모습이 증기 사이로 희미하게 보였다. 마치 사람의 출현으로 풀 속에서 뛰어나오거나 혹은 예인 뱃길에서 놀다가 깜짝 놀라 정신을 놓은 채 이리저리 튀어 가는 조그만 개구리들 같았다.

다음 순간 갑자기 열광선의 하얀 섬광이 내가 있는 방향으로 발사되었다. 광선의 손끝 아래 집들이 폭삭 내려앉고 불길이 거세게 소용돌이쳤다. 나무들이 요란한 소리와 함께 불길에 휩싸였다. 열광선은 예인 뱃길을 따라 발사되어 이리 저리 달려가는 사람들을 훑고 지나간 뒤 내가 선 곳에서 50미터도 떨어지지 않은 강물 가장자리까지 도달했다. 그것은 강을 가로질러 세퍼튼으로 향했고, 광선이 지나간 자리를 따라 물이 끓어오르고 수증기가 피어올랐다. 나는 육지로 향했다.

다음 순간 거대한 물결이, 거의 끓는점까지 온도가 올라간 뜨거운 물이 나를 덮쳤다. 나는 비명을 질렀다. 앞이 잘 보이지 않았고 고통스러웠다. 나는 쉬익 하며 덤벼드는 물살을 헤치고 비틀대며 육지를 향해 나아갔다. 만약 한 번이라도 넘어진다면 그 자리에서 내 목숨은 끝나 버릴 것 같았다. 나는 속수무책으로, 시야에 가득 들어온 화성인들을 보면서 자갈이 많이 섞인 넓은 모래톱을 달려 웨이 강과 템스 강이 서로 만나는 지점으로 향했다. 죽음 외에 어떤 것도 기대할 수 없는 상황이었다.

나는 머리 위 가까운 거리까지 다가왔던 화성인의 발을 어슴푸레 기억하고 있다. 그 발은 곧장 자갈 깔린 모래톱에 박혀 땅바닥을 이리저리 휘저어 놓고 다시 허공으로 들어 올려졌다. 한동안 움직임이 없나 싶더니, 다음 순간 네 명의 화성인은 쓰러진 동료의 몸체를 들어 올렸다. 그들은 잠시 명확하게 보였다가 이내 연기의 장막에 가려 희미해지더니, 지루할 만큼 느리게 (적어도 내게는 그렇게 여겨졌다.) 강과 목초지를 가로질러 물러갔다. 그런 다음 나는 아주 천천히 내가 기적적으로 살아남았다는 사실을 깨달았다.

목사와 함께

지구인들의 무기가 지닌 위력에 대해 알게 된 후, 화성인들은 호셀 들판에 마련해 둔 본거지로 물러갔다. 다급해서인지, 혹은 부서진 동료의 잔해에 신경을 쓰느라 그랬는지 모르지만, 그들은 나처럼 길 잃고 우왕좌왕하는 하잘 것 없는 인간들을 무시해 버렸다. 화성인과 런던 사이에 12문짜리 대포 몇 대 외에 아무것도 배치되지 않았던 때였으므로, 만약 쓰러진 동료를 내버려두고 그대로 전진했다면 그들은 화성인들이 오고 있다는 소식보다도 먼저 런던에 도착했을 것이다. 그랬다면 무시무시하고 파괴적인 화성인의 갑작스러운 출현은 마치 100년 전쯤 포르투갈의 리스본을 파괴시킨 지진(1755년에 일어난 지진으로 수만 명이 사망함──옮긴이)과 같은 충격을 안겨 주었을 것이다.

하지만 화성인들은 서두르지 않았다. 원통 우주선은 우주 공간을 건너 계속 도착했다. 매 24시간마다 지원군이 도착했다.

한편 영국의 육군과 해군 지휘관들은 이제 적이 지닌 가공할 만한 위력에 대해 확실히 알게 되었고, 있는 힘껏 맞설 준비를 했다. 동이 트기 전까지 모든 잡목 숲에 대포를 배치했고 킹스턴과 리치먼드 근처 언덕 지대에 있는 마을마다 대포들을 숨겨 놓았다.

호셀 들판에 있는 화성인들의 본거지 주변으로 약 32킬로미터 평방에 펼쳐진 불타고 황폐한 구역, 푸른 나무숲 사이에 위치한 불에 타서 폐허가 되어 버린 마을들, 하루 전까지만 해도 소나무가 우거진 숲이었으나 이제는 검게 그을리고 연기가 피어오르는 숲속을 가로질러, 헌신적인 정찰병들이 화성인이 나타나자마자 알리기 위해 일광 반사 신호기를 갖고 조심스럽게 돌아다녔다. 하지만 이제 우리가 지닌 대포의 위력을 경험한 화성인들은 인간에게 근접하는 것이 얼마나 위험한지 알게 되었고, 목숨을 담보로 화성인의 우주선이 있는 곳에서 반경 1.6킬로미터 이내로 들어가는 인간들도 없었다.

거대한 전투 로봇들은 이른 오후 내내 이리저리 돌아다니며 두 번째와 세 번째 우주선에 싣고 온 물건들을 운반하면서 시간을 보내는 듯했다. 두 번째 우주선은 애들스턴 골프장에, 세 번째 것은 피르포드에 있었고, 거기에 있는 물건들은 우주선이 제일 먼저 착륙할 때 생긴 호셀 들판의 구덩이 속으로 옮겨졌다. 시야가 닿는 범위까지 펼쳐진 검게 변한 관목 숲과 부서진 건물들 위로 보초처럼 서 있는 전투 로봇이 보였다. 나머지 화성인들은 거대한 전투 로봇에서 나와 구덩이 속으로 내려갔다. 그들은 한밤중까지 열심히 작업을 했다. 거기에서 피어오른 짙은 녹색 연기는 메로우 근처 언덕에서도 볼 수 있었으며, 심지어 반스테드와 엡섬 다운스(downs, 잉글랜드 남부의 백악질의 구릉지——옮긴이)에서도 보인다고 전해졌다.

뒤쪽에서 화성인들이 다음 전투를 준비하고 있는 동안 반대편에서는

사람들이 전투를 위해 모여들었고, 나는 타오르는 웨이브리지의 불길과 연기를 뚫고서 한없는 고통을 인내하며 힘겹게 런던으로 향했다.

나는 버려진 보트를 발견했다. 저 멀리 작은 배 한 척이 강 하류 쪽으로 떠내려가는 중이었다. 나는 젖은 상의를 벗어던지고 배를 쫓아가 잡아타고서 참혹한 파괴의 현장에서 도망치기 시작했다. 보트에는 노가 없었기 때문에 뜨거운 강물에 거의 데다시피 한 두 팔로 저어 핼리퍼드와 월턴 방향으로 가야겠다고 마음먹었다. 나는 아주 천천히, 그리고 계속 뒤쪽을 살피면서 강을 따라 나아갔다. 만약 그들 거인들이 되돌아오더라도 강이 가장 안전한 피신처가 된다고 생각했기 때문이었다.

화성인들의 열광선 공격으로 인해 뜨거워진 강물과 함께 나는 하류로 흘러들어갔고 족히 1.6킬로미터는 되는 거리를 가면서도 양 옆 방죽에서 볼 수 있는 것은 거의 아무것도 없었다. 단 한 번, 웨이브리지 쪽에서 목초지를 가로질러 다급히 뛰어가는 사람들을 본 것이 전부였다. 핼리퍼드에서도 인기척은 거의 느껴지지 않았다. 강으로 면해 있는 집들에서 불길이 치솟았다. 푸르고 뜨거운 하늘 아래 그토록 고요하고 인적 없는 곳에서 불길과 연기가 오후의 열기 속으로 솟구치는 광경은 낯설기만 했다. 화재가 날 때마다 항상 방해가 될 만큼 많은 구경꾼들이 몰려들지 않았던가. 방죽 위쪽 마른 갈대밭 저쪽에도 연기와 불길이 솟아올랐고 마른 건초가 싸인 들판을 향해 일정한 속도로 번져 나갔다.

오랫동안 나는 강물을 따라 떠내려갔다. 크나큰 시련을 겪은 데다 물에서 나오는 강렬한 열기 때문에 너무 고통스럽고 지쳤다. 하지만 공포가 되살아났고, 나는 다시금 팔을 저어 앞으로 나아가기 시작했다. 뜨거운 햇살이 벗은 등 위로 따갑게 내리쬐었다. 마침내 물줄기가 완만하게 굽은 곳에서 월턴의 다리가 시야에 들어오자, 더위와 현기증은 그 동안 나를 사로잡았던 공포보다 더 큰 무게로 나를 짓눌러 왔다. 나는 미들섹스 방죽으로 올라서서 길게 자란 풀 위에 기진맥진한 몸을 뉘였다. 그 때가 4, 5시경이었을 것이다. 힘들게 몸을 일으켜 거의 1킬로미터 정도를 걸었으나 아무도 만날 수 없었고, 나는 다시 산울타리 그늘에 누웠다. 나는 있는 힘을 모두 짜내어 걸어가면서 나 자신과 대화했다. 엄청난 갈증에 시달리면서 나는 마실 물을 충분히 가져오지 않은 것을 통렬히 후회했다. 그리고 이상하게도 아내에게 화가 났다. 만약 나를 걱정하고 있을 아내가 있는 레더헤드로 가야 한다는 억제할 수 없는 갈망이 아니었던들 이렇게까지 힘들게 움직이지 않아도 됐으리라는 생각이 들었다.

나는 목사가 나타난 것이 언제였는지 확실히 기억나지는 않는다. 아마 내가 깜박 잠이 들었을 때일 것이다. 눈을 뜬 나는 그가 곁에 앉아 있는 것을 보았다. 셔츠는 검댕으로 얼룩져 있었으나 그는 깨끗하게 면도한 얼굴을 거만하게 치켜든 채 연한 붉은빛의 하늘을 쳐다보고 있었다. 소위 말하는 '비늘구름'이 깔린 하늘이었다. 연한 솜털 구름이 비늘 모양으로 겹겹이 깔리고 막 저물기 시작한 여름 태양에서 붉은 기운이 번져 나왔다.

나는 일어나 앉았다. 그는 부스럭거리는 소리를 듣고 고개를 돌려 나를 보았다.

"마실 물 좀 주시겠습니까?"

내가 불쑥 물었다.

그는 고개를 가로저으며 말했다.

"당신은 아까부터 물을 달라고 했소."

잠시 동안 우리는 아무 말 없이 서로를 살폈다. 그는 분명 내가 좀 이상한 사람이라고 생각하는 듯했다. 나는 물에 젖은 바지와 양말 외에 아무것도 걸치고 있지 않았고 얼굴과 어깨는 연기에서 나온 검은 얼룩이 여기저기 묻어 있었다. 그는 허약한 인상을 주는 남자였다. 턱이 안쪽으로 들어갔고, 황갈색 곱슬머리가 이마로 흘러내렸다. 그는 약간 크고 연한 푸른색 눈동자로 멀거니 앞을 바라보다가 갑자기 내게서 눈길을 돌리며 불쑥 말했다.

"이게 뭘 의미하는 거요? 이 모든 일들이 뭘 뜻하는 거죠?"

나는 아무런 대답 없이 그를 바라보았다.

그는 가늘고 흰 손을 내밀면서 불만스럽게 투덜거렸다.

"왜 이런 일들이 일어나도록 내버려두는 거요? 우리가 대체 무슨 죄를 지었길래? 아침 미사가 끝난 후 나는 머리를 식히기 위해 산책을 하고 있었소. 그런데 갑자기 불길, 지진, 그리고 죽음…… 마치 이 곳이 소돔과 고모라가 된 것 같았소. 우리가 이루어 놓은 모든 것들이 순식간에 사라졌소. 모든 것들이 말이오. 그 화성인들은 대체 뭐란 말이오?"

"그럼 우리들은 무엇이라고 생각하십니까?"

나는 목소리를 가다듬으면서 대답했다.

목사는 무릎을 꽉 움켜쥐고 다시 고개를 돌려 나를 보았다. 그리고 한참 동안 조용히 나를 응시했다.

그가 말했다.

"나는 머리를 식히기 위해 길을 따라 걷고 있었다오. 그런데 갑자기 불길이 치솟고 땅이 흔들리고 사람들이 죽었다는 말이오!"

목사는 다시 입을 다물고 침묵 속으로 숨어들었다. 풀이 죽은 모습이었다.

얼마 안 가 그는 다시 손을 내젓기 시작했다.

"모든 것이, 주일학교와 우리가 해 온 모든 것들이 사라졌소. 웨이브리지에 사는 사람들이 대체 뭘 잘못했단 말이오? 이처럼 모두 사라지고 파괴되다니. 교회도 그렇소! 다시 지은 지 3년밖에 안 되었는데. 사라졌어! 깡그리 사라졌다고! 대체 왜?"

또다시 침묵이 흘렀다. 그리고 그는 마치 미친 사람처럼 떠들기 시작했다.

"거기서 연기가 한없이 솟아올랐다고!"

목사의 눈동자가 이글거렸다. 그는 가느다란 손가락을 들더니 웨이브

리지 쪽을 가리켰다.

그쯤 되자 나는 그가 어떤 상태인지 알 수 있을 것 같았다. 그는 웨이브 리지에서 탈출해 나온 피난민이 분명했다. 그리고 그는 자신이 겪은 끔찍한 비극으로 인해 제정신이 아니었다.

내가 무뚝뚝하게 물었다.

"여기는 선베리에서 얼마나 떨어진 곳입니까?"

그가 물었다.

"우리는 무엇을 해야 하오? 화성인들이 사방에 깔린 거요? 지구가 그들에게 넘어가는 거요?"

"우리가 있는 곳은 선베리에서 얼마나 떨어져 있죠?"

"오늘 아침 나는 사제로서의 소임을 다하고……."

내가 조용히 말했다.

"모든 게 변했습니다. 정신을 차리세요. 아직은 희망이 있습니다."

"희망이라고!"

"그렇습니다. 희망은 충분합니다. 비록 이토록 처참하게 파괴되긴 했지만 말입니다!"

나는 우리가 처한 상황에 대한 나의 견해를 이야기하기 시작했다. 목사는 처음에는 귀를 기울이는 듯했으나, 이내 관심은 사라지고 멀건 눈동자만 이리저리 굴렸다.

그는 갑자기 내 말을 가로막고 외쳤다.

"이건 종말의 시작이 틀림없어. 종말! 하느님의 심판의 날! 사람들이 산 위로 올라갔을 때 암석들이 그들의 몸 위로 떨어져 그들을 숨겨 주었나니, 바로 옥좌에 앉으신 하느님의 눈을 피하기 위해 그들을 숨겨 주었나니!"

나는 그가 어떤 상태인지 깨달았다. 그리고 힘들게 설명하던 것을 멈추고 비틀대며 자리에서 일어났다. 나는 그를 내려다보면서 그의 어깨에 손을 얹었다.

"용기를 가지세요. 당신은 지금 두려워서 제정신이 아니에요. 재앙 앞에서 그렇게 무너진다면 종교가 무슨 소용이 있겠습니까? 지금까지 인간들이 겪어 왔던 지진과 홍수, 전쟁과 화산 폭발을 생각하십시오. 하느님이 웨이브리지만 면제해 줄 것 같습니까? 하느님은 보험회사가 아니에요."

한참 동안 그는 아무 말 없이 앉아 있더니, 불쑥 물었다.

"하지만 우리가 어떻게 피할 수 있겠소? 그들은 당할 자가 없소. 게다가 그들은 냉혹하오."

내가 대답했다.

"둘 다 아닙니다. 그리고 그들이 강할수록 우리는 더 정신을 차리고 조심해야 합니다. 그들 중 하나는 세 시간쯤 전에 저쪽에서 우리의 공격을 받고 죽었지요."

그는 주위를 두리번거리며 말했다.

"죽었다고! 어떻게 하느님의 사자들이 죽을 수 있어!"

나는 계속 말을 이었다.

"내 눈으로 보았습니다. 우리는 그 두꺼운 쇳덩어리를 뚫고 명중시킬 수 있었지요. 그게 전부입니다."

"하늘에서 번뜩이는 것은 무엇이오?"

그가 갑자기 물었다.

나는 일광 반사기로 신호를 보내는 것이라고 설명하면서, 바로 인간들의 노력과 도움의 흔적이라고 말했다.

"우리는 지금 전투 지역 한가운데에 있습니다. 그건 조용히 보내는 신호지요. 하늘에서 반짝이는 것은 이제 곧 전투가 벌어진다는 신호입니다. 제가 보기엔, 저쪽에 화성인이 있는 것 같군요. 그리고 런던 쪽으로 리치먼드와 킹스턴 근처의 언덕과 나무들은 숨을 곳을 제공해 주고, 병사들은 흙으로 보루를 쌓고 대포를 배치합니다. 곧 화성인들이 이 길을 지나가게 될 겁니다."

내가 미처 말을 끝내기도 전에 그는 벌떡 일어나며 내 말을 가로막았다.

"들어 보시오!"

강 건너편 낮은 언덕 너머 멀리 떨어진 곳에서 대포 소리와 무시무시한 고함소리가 둔탁한 반향음처럼 들려왔다. 잠시 후 모든 소음이 딱 멈추고 정적이 흘렀다. 떡갈잎 풍뎅이 한 마리가 산울타리 주변에서 빈둥대다가 우리를 지나가 버렸다. 웨이브리지와 세퍼튼에서 피어오르는 연기와 아직 남아 있는 장려한 석양을 배경으로, 서쪽 하늘 높이 걸린 초승달은 시리도록 창백했다.

내가 말했다.

"이 길을 따라가는 게 좋겠습니다. 북쪽으로."

런던에서

　화성인들이 워킹에 착륙했을 때 내 동생은 런던에 있었다. 의학도인 동생은 코앞으로 다가온 시험 준비를 하느라 토요일 아침까지 그 소식을 전혀 듣지 못했다. 토요일 조간 신문에 혹성으로서의 화성과 화성에 사는 생물체에 대한 긴 특별기사와 함께 이해하기 힘든 짧은 속보가 실렸다.
　"화성인들은 다가오는 사람들에게서 위협을 느끼고 속사포로 몇 명의 사람들을 죽였다."
　이야기는 그렇게 진행되었다. 속보는 다음과 같은 말들로 결론을 내리고 있다.
　"화성인들은 무시무시한 종족일 가능성이 있다. 그렇지만 그들은 착륙할 때 생긴 구덩이 속에서 움직이지 않고 있는데, 아무래도 움직일 힘이 없는 것처럼 보인다. 아마도 지구의 중력 에너지가 화성에 비해 상대적으로 강하기 때문일 것이다."

　아마 마지막 구절은 편집자가 사람들을 안심시키기 위해 덧붙인 내용일 것이다.

　물론 내 동생을 포함해서, 생물학 수업을 들으며 시험 준비에 몰두하던 학생들은 그날 대단히 흥분했다. 하지만 길거리는 별다른 동요 없이 조용했다. 석간 신문에는 커다란 제목 아래 여러 개의 기사가 실렸다. 하지만 들판 근처로 군대를 이동시킨다거나 워킹과 웨이브리지 사이의 소나무 숲이 불탔다는 내용이 거의 대부분을 차지했다. 적어도 8시까지는 말이다. 그리고《세인트 제임스(*St. James's Gazette*)》관보(주 2회 발간되는 정기 간행물――옮긴이)는 특별판을 발간하여, 통신 케이블이 연결되어 있는 숲에 화재가 발생했기 때문에 전신 통신에 장애가 생겼다고 솔직하게 발표했다. 그날 밤, 내가 레더헤드로 갔다가 돌아왔던 날 밤에 일어난 전투에 대해서는 아무것도 알려지지 않았다.

동생은 나에 대해 그다지 크게 걱정하지 않았다. 신문 기사를 읽고 우주선이 우리 집에서 족히 3킬로미터는 떨어진 곳에 착륙했다는 사실을 알았기 때문이었다. 나중에 들은 거지만, 동생은 화성에서 온 생물체들이 죽기 전에 자신의 눈으로 직접 보려고 그날 밤 내가 사는 곳으로 올 마음이었다고 했다. 그는 나에게 전보를 보낸 뒤, 전보가 도착할 것으로 예상되는 4시까지 뮤직홀에서 시간을 보냈다.

토요일 밤 런던에도 폭풍우가 몰아쳤고, 동생은 택시를 타고 워털루 역에 도착했다. 그 곳 기차역에는 정기적으로 한밤중에 출발하는 열차가 있었다. 하지만 동생은 플랫폼에서 얼마간 기다리다가 어떤 사고로 인해 그날 밤 워킹으로 가는 열차가 운행되지 않는다는 사실을 알게 되었다. 하지만 어떤 사고인지 정확히 알 수는 없었다. 직원들조차 무슨 일인지 잘 모르는 것 같았고 역 구내 분위기가 조금 술렁거렸다. 하지만 바이플리트와 워킹 역 사이에서 뭔가 사고가 일어났다는 것 외에는 아무것도 알아낼 수 없었고, 그래서 정기적으로 운행되던 시어터 열차(공연을 관람하는 사람들이 주로 이용했던 밤 열차――옮긴이)는 워킹을 통과하지 않고 버지니아 워터 혹은 걸리포드로 우회해서 운행한다는 것이었다. 역무원들은 사우스햄프턴과 포츠마우스의 일요 유람 열차의 경로를 바꾸기 위한 대책을 찾아내느라 분주했다. 밤을 새며 취재하던 한 신문 기자는 내 동생을 그와 닮은 한 교통 관계자로 잘못 알아보고 동생을 기다렸다가 인터뷰를 시도하기도 했다. 하지만 몇몇 역무원들을 제외하고

는 열차가 끊긴 것이 화성인의 출현과 연관이 있다는 사실을 아는 사람은 거의 없었다.

일요일 아침, 나는 일련의 사건들에 관해 다른 방식으로 쓴 기사를 읽었다. "런던 전체가 워킹에서 온 소식을 듣고 경악하다."라는 제목의 기사였다. 사실상 이런 식으로 지나치게 과장된 문구를 정당화해 줄 만한 소식은 전혀 들려오지 않은 상태였다. 대부분의 런던 사람들은 공포의 월요일 아침이 될 때까지 화성인들에 대해 듣지 못했다. 그 소식을 접한 사람들은 한참이 지나서야 일요일 신문에 실린 다급한 속보의 내용이 담고 있는 진짜 의미를 깨달았다. 사실 런던 사람들 대다수가 일요일에는 신문을 읽지 않았다.

게다가 런던 사람들은 그들이 사는 세상이 늘 안전하다는 생각을 하며 살아왔기 때문에 신문 기사를 읽으면서 매우 놀라기는 했어도 두려움을 느끼지는 않았다.

"지난 밤 7시경 화성인들이 원통처럼 생긴 우주선에서 나와 금속으로 된 갑옷 차림으로 이동했다. 그들은 워킹 역과 인근의 마을을 쑥대밭으로 만들고 카디건 연대 포병 전원을 몰살시켰다. 자세한 내용은 아직 알려지지 않고 있다. 최강의 대포도 그들의 무기 앞에서 무용지물이었고, 야전포들은 파괴되었다. 말을 탄 경비병들은 처트시 혹은 윈저를 향해 달아났다. 서부 서리에 극심한 공포가 퍼져 나갔고 런던을 방어하기 위한 보루 작업이 개시되었다."

이것은 《선데이 선(Sunday Sun)》에 실린 내용이다. 그리고 《레프리(Referee)》는 재빨리 간지 형식의 호외 기사를 발행하여 이번 사건을 갑자기 마을로 도망친 동물원 맹수들과 비교하는 논평을 실었다.

런던에서 누구도 무장한 화성인들의 정확한 실체를 알지 못했고, 여전히 사람들은 그 괴물들이 제대로 활동하지 못할 것이라고 굳게 믿었다. 처음에 나온 대다수의 신문들은 '느릿느릿 기어가는 외계인', '고통스럽게 기어가는 외계인' 이라는 표현을 사용했다. 화성인들이 어떤 변화를 보였는지에 대해 눈으로 직접 보고 알려주는 기사는 없었다. 일요일 신문들은 새로운 소식을 손에 넣을 때마다 특별판을 찍어 냈으나 같은 내용만 계속 싣는 신문들도 있었다. 사실 그날 늦은 오후, 정부가 입수한 자료들을 언론에 공개하기 전까지는 실질적으로 사람들에게 진실을 전달해 줄 만한 소식은 거의 없었다. 공개된 자료에 따르면 월턴과 웨이브리지 사람들, 그리고 인근에 사는 사람들은 모두 런던을 향해 피신하는 중이라고 했고, 더 이상의 내용은 없었다.

　내 동생은 그날 아침 파운들링 병원 안에 있는 교회에 갔다. 전날 밤에 무슨 일이 벌어졌는지 전혀 모르는 상태였다. 그 곳에서 동생은 누군가가 침략했다는 소문을 어렴풋이 들었고, 평화를 위한 특별예배가 열렸다. 그는 예배를 마치고 나와 《레프리》를 샀다. 거기에 실린 기사를 읽고 불길한 예감이 든 동생은 혹시 전보 시스템이 재가동되었는지 알아보기 위해 다시 워털루 역으로 갔다. 승합마차, 마차, 자전거, 그리고 좋은 옷을 입고 한가롭게 산책하는 많은 사람들은 신문팔이들이 뿌리고 다니는 이색적인 소식에 크게 영향을 받는 것 같지 않았다. 관심을 보이거나 걱정하기는 했지만 방관자의 입장에서 보이는 관심과 걱정이었다. 역으로 간 동생은 처음으로 윈저와 처트시 간의 기차 운행도 중단되었다는 사실을 알게 되었다. 짐꾼들이 말하길 오늘 아침 바이플리트와 처트시 역에서 보낸 중요한 전보 몇 통이 수신되었으나 갑자기 뚝 끊어졌다고 했다. 동생은 그들에게서 자세한 내용은 얻어 낼 수 없었다. "웨이브리지 부근에서 전투가 있었던 모양."이라는 정도가 그들이 전해 준 전부였다.

　열차 운행은 엉망이었다. 몇몇 사람들은 사우스웨스턴 노선을 타고 올 친구들을 맞이하기 위해 역 근처에서 기다리는 중이었다. 머리가 반백인 한 신사가 다가와 내 동생에게 사우스웨스턴 철도 회사를 통렬히 비난했다.

　"본때를 보여 줘야 한다니깐."

　그가 말했다.

　한두 대가량의 열차가 리치먼드, 푸트니와 킹스턴에서 그날 보트를 타러 나갔던 사람들을 싣고 돌아왔는데, 열차 문이 모두 잠겨 있고 공포 분위기가 역력했다. 파란색과 흰색의 운동용 상의를 입은 한 남자가 내 동생에게 이상한 소식들을 전해 주었다.

"사람들이 이륜 경마차 혹은 귀중품 상자를 실은 수레를 타고 킹스턴으로 몰려오고 있습니다. 그들은 몰지와 웨이브리지, 월턴 등지에서 오는 사람들인데, 처트시에서 대포 소리가 나는 것을 들었다고 하더군요. 무시무시한 불길이 치솟고 말을 탄 병사들이 그들에게 화성인들이 쳐들어 오고 있으니 즉시 떠나라고 했답니다. 우리는 햄프턴 코트 역에서 대포 소리를 들었는데 그게 천둥소리인 줄만 알았습니다. 대체 이게 무슨 빌어먹을 일이람? 화성인들은 구덩이 속에서 움직이지 못한다고 하지 않았나요, 그렇죠?"

동생은 그에게 아무런 대답도 해 줄 수 없었다.

동생은 열차 승객들이 조금씩 불안해하는 것을 보았다. 반스, 윔블던, 리치먼드 공원과 큐 등의 남서부 쪽에서 일요 소풍객들을 태운 열차가 평상시보다 이른 시각에 돌아오기 시작했다. 하지만 누구도 희미하게 떠도는 소문 이상의 내용은 말해 주지 못했고, 돌아온 사람들은 한결같이 심기가 불편한 표정들이었다.

5시경, 역에 모여 있던 사람들은 사우스이스턴 역과 사우스웨스턴 역 사이에서 거의 동시에 끊어졌던 통신 장비가 다시 연결된 것을 알고 몹시 흥분했고, 커다란 대포나 군인들을 태운 수레와 마차들이 지나갔다. 킹스턴을 사수하기 위해 울위치와 차트햄에서 대포들을 실어 나르고 있었다. 사람들은 농담을 주고받기도 했다. "넌 잡아먹힐 거야!" 혹은 "우린 맹수 사육사라고!"라는 식이었다. 잠시 후 경찰 한 분대가 역으로 들어와 사람들을 플랫폼에서 내보내기 시작했고 내 동생도 다시 거리로 나왔다.

저녁 예배를 알리는 교회 종소리가 울려 퍼졌다. 구세군 복장을 한 젊

은 여자들이
노래를 부르며 워털
루 거리를 지나갔다. 다
리 위에서 한 무리의 남자
들이 이따금씩 강을 따라 떠
내려 오는 밤색 부유물을 호
기심 어린 눈으로 바라보았
다. 석양이 물들기 시작하고,
시계탑과 국회의사당은 우리
가 상상할 수 있는 한 가장 평화
스러운 하늘을 배경으로 우뚝 서
있었다. 황금빛 하늘에 붉은색과 보라
색이 섞인 구름이 길게 가로누워 있었다.

사람들은 강물에 시체가 떠내려 왔다는 이야기를 두런두런 주고받았다. 그 곳에 있던 사람들 중 자신이 예비군이라고 밝힌 한 남자는 내 동생에게 일광 반사 신호기의 빛이 서쪽 하늘에서 반짝거렸다고 말했다.

웰링턴 거리에서 내 동생은 건장한 청년 두어 명이 방금 나온 신문과 호외를 알리는 게시물을 가지고 플리트 거리에서 달려 나오는 것을 보았다.

"끔찍한 재난이 일어났습니다!"

그들은 웰링턴 거리를 따라가며 큰 소리로 번갈아 외쳤다.

"웨이브리지에서 전투가 벌어졌답니다! 여기 자세한 기사가 있어요! 화성인들의 대반격! 런던도 위험합니다!"

동생은 3펜스를 주고 그 신문을 샀다.

그는 비로소 화성인들이 강한 힘을 지닌 공포의 대상임을 깨달았다. 화성인들은 꾸물꾸물 기어다니는 작은 생물체가 아니라, 거대한 기계 로봇을 마음대로 조종하는 높은 지능을 지닌 생명체라는 사실을 알 수 있었다. 게다가 그들은 아주 빠르게 움직일 수 있으며 막강한 대포도 무기력하게 만들 만큼 강한 힘으로 인간을 공격했다.

기사에 따르면, 화성인들은 "다리가 세 개 달린 절지동물처럼 생긴 거대한 기계로 높이가 30미터가량 되며 고속열차처럼 빠른 이동 능력을 갖추고 강력한 열광선을 쏘아 댄다."라고 묘사되어 있었다. 위장한 포병들과 야전포들이 호셀 들판 근처에 매복해 있었고 특히 워킹 지역과 런던 사이에 집중 배치되었다. 다섯 대의 전투 로봇에 탄 화성인들이 템스강을 향해 이동하는 모습이 포착되었고 다행히 하나는 파괴되었다. 하지만 나머지 포탄은 빗나갔고 포병대는 열광선에 의해 전멸했다고 했다. 비록 많은 병사들이 전사했다는 내용이 실려 있긴 했지만 전체적인 신문의 논조는 낙관적이었다.

"화성인들은 물러갔다. 적어도 그들은 천하무적이 아니었다. 그들은 다시 워킹 근처에 착륙한 세 대의 우주선으로 돌아갔다. 일광 반사 신호기를 지닌 정찰병들은 사방에서 그들을 감시하고 있다. 윈저, 포트마우스, 올더숏과 심지어 북쪽 지방인 울위치 등지에서 많은 대포가 차출되

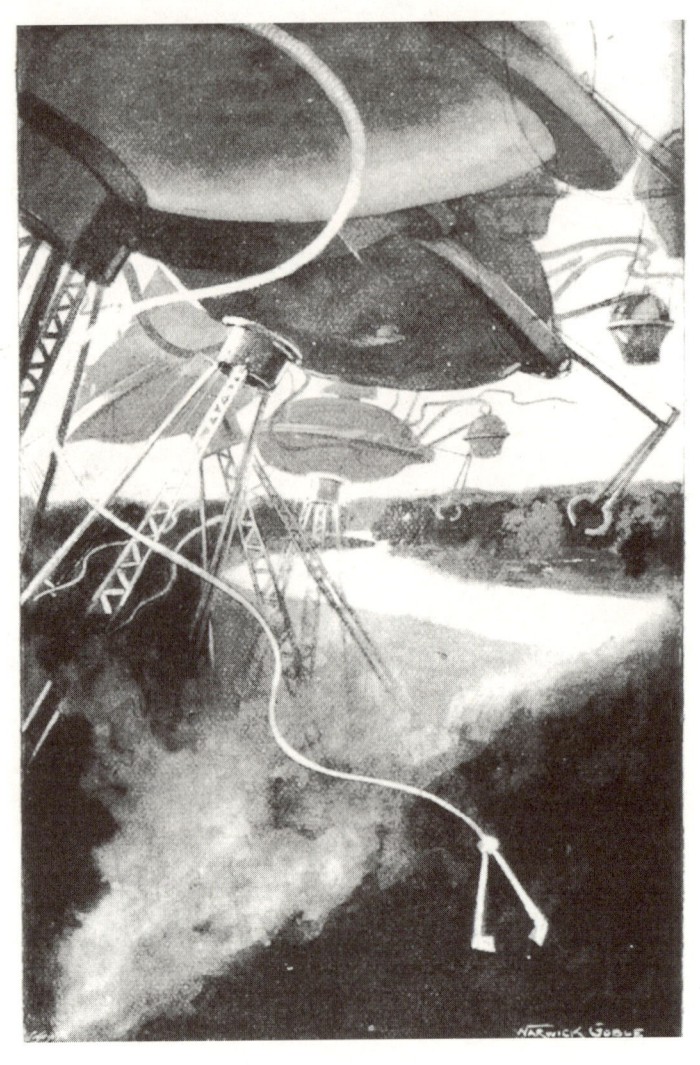

었다. 특히 울위치에서는 95톤짜리 장거리 대포가 수송되어 오는 중이다. 모두 합쳐서 116대의 대포들이 이미 배치되었거나 혹은 배치중이며 이들은 주로 런던을 방어하기 위한 병력이다. 영국 내에서 이렇게 많은 군사 장비들이 이토록 빨리 집중 배치된 적은 한 번도 없었다. 다른 우주선이 착륙할 경우 그것이 열리기 전에 파괴시킬 고성능 폭탄들이 빠른 시간 내에 제조되어 보급되는 중이다."

분명 기사는 상황이 특이하고 중대하다고 묘사하긴 했지만 시민들에게 공포에 빠지지 말라고 설득하고 있었다. 화성인은 극도로 기이하고 끔찍한 생물체이지만 지금 지구에 와 있는 것은 고작해야 20명 안팎이며 우리에게는 수백만의 인구가 있다는 거였다.

당국에서 그렇게 보는 데엔 근거가 있었다. 우주선 크기로 보아 한 대당 화성인 다섯 이상은 태울 수 없기 때문에 모두 합쳐도 열다섯에 불과했다. 그리고 적어도 화성인 하나가 사살되었고, 더 많이 죽었을지도 모른다. 당국은 시민들에게 다가올 위험에 철저하게 경계해야 하며, 지금 공격 사정거리에 있는 남서부 교외에 사는 사람들을 보호하기 위한 특별 대책을 고안하는 중이라고 했다. 그리고 런던은 안전하며 당국은 이 어려움을 충분히 대처할 능력이 있고, 이 사태는 곧 종결될 것이라고 다시 한 번 강조했다.

이상은 아직 물기가 채 마르지 않은 신문지 위에 커다란 활자로 찍힌 내용이었다. 너무 급하게 신문을 찍는 바람에 아직 논평은 실리지 못했다. 내 동생은 항상 나오던 신문 내용들이 가차 없이 잘려 나가고 이 기사가 대신 자리를 차지했다는 사실에 강한 호기심이 일었다.

웰링턴 거리는 온통 분홍색 신문지를 펄럭거리면서 기사를 읽는 사람들로 가득했고 스트랜드 거리(런던의 번화가——옮긴이)는 그들 신문팔이들을 뒤따라 온 행상인들의 목소리로 시끌벅적했다. 사람들은 신문을 사기 위해 버스에서 내리기도 했다. 얼마 전까지만 해도 무관심했던 사람들도 소식을 듣고 매우 흥분했다. 내 동생이 말하길, 스트랜드 거리의 셔터가 내려진 지도 상점에서 일요일다운 복장을 한 남자가 심지어 손에 노란색 장갑까지 낀 채 다급하게 서리 지도를 꺼내 돋보기로 살펴보는 모습이 유리창을 통해 보였다고 했다.

동생은 손에 신문을 들고 스트랜드 거리에서 트라팔가 광장으로 가다가 웨스트 서리에서 온 피난민들을 보았다. 한 남자가 아내와 두 아이들을 데리고 야채 상인이 사용하는 것과 비슷한 손수레에 얼마간의 가재도구를 싣고 왔다. 그는 웨스트민스터 다리 쪽에서 오는 중이었다. 바로 뒤에 따라오는 건초마차에는 지위가 높아 보이는 대여섯 명의 사람들이 타고 있었고, 상자와 보따리 몇 개가 보였다. 사람들은 많이 지친 것 같았다. 그들의 모습은 최신 유행에 맞추어 차려입고 택시를 타고 가다가 흘끔흘끔 내다보는 런던 사람들과 확연한 대조를 이루었다. 피난민들은 어디로 가야 할지 방향을 정하지 못한 것처럼 트라팔가 광장에 멈추어 섰고 마침내 스트랜드 거리를 따라 동쪽으로 향했다. 그들 뒤로 작업복 차림의 한 남자가 앞바퀴가 작은 구식 세발자전거를 타고 왔다. 지저분한 차림에 얼굴은 하얗게 질려 있었다.

내 동생은 빅토리아를 향해 가면서 피난민들을 여러 명 보게 되었고, 혹시 나와 만날 수 있지 않을까 하는 막연한 기대를 가졌다고 했다. 평상시보다 더 많은 경찰들이 나와 교통 정리를 했다. 피난민 중 일부는 사람들과 소식을 주고받았다. 어떤 사람은 화성인들을 직접 봤다고 떠벌렸다.

"긴 죽마를 타고 사람처럼 걸어다닌다니깐!"

사람들은 대부분 기이한 경험을 한 탓인지 흥분한 상태였다.

빅토리아 너머에 있는 선술집들은 피난 온 사람들로 북적거렸다. 길거리 모퉁이마다 사람들은 삼삼오오 모여서 신문을 읽고 흥분한 채 이야기를 하거나 여느 일요일과는 다르게 갑자기 몰려드는 피난민들을 바라보았다. 밤이 될수록 피난민의 숫자는 점점 늘어 갔다. 동생의 표현에 따르면, 마치 더비 경마대회가 열리는 날의 엡섬 하이스트리트와 비슷했다고 했다. 그는 여러 명의 피난민들을 붙잡고 궁금한 것을 물었으나 돌아오는 대답은 영 신통치 않았다.

동생에게 워킹에 관한 소식을 알려준 사람은 단 한 명뿐이었고, 그는 전날 밤 워킹이 완전히 파괴되었다고 했다.

"나는 바이플리트에서 왔소이다. 이른 아침 한 남자가 자전거를 타고 와서 집집마다 돌아다니며 어서 떠나라고 경고를 합디다. 그 다음엔 병사들이 왔다오. 바깥을 내다보니 남쪽 방향에서 연기가 잔뜩 올라오는 중입디다. 그 쪽에서 오는 사람은 한 명도 없고 그저 시꺼먼 연기만 몰려오더군. 얼마 후 처트시 쪽에서 총소리가 나더니 웨이브리지 쪽에서 사람들이 도망쳐 왔소. 그래서 나도 집 문을 잠그고 이리로 왔소이다."

그 때쯤 길거리에는 정부 당국의 무능력을 비난하는 분위기가 고조되었다. 사람들은 그깟 침입자 몇 놈 처치하지 못하고 시민들에게 이런 불편을 주었다며 불만을 토로했다.

8시경, 런던 남부 지역 어디서든 불길이 타들어가는 요란한 소리가 들려왔다. 내 동생은 큰 도로에서 나는 소음 때문에 그 소리를 들을 수 없었지만, 강으로 향하는 조용한 뒷골목에 들어섰을 때 그게 무슨 소리인지 분명하게 구별할 수 있었다.

동생은 웨스트민스터에서 리전트 공원 근처에 있는 아파트로 걸어왔다. 10시쯤 되었다. 그는 이제 내가 걱정되어 미칠 지경이었고 사태가 생각보다 심각하다는 것을 깨닫고 안절부절못했다. 그의 생각은 이제 토요일에 내가 그랬던 것처럼 군대가 동원되는 전투로 기울어지기 시작했다. 이 모든 침묵에 대해, 여기저기 대포가 배치되고 방랑자들이 유랑하는 들판에 대해 생각했다. 그는 30미터 높이의 '죽마 위에 얹어진 보일러'를 상상해 보기도 했다.

　피난민들을 가득 태운 마차 한두 대가 옥스퍼드 거리를 따라 지나갔다. 메릴본 거리에는 좀 더 많은 마차들이 지나갔다. 리전트 거리와 포틀랜드 플레이스에서 일요일 밤의 산책을 즐기는 사람들 사이에도 그 소식이 천천히 퍼지기 시작했다. 몇 사람씩 모여서서 이야기를 나누기도 했지만, 늘 그렇듯 드문드문 서 있는 가스등 아래로 리전트 공원 가장자리를 따라 말없이 함께 걷는 연인이나 부부들이 많았다. 따뜻하면서 약간 더운 공기가 답답하게 느껴지는 밤이었다. 대포 소리는 간헐적으로 계속 들려왔고 한밤중이 되자 남쪽에서 번뜩이는 섬광이 난무했다.

　동생은 신문을 읽고 또 읽으면서 나에게 일어났을지도 모를 최악의 사태를 생각하며 두려움에 떨었다. 신경을 온통 곤두세운 채 저녁을 먹은 뒤, 다시 목적 없이 이리저리 걸어다녔다. 그는 다시 돌아와 시험을 위해 노트를 읽어 보려고 했으나 부질없는 노력이었다. 자정이 조금 넘었을 때 잠자리에 들었으나, 새벽 2, 3시쯤 되었을 무렵 시끄러운 소음을 듣고 섬뜩한 꿈에서 깨어났다. 누군가가 방문을 두드리는 소리, 거리를 마구 뛰어가는 소리, 멀리서 들려오는 북소리와 벨소리가 뒤섞여 들려왔다. 붉은 기운이 천장에서 널름거리며 춤을 추었다. 한동안 그는 멍한 상태로 누워 날이 밝은 것인지, 아니면 세상이 미쳐 돌아가는 것인지 구분해 내려고 노력했다. 다음 순간, 그는 침대에서 벌떡 일어나 창문으로 달려갔다.

　동생은 자신이 지내던 다락방에서 고개를 쑥 내밀고 거리를 둘러보았다. 그가 창문을 열 때 난 삐걱거림이 메아리가 되어 울려 퍼졌고 잠에서 막 깨어난 사람들의 헝클어진 머리가 여기저기서 보였다. 무슨 일이냐

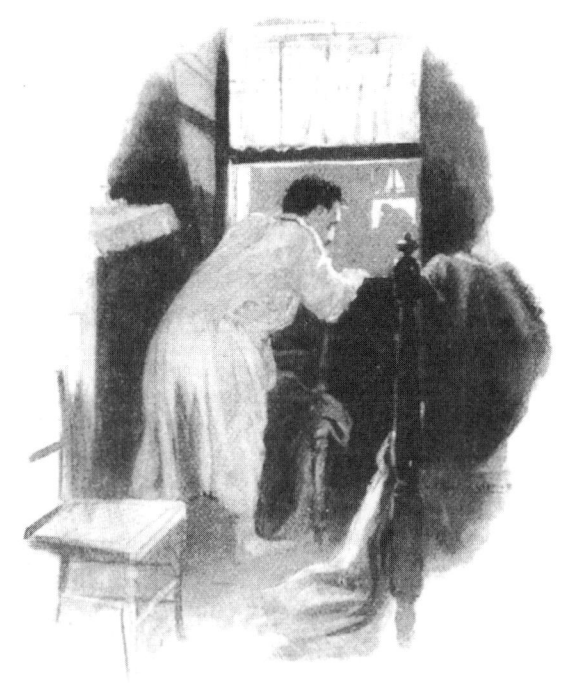

고 소리치는 목소리도 들려왔다.
 한 경찰관이 소리치며 집집마다 문을 두드렸다.
 "그들이 몰려옵니다! 화성인들이 오고 있다구요!"
 그는 다급히 옆집으로 갔다.
 올버니 거리 병영에서 북과 나팔 소리가 들려왔고 근방에 있는 교회란 교회는 사람들을 깨워 위급하다는 사실을 알리기 위해 미친 듯이 종을 쳐 댔다. 문 여는 소리가 요란하게 들리고, 길을 사이에 두고 마주보고 서 있는 집들의 어두운 창문에 노란 불빛이 하나둘씩 들어왔다.
 거리 위쪽에서부터 유개마차가 덜거덕거리며 달려왔다. 그 소리는 바로 앞길 모퉁이에 이르렀을 때 갑자기 크게 들려오다가 창문 바로 아래에서 최고조에 달했고, 마차와의 거리가 멀어짐에 따라 점점 줄어들었다. 그 뒤에 바싹 붙어서 승객용 마차 두 대가 달려왔고, 그들을 선두로 해서 초크팜 역으로 향하는 마차들의 긴 행렬이 이어졌다. 그 역에서는 노스웨스턴 특별 열차들이 짐을 싣고 있었다.

동생은 너무 놀라 멍한 상태로 한참 동안 창문 밖을 내다보았다. 집집마다 문을 두드리며 이해하기 힘든 내용의 이야기를 두서없이 전달하는 경찰들의 모습이 보였다. 갑자기 방문이 열리더니 앞방에 사는 한 남자가 들어왔다. 셔츠와 바지만 걸치고 슬리퍼를 신은 차림이었다. 열쇠가 허리춤에서 대롱거리고 머리카락은 잔뜩 헝클어져 있었다.

그가 말했다.

"이게 웬 난리람? 불이라도 난 건가? 대체 이게 무슨 빌어먹을 난리야!"

그들은 함께 창문 밖으로 고개를 쑥 내밀고 경찰이 뭐라고 외치는지 듣기 위해 귀를 기울였다. 사람들은 양쪽 길거리로 꾸역꾸역 나오기 시작했고 길모퉁이마다 삼삼오오 모여 서서 이야기를 주고받았다.

"이게 대체 무슨 일이지?"

앞방 남자가 물었다.

동생은 그에게 대충 상황을 설명하고는 옷을 입기 시작했다. 바깥에서 벌어지는 일을 하나도 놓치지 않기 위해 옷 하나 입고 창문으로 달려가고, 또 하나 입고 달려가는 식이었다. 평소보다 훨씬 일찍 나온 신문팔이들이 소리치며 신문을 팔고 있었다.

"온 런던 사람들이 질식해서 죽을 수도 있대요! 킹스턴과 리치먼드의 방어벽이 무너졌답니다! 템스 계곡에서 끔찍한 대학살이 일어났어요!"

다음 순간 주변의 모든 사람들이, 즉 그의 하숙집 아래층, 길 양 옆으로 늘어서 있는 집과 테라스 공원 저편에 있는 집들, 메릴본의 일부와 웨스트본 공원 구역과 세인트 팬크라스에 있는 수없이 많은 거리들, 서쪽과 북쪽으로 킬번과 세인트 존 숲과 햄스테드, 동쪽으로는 쇼어디치, 하이베리, 해거스턴과 혹스턴, 그리고 일링과 이스트햄에 이르기까지, 모두들 잠이 덜 깬 눈을 비비며 창문을 열고 바깥을 내다보고는, 서로에게 별 소득 없는 질문을 늘어놓으며 서둘러 옷을 걸쳤다. 공포의 폭풍우가 처음으로 몰아닥쳤다. 두려움은 새벽 햇살처럼 순식간에 퍼져 나갔다. 일요일 저녁, 늘 그렇듯 아무 생각 없이 잠자리에 들었던 런던 사람들은 생생한 위험을 느끼며 월요일 새벽에 잠에서 깨어났다.

창문으로 내다보는 것으로는 무슨 일이 일어나는지 정확히 알기 어려웠기 때문에, 동생은 아래층으로 뛰어내려가 거리로 나갔다. 집들 사이로, 이제 막 동이 터 오는 불그레한 하늘이 보였다. 걸어서, 혹은 마차나 각종 운송 수단을 타고 도망치는 사람들의 숫자는 매 순간마다 점점 더 늘어 갔다.

"검은 독가스다!"

사람들의 외침이 들려왔다.

"검은 독가스가 온다!"

공포는 사람들 사이로 빠르게 번져 갔다. 내 동생이 문가에서 머뭇거리고 있을 때 또 다른 신문팔이가 다가왔고, 그는 얼른 신문 한 장을 샀다. 신문팔이는 나머지 신문을 가지고 재빨리 뛰어가면서 신문 한 장에 1실링을 받고 팔았다. 아마도 엄청난 이득을 챙길 수 있다는 기쁨과 화성인이 주는 공포라는 두 가지 감정을 동시에 느꼈을 것이다.

내 동생은 그 신문에서 군대 최고사령관이 급파되었다는 기사를 읽었다. 내용은 다음과 같다.

"화성인들은 로켓을 이용해서 엄청난 검은 독가스를 방출할 수 있다. 그들은 우리 포병들을 질식시켰고, 리치먼드와 킹스턴, 윔블던을 파괴했다. 그리고 천천히 런던을 향해 다가오면서 길목에 있는 모든 것을 파괴시키고 있다. 그들을 저지하는 것은 불가능하다. 검은 독가스로부터 안전을 지키기 위해서는 도망가는 것 외에는 방법이 없다."

기사는 그게 전부였다. 하지만 그 정도로도 충분했다. 6백만 인구의 도시 전체가 동요하고 미끄러지고 달아났다. 사람들의 엄청난 행렬이 북쪽으로 향했다.

"검은 독가스다!"

사람들이 소리쳤다.

"불이야!"

이웃한 교회에서 울리는 요란한 종소리는 소란을 더욱 가중시켰다. 부주의하게 달리는 바람에 수레가 부서지고 비명과 저주가 난무했다. 집집마다 이리저리 오르내리는 창백한 노란 불빛들이 보였고, 승객용 마차들이 등불을 밝힌 채 달려갔다. 하지만 머리 위로 점점 밝아 오는 하늘은 청명하고 조용하고 침착했다.

동생은 이리저리 움직이는 발소리를 들었다. 사람들이 계단을 오르락내리락 했다. 하숙집 여주인은 잠옷에 숄을 두른 채 나왔고 그 뒤로 그녀의 남편이 달려 나왔다.

동생은 이 모든 사태의 심각성을 깨닫고 황급히 방으로 돌아가, 가지고 있던 10파운드가량의 돈을 모두 주머니에 쑤셔 넣고 다시 거리로 달려 나갔다.

서리에서

목사가 평평한 목초지의 산울타리 아래에 앉아 내게 거친 말을 늘어놓는 동안, 내 동생은 웨스트민스터 다리를 건너가는 피난민들의 행렬을 지켜보았고, 화성인들은 다시 공격을 개시했다. 지금까지 나온 전투 상황 보고서를 보고 확실히 짐작할 수 있는 것은, 화성인들 대부분이 그날 밤 9시까지 호셀 들판의 구덩이 안에서 뭔가를 준비하느라 분주했고 그 와중에 녹색 연기가 다량 방출되었다는 사실이었다.

8시경에 화성인 셋이 모습을 드러냈다. 그들은 천천히, 그리고 조심스럽게 앞으로 전진하여 바이플리트와 피르포드를 통과해 리플리와 웨이브리지로 향했고, 석양을 등진 채 기다리고 있던 포병들이 보이는 곳까지 왔다. 화성인들은 무리 지어 행동하지 않았다. 그들은 약 2.5킬로미터가량의 거리를 서로 유지한 채 일렬로 서서 전진했다. 그들은 음절마다 높낮이가 조금씩 다른 소리를 내어 의사소통을 했는데 마치 사이렌 소리처럼 들렸다.

업퍼 핼리퍼드에 있던 우리는 리플리와 세인트 조지 언덕에서 발포 소리와 웅웅대는 소리가 나는 것을 들었다. 리플리의 포병들 중에 경험이 부족한 자원입대 병사가 하나 있었는데, 사실 거기에 배치되어서는 안 되는 사람으로, 그가 실수로 포를 쏘는 바람에 말과 병사들이 갑자기 뛰쳐나가 침묵에 싸인 마을로 흩어졌다. 반면 화성인은 열광선을 사용하지 않은 채 침착하게 버려진 대포들 사이로 조심스럽게 걸어 그들 앞을 지나갔고, 예상치 않게 페인실 공원에 배치된 대포들 앞으로 가 그것들을 파괴했다.

하지만 세인트 조지 언덕에 있던 병사들은 제대로 된 지휘를 받는 정예 병사들이었다. 그들은 소나무 숲에 매복해 있었고, 화성인들은 그 사실을 눈치 채지 못했다. 그들은 마치 행진을 하듯 일렬로 서서 대포를 겨누었고 목표물이 약 1킬로미터 거리에 들어왔을 때 발포했다.

비 오듯 많은 포탄이 화성인들이 타고 있는 거대한 전투 로봇을 향해 날아갔다. 그 로봇은 몇 걸음 더 나아가는 것 같더니 비틀거리다가 쓰러졌다. 사람들은 모두 환호성을 질렀고 재빨리 포탄을 다시 장전했다. 쓰러진 화성인이 도움을 청하는 듯 길게 끄는 소리를 내자, 즉시 번뜩이는 몸체를 가진 두 번째 거인이 그에 대답하고 남쪽 나무 위로 모습을 드러냈다. 세 개의 다리 중 하나가 포탄에 맞아 부서진 것 같았다. 두 번째로 장전된 포탄이 땅에 쓰러진 화성인을 향해 집중 발사되었고, 그와 동시에 다른 화성인들이 포병대를 향해 열광선을 발사했다. 포탄이 터지고 근처의 소나무들이 불길에 휩싸였다. 미리 달려 나간 한두 명의 병사만이 언덕을 넘어 도망칠 수 있었다.

그 다음 세 명의 화성인은 멈추어 서서 의논을 하는 것처럼 보였다. 그들의 동태를 살피던 정찰병은 그들이 족히 30분 정도 정지한 상태로 있

었다고
보고했다.
쓰러진 전투 로
봇에 타고 있던 화성인
은 고통스럽게 머리 부분에
서 기어 나왔다. 먼 거리에서
보니, 작은 갈색 생물체는 동료들과 함께
망가진 기계 장치를 수리하고 있는 게 분명
했다. 9시경 작업이 끝났고, 그가 탄 전투 로
봇은 다시 나무 위로 모습을 드러냈다.
 그날 밤 9시가 조금 지났을 때 정찰
병 격인 이들 세 화성인은 두툼하고
기다란 검은색 파이프를 들
고 온 동료 넷과 합
류했다. 그들은
세 화성인들에
게도 비슷한 것을 하
나씩 건네주었다. 일
곱으로 늘어난 화성
인은 같은 거리를
유지하면서 웨
이브리지의
세인트 조
지 언덕

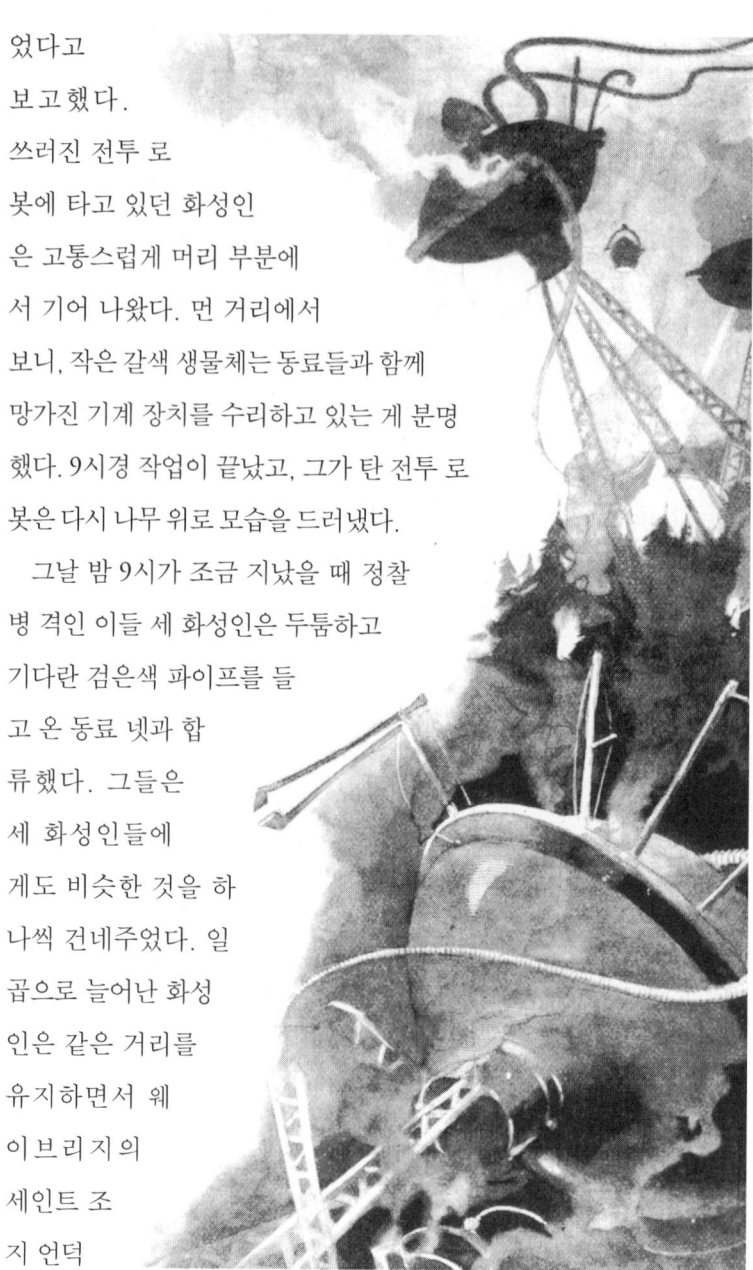

과 리플리 남서쪽 샌드 마을 사이에 있는 구부러진 길을 따라 전진했다.

화성인들의 움직임이 포착되자마자 앞쪽 언덕에서 발사된 10여 발의 포탄은 디턴과에서 근처에 포병 부대들이 잠복해 있음을 엄중히 경고했다. 그 때 네 대의 전투 로봇들은 비슷하게 생긴 검은 파이프로 무장하고 강을 건넜다. 서쪽 하늘을 등진 채 검게 보이는 두 개의 형체가 목사의 시야에 들어왔고, 우리는 지치고 아픈 몸을 이끌고 헬리퍼드 북쪽으로 향하는 길을 따라 다급히 도망쳤다. 그들은 마치 우리를 향해 오는 것 같았다. 들판을 낮게 덮고 있는 엷은 안개 위로 상체의 약 3분의 1가량이 올라와 있었다.

그 모습을 본 목사는 너무 두려운 나머지 비명조차 온전히 지르지 못한 채 마구 달리기 시작했다. 하지만 나는 달아나 봤자 아무런 소용이 없음을 잘 알고 있었다. 나는 옆으로 몸을 돌리고 이슬에 젖은 풀과 가시가 달린 낮은 관목을 헤치고 기어가 길 옆에 있는 도랑 속으로 들어갔다. 뒤를 돌아다본 목사는 똑같은 방법으로 내가 있는 곳으로 따라 들어왔다.

거대한 두 대의 전투 로봇이 멈추었다. 나와 가까운 곳에 있는 놈은 선베리 쪽으로, 멀리 떨어져 있어서 저녁 별빛 아래 희미한 회색 덩어리로 보이는 놈은 스테인으로 향했다.

화성인들이 의사소통을 하기 위해 간헐적으로 내던 윙윙거림은 이제 그쳤다. 그들은 조용히 자신들이 타고 온 우주선 근방 초승달 모양의 구역 안에 각각 자리를 잡았다. 그 대형의 끝과 끝 사이의 길이는 약 20킬로미터 정도였다. 화약이 발명된 이래 이렇게 적막이 흐르는 전쟁은 없었으리라. 리플리에서 바라보는 사람들도 비슷한 감정을 느꼈을 것이다. 화성인들은 가냘픈 달빛과 별빛, 그리고 세인트 조지 언덕과 페인실 숲에서 나오는 불그레한 불빛을 받으며 어두운 밤이라는 혼자만의 영역 속에 은신하는 것 같았다.

하지만 화성인들이 진을 치고 있는 초승달 모양의 지역과 면하는 곳이면 어디든지 대포가 배치되었다. 스테인, 하운슬로우, 디턴, 에셔, 오크햄, 강 남쪽의 언덕과 숲 뒤, 그리고 강 북쪽의 평평한 목초지를 가로질러 어디든, 나무, 혹은 마을과 집들이 모여 있어 충분히 무기를 가려줄 수 있는 곳이라면 어디든 말이다. 신호탄이 터지더니 밤하늘을 배경으로 작은 불꽃이 산산이 부서지더니 이내 사라졌고, 이를 바라보고 있던 사람들은 잔뜩 긴장하기 시작했다. 화성인들이 전투 태세를 갖추었고, 미동도 하지 않고 기다리던 검은 형체의 사람들도 마찬가지였다. 초저녁 햇살에 번뜩이던 검은 대포들은 이제 광란의 전투에서 발포를 하게 될 것이었다.

경계를 늦추지 않고 지켜보고 있던 사람들의 머릿속에 제일 먼저 떠오른 것은 아마 그들이 우리에 대해 얼마나 알고 있는지에 대한 의구심이었을 것이다. 나 역시 그랬다. 그들은 수백만의 인간들이 잘 조직화되어 있고 훈련되어 있으며 서로 협동하고 있다는 사실을 알고 있을까? 혹은 그들은 우리가 포탄을 갑작스럽게 발사할 수 있고, 마치 들쑤셔진 벌집에서 나온 벌들이 총 공세를 가할 때처럼 그들의 야영지를 계속 살펴보고 있다는 것을 알고 있을까? 그들은 자신들의 힘으로 우리를 전멸시킬 수 있다고 생각하는 것일까? (그 때까지는 그들이 무엇을 식량으로 하는지 아무도 몰랐다.) 나는 화성인들이 탄 전투 로봇을 보면서 셀 수 없이 많은 의문들을 떠올렸다. 그리고 일반에 알려지지는 않았지만 런던 쪽에도 엄청난 수의 병력이 매복하고 있을 것 같다는 생각도 내심 들었다. 하운슬로우의 화약 공장이 어떤 함정 역할을 하는 것일까? 과연 모스크바인들이 그랬던 것처럼 런던 시민들은 자신들이 사는 곳을 방어할 열정과 용기를 가지고 있는 것일까?

다음 순간, 웅크린 채 산울타리 사이로 주위를 엿보던 우리에게는 영원히 계속될 것 같은 시간이 흐른 뒤, 먼 거리에서 포탄의 진동 같은 소리가 들려왔다. 소리는 좀 더 가까이에서 한 번, 그리고 다시 한 번 들려왔다. 우리 옆쪽에 있던 화성인이 들고 있던 파이프를 높이 치켜들더니 뭔가를 발사했다. 요란한 포성이 땅바닥을 뒤흔들었다. 스테인 쪽으로 가던 화성인도 화답하듯 똑같은 소리를 냈다. 섬광도 연기도 없었다. 단지 폭음만이 들릴 뿐이었다.

나는 커다란 폭음이 번갈아 나는 것을 듣고 잔뜩 긴장했다. 위험하다는 생각이나 뜨거운 물에 손을 댄 것도 잊어버린 채 산울타리 위쪽으로 기어 올라가서 선베리 쪽을 바라보았다. 그 와중에 두 번째 폭음이 들려 왔고, 커다란 발사물이 요란한 소리를 내며 하운슬로우를 향해 날아갔다. 나는 곧 연기나 불길이 피어오를 것이라고, 혹은 발사물이 어떤 효력을 발생한다는 증거가 나타날 것이라고 예상했다. 하지만 눈에 보이는 건 고독한 별 하나가 반짝이는 검푸른 하늘과 그 아래로 넓게 퍼진 엷은 안개가 전부였다. 충돌도 없고 폭발음도 들려오지 않았다. 정적이 다시 찾아왔다. 1분, 2분, 그리고 3분이 흘러도 여전히 조용했다.

"무슨 일이오?"

옆에 서 있던 목사가 물었다.

"그걸 대체 누가 알겠습니까!"

내가 대답했다.

날개를 퍼덕이던 박쥐 한 마리가 날아가 버렸다. 멀리서 고함소리가 들리기 시작하다가 뚝 그쳤다. 나는 다시 화성인을 보았다. 이제 강 방죽을 따라 동쪽으로 이동하는 중이었다. 마치 굴러가는 듯 빠르게 움직였다.

나는 어디선가 매복해 있던 포병대가 화성인을 향해 대포를 쏠 것이라고 기대했으나 밤의 고요함은 깨어지지 않고 지속되었다. 화성인이 멀어짐에 따라 그의 모습도 점점 작아졌고, 얼마 안 가서 안개와 깊어 가는 밤이 그를 삼켜 버렸다. 충동적으로, 우리는 더 높이 기어 올라갔다. 선베리 쪽으로 검은 덩어리가 보였다. 마치 원추형 언덕이 갑자기 생겨나 시야를 가리기라도 한 것 같았다. 또한 강 저편 더 먼 곳, 월턴 위에 비슷한 덩어리가 눈에 들어왔다. 이 언덕처럼 생긴 형체는 우리가 바라보는 동안 점점 아래로 가라앉더니 옆으로 넓게 퍼지기 시작했다.

갑자기 뭔가가 뇌리를 퍼뜩 스쳐가고, 나는 북쪽으로 시선을 돌렸다. 세 번째 검은 덩어리가 눈에 들어왔다.

모든 것이 일시에 정지했다. 이 고요함을 일부러 깨기라도 하려는 듯, 멀리 남쪽에서 화성인들이 서로에게 보내는 신호음이 들려왔다. 다음 순간 그들이 쏘는 발포음이 들리고 반향으로 대기가 진동했다. 하지만 우리 편 포병부대는 대응 사격을 하지 않았다.

당시에는 상황을 이해할 수 없었으나, 먼동이 터 올 무렵 우리는 그 불길한 검은 덩어리가 무엇인지 알게 되었다. 앞서 설명한 대로 커다란 초승달 대형으로 서 있던 화성인들은 각자 들고 있던 박격포처럼 생긴 파이프를 이용해서 커다란 산탄통을 발사했다. 언덕, 잡목 숲, 마을처럼 그들의 전진을 가로막을 대포들이 숨겨져 있을 만한

서리에서 153

곳이 그들의 목표였다. 일부는 한 발을, 일부는 두 발을 발사했다. 리플리에 있던 사람 말에 의하면 적어도 다섯 개 이상 발사되었다고 했다. 그 산탄통들은 땅으로 떨어졌으나 폭발하지 않았고, 거기서 흘러나온 엄청난 양의 검은색 증기는 꾸불꾸불 치솟아 거대한 검은 구름을 형성했다. 작은 언덕만한 기체 덩어리는 다시 가라앉으면서 천천히 주변으로 퍼져 나갔다. 그 가스에 닿기만 하면, 그 죽음의 가스를 조금이라도 들이마신다면, 살아 숨쉬는 생명체는 모두 즉사했다.

검은 독가스는 짙은 연기보다 더 무거웠다. 처음에는 땅에 떨어진 충격으로 요란한 소리와 함께 위로 치솟은 다음, 기체라기보다는 액체처럼 흐르듯 땅 위로 쏟아졌다. 독가스는 언덕을 쓸어 버리고 계곡과 도랑, 혹은 개울로 흘러 들어갔다. 언젠가 들은 적이 있는 화산 분화구에서 분출하는 탄산가스와 비슷했다. 검은 독가스가 물에 닿으면 화학 반응이 일어나고 물 표면은 즉시 뿌연 부유물로 뒤덮인 다음 천천히 가라앉았다. 그 부유물은 물에 녹지 않았다. 이상한 점은, 독가스가 가진 즉각적인 치사의 효력에도 불구하고 가스가 섞인 물은 별 탈 없이 먹을 수 있다는 사실이었다. 또한 독가스는 보통의 가스처럼 퍼지지 않았다. 덩어리로 떠 있다가 경사진 땅을 따라 흘러내리고 바람에 의해 계속 이동하다가 아주 천천히 안개나 공기 중의 물기와 섞여 먼지의 형태로 땅 위로 떨어졌다. 스펙트럼을 통해 보았을 때 파란색 층에 네 개의 선이 있다는 것만 제외하면 우리는 아직도 이 물질의 본질에 대해 전혀 모른다.

일단 가스가 모두 퍼지고 소란스러운 격변을 겪고 나면 검은 독가스는 땅바닥 가까이에 한동안 머물러 있다가 완전히 가라앉았다. 그래서 약 15미터 높이의 지붕 위나 집 위층, 혹은 커다란 나무 위에서라면 독가스를 피할 수 있었고, 그날 밤 코브햄 거리와 디턴 거리에서 이 사실이 증명되었다.

코브햄 거리에서 도망쳤다는 한 남자는 구불거리며 흐르는 이상한 독가스에 대해 놀라운 이야기를 해 주었다. 교회 첨탑에서 시커먼 죽음 속에 유령처럼 서 있는 도시를 보았던 경험을 말해 주었는데, 그는 하루하고도 반나절을 지치고 굶주리고 햇빛에 그을린 채 그 곳에서 계속 지냈다고 했다. 푸른 하늘과 멀리 보이는 언덕을 배경으로 검은 벨벳 같은 독가스가 땅 위를 잠식했고, 붉은 지붕들, 녹색의 나무들, 그리고 시간이 흐름에 따라 검은 장막에 싸인 관목 숲과 문, 헛간, 별채와 벽들이 여기저기에서 밝은 햇살 아래 모습을 드러냈다.

그것이 코브햄 거리의 모습으로, 독가스는 땅으로 저절로 가라앉을 때까지 남아 있었다. 마치 규칙이라도 되는 것처럼 화성인들은 독가스가 제 효력을 발하고 나면 다시 공기를 정화하고 그 위에 열광선을 곧장 쏘아 공격했다.

우리가 업퍼 해리퍼드의 한 빈집에서 머물면서 창문을 통해 밖을 내다보았을 때 근방에 있던 화성인들은 독가스를 사용하고 있었다. 우리는 리치먼드와 킹스턴 언덕에서 이리저리 돌아다니는 탐조등 불빛을 보았고, 11시경이 되었을 때 창문들이 덜컹거리고 근처에 배치된 포병 부대가 대대적인 포위 공격을 벌이는 소리가 들려왔다. 그들은 약 15분 정도 동안 간헐적으로 햄프턴과 디턴에 있는 화성인들을 향해 기회가 있을 때마다 공격을 가했다. 다음 순간, 탐조등의 불빛이 사라지더니 그 자리에 불길이 치솟았다.

그런 다음, 네 번째 원통 우주선이 착륙했다. 그것은 밝게 빛나는 녹색의 운석 같았는데, 나중에 안 일이지만 부세이 공원에 떨어졌다고 했다. 리치먼드와 킹스턴 언덕에 배치된 대포들이 공격하기 전에 저 멀리 남서쪽에서 간헐적인 포격 소리가 들려왔다. 내 생각으로는 검은 독가스가 포병들을 집어삼키기 전에 마구잡이로 발포되었던 것 같았다.

사람들이 연기를 피워 말벌을 벌집에서 몰아내는 것처럼, 화성인들은 런던 쪽에 독가스를 살포하는 일을 순서대로 차근차근 진행시켰다. 초승달 대형으로 서 있던 화성인 중 양쪽 끝에 있던 놈들이 슬그머니 자리를 이동했고 마침내 한웰에서 쿰브와 맬던까지 하나의 선을 형성하며 늘어섰다. 치명적인 독가스 공격은 밤새 지속되었다. 세인트 조지 언덕에서 화성인 하나가 대포를 맞고 쓰러진 이래, 그들은 우리 포병대에게 공격할 여지를 단 한 번도 주지 않았다. 대포가 숨겨져 있을 만한 곳이면 어디든 검은 독가스가 담긴 산탄통을 발사했고, 눈에 보이게 배치된 곳은 열광선으로 공격했다.

자정 무렵, 리치먼드 공원의 경사진 길을 따라 심어진 나무들과 킹스턴 언덕에서 치솟는 불길로부터, 구불구불 흘러가는 검은 독가스를 볼 수 있었다. 그것은 템스 계곡을 온통 시커멓게 만들었고 시야가 닿는 곳까지 계속 퍼져 나갔다. 그리고 두 화성인은 천천히 전진하며 여기저기에 열광선을 발사했다.

하지만 그들은 그날 밤 열광선을 마구 사용하지 않았다. 아마도 가져온 분량에 한계가 있기 때문에, 혹은 그들의 목표가 그 지역을 모두 파괴하려는 것이 아니라 자신들이 불러일으킨 반격을 위압하고 진압하려는 것이었기 때문일 것이다. 후자의 경우라면, 그들은 완전히 성공한 셈이었다. 지구인들이 가한 조직적인 공격은 일요일 밤으로 끝을 맺었다. 그 이후 누구도 화성인들을 공격하지 않았고 남은 것은 절망뿐이었다. 심지어 어뢰를 실은 전함과 속사포를 템스 강 상류로 운반하던 구축함도 해병들이 상관에게 반항하여 멈추기를 거부하는 통에 그냥 되돌아갔다.

그날 밤 이후 인간들이 한 공격이라고는 오직 지뢰와 덫을 준비하는 것뿐이었고, 그것도 극도로 흥분된 상태에서 산발적으로 이루어져 제대로 효과를 보지 못했다.

아마도 여러분은 에셔 쪽에 매복해서 기다리던 포병들이 느낀 긴장감을 상상할 수 있을 것이다. 그 곳에서 살아남은 자는 하나도 없었다. 차례로 전개되는 상황들을 머릿속에 그려 보라. 경계 태세를 갖추고 살펴보던 지휘관들, 공격 준비를 마친 포병들, 손이 닿을 수 있는 곳에 쌓아 둔 포탄들, 대포를 끄는 수레에 탄 병사들과 허락받은 한 가장 가까운 거리에 서 있던 민간인 구경꾼들, 정적이 흐르는 저녁, 웨이브리지에서 다친 사람들을 위한 구급차와 야전병원 텐트들을 떠올릴 수 있을 것이다. 다음 순간 둔탁한 반향음이 울리고 화성인들이 쏜 발사체는 숲과 집들 위를 날아서 근처 들판에 떨어졌다.

또한 다음과 같은 장면도 그려 볼 수 있을 것이다. 갑자기 사람들의 주의가 다른 쪽으로 이동하고, 시커먼 연기가 구불구불 부풀어 올라 저돌적일 만큼 빠르게 하늘을 향해 치솟아 오르고, 저녁 별빛이 연기에 가려져 주변은 시커먼 어둠에 휩싸이고, 독가스라는 낯설고 끔찍한 적이 희생자들을 짓밟는 모습……. 도망치고 비명을 지르다가 고꾸라지는 사람들과 말들, 절망의 외침들, 대포들은 버려지고 숨이 막혀 땅바닥에서 몸을 뒤트는 병사들, 그리고 빠른 속도로 퍼지는 불투명한 검은 연기를 상상할 수 있을 것이다. 그리고 남은 것은 한밤중과 전멸이었다. 죽음마저 가려 버린 밀도 높은 검은 독가스만이 조용히 남아 있었다.

동이 트기 전, 검은 독가스는 리치먼드 거리를 따라 퍼졌다. 그리고 우왕좌왕하던 정부 당국이 보여 준 최후의 노력은 런던 시민에게 어서 대피하라는 경고를 내린 것이었다.

런던 대탈출

예상대로 월요일 동이 틀 무렵, 무서운 공포의 물결이 세계에서 가장 위대한 도시를 덮쳤다. 피난민의 물결이 갑자기 늘어나고 철도역 근처에서는 밀고 당기는 몸싸움이 일어났으며, 템스 강 여기저기에서도 서로 배를 타기 위한 끔찍한 싸움이 벌어졌다. 사람들은 가능한 모든 방법을 동원해서 북쪽이나 동쪽으로 다급히 향했다. 10시경에는 경찰청이, 정오에는 심지어 철도청마저 혼란에 휩싸였다. 통제력과 효율성을 잃어버린 채, 사회를 이끌어야 할 정부 기관의 조직력은 흐물흐물 무너져 내렸다.

템스 강 북쪽으로 가는 모든 철도 노선과 캐논 거리의 사우스웨스턴 노선 근처에 사는 사람들은 일요일 한밤중에 피난하라는 경고를 받았고 열차마다 피난민으로 가득했다. 심지어 새벽 2시까지 사람들은 입석표를 구하기 위해 살벌한 몸싸움을 벌였다. 3시까지 사람들은 서로 밟고 밟혔고, 심지어 리버풀 스트리트 역에서 약 200미터 이상 떨어진 비숍게

이트 거리까지 사람들로 가득 찼다. 권총이 발사되고 사람들은 칼에 찔렸으며, 교통 정리를 위해 파견된 경찰들은 지치고 화가 나서 자신들이 보호해야 할 사람들의 머리를 심하게 후려쳤다.

날이 밝자 기관사들과 화부들은 런던으로 돌아가지 않겠다고 버텼다. 사람들은 빨리 피해야 한다는 강박관념에 사로잡혀 열차역마다 밀집해 있다가 북쪽으로 향하는 도로로 몰려들었다. 한낮이 되자 반스에서 한 화성인의 모습을 볼 수 있었고, 검은 독가스는 천천히 가라앉으며 템스강을 따라 흘러 람베스 들판을 가로지르면서 다리를 통과하는 탈출로를 모두 차단했다. 또 다른 검은 구름이 일링을 향해 흘러가, 얼마 안 되는 생존자들이 모여 있던 캐슬 언덕을 에워싸는 바람에, 사람들은 죽지는 않았으나 그 곳에 갇혀 도망칠 수 없었다.

내 동생은 초크팜에서 노스웨스턴 노선 열차를 타려고 안간힘을 썼으나 소용이 없었다. 화물터미널에서 출발한 열차는 비명을 지르는 사람들을 싣고 글자 그대로 질질 끌듯 나아갔다. 근골이 좋은 장정 10여 명이 동원되어 군중들이 기관사를 증기 기관 쪽으로 밀어 넘어뜨리지 못하도록 막아섰다.

동생은 급하게 달리는 마차들을 잽싸게 피하며 마침내 초크팜 도로로 들어섰고, 운 좋게도 자전거 가게에서 물건을 훔치려는 사람들 제일 앞쪽에 서게 되었다. 그는 자전거를 깨진 유리창으로 끄집어냈다. 앞바퀴에 펑크가 났으나, 다행히 손목을 살짝 베였을 뿐 큰 상처는 입지 않았다. 경사가 가파른 하버스톡 언덕은 전복한 마차들 때문에 지나갈 수 없었고, 그는 벨사이즈 도로로 빠져나왔다.

동생은 공포의 도가니에서 빠져나와 에지웨어 도로 가장자리를 따라 갔고, 비록 굶주리고 지쳐 있었지만 다른 사람들보다는 훨씬 앞선 시각인 7시쯤 에지웨어에 도착했다. 그 곳 사람들은 영문을 모른 채 도로를 따라 서서 속속 도착하는 사람들을 호기심 어린 시선으로 바라보았다. 자전거를 탄 사람들, 두어 명의 말 탄 사람들, 그리고 마차 두 대가 그를 지나쳐 갔다. 에지웨어에서 1.6킬로미터쯤 떨어진 곳까지 갔을 때 자전거 바퀴 테두리가 부서져 더 이상 타고 갈 수 없게 되었다. 그는 길가에 자전거를 버려 두고 터벅터벅 걸어 마을로 들어갔다. 큰길 가의 상점들은 절반 정도가 문을 열었고, 사람들은 놀라 길이나 문가에 서서, 혹은 창문을 내다보며 전례 없이 몰려드는 피난민의 물결을 바라보았다. 동생은 한 여관에서 음식을 조금 먹을 수 있었다.

무엇을 해야 할지 몰라, 그는 한동안 에지웨어에서 어정거렸다. 피난민의 숫자는 계속 불어 갔다. 대부분은 내 동생처럼 주변을 하릴없이 걸어다녔고, 화성에서 온 침입자들에 대한 새로운 소식은 들려오지 않았다.

도로는 사람들로 북적이긴 했지만 아직 완전히 꽉 막힌 것은 아니었다. 그 시각, 피난민 대부분은 자전거를 타고 온 사람들이었으나 곧 발동기가 달린 차, 말 한 필이 끄는 2인승 이륜 유개마차와 손수레들이 서둘러 달려왔고, 그 뒤로 희뿌연 구름 같은 먼지 덩어리들이 세인트 앨번스로 가는 도로를 따라 떠다녔다.

동생은 막연히 친구가 살고 있는 첼름스퍼드로 가야겠다고 생각했고, 결국 동쪽으로 난 좁은 길로 들어섰다. 얼마 안 가서 그는 농장 울타리 계단을 넘어 북동쪽으로 난 샛길을 따라 걸었다. 농가 몇 채를 지나고 몇몇 이름 모를 장소들을 지나는 동안 피난민들은 거의 눈에 띄지 않았다. 그러다 하이바넷으로 향하는 풀이 무성한 샛길로 들어섰을 때 그는 두 명의 숙녀들과 우연히 마주쳤고, 그 뒤로 그들과 동행이 되었다. 그는 시간에 딱 맞추어 위험에 빠진 그들을 구했던 것이다.

여자들의 비명소리를 듣고 다급히 길모퉁이를 도니, 두 남자가 조랑말이 끄는 작은 이륜마차에서 여자들을 끌어내리는 중이었다. 그리고 세 번째 사내는 두려움에 질린 조랑말의 머리를 붙잡고 있었다. 키가 작고 하얀 옷을 입은 한 여자는 그저 소리만 질러 댔다. 검은 옷을 입은 다른 한 여자는 호리호리한 체격이었는데, 한 손에 쥐고 있던 채찍으로 자신의 한쪽 팔을 잡은 남자를 휘갈겼다.

동생은 즉시 사태를 파악하고 큰 소리를 내지르며 달려갔다. 한 남자가 여자를 단념하고 그를 향해 돌아섰다. 상대방의 표정을 본 동생은 싸움을 피할 수 없다는 사실을 깨달았고, 능숙한 권투선수이기도 한 그는 적을 향해 선방을 날렸다. 상대방은 나가떨어지며 마차 바퀴에 세게 몸을 부딪쳤다.

권투 경기의 예절을 지킬 시간이 없었다. 동생은 쓰러진 상대를 발로 한 대 더 차서 잠재우고, 호리호리한 여자의 팔을 잡고 있는 사내의 목덜미를 그러쥐었다. 말굽소리가 들려오고 채찍이 그의 얼굴을 향해 날아왔다. 세 번째 사내가 그의 양미간 사이를 후려치는 사이 목덜미를 잡힌 사내는 몸을 비틀어 빠져나가 그가 왔던 방향으로 달아났다.

반쯤 얼떨떨한 상태에서 보니, 동생은 조랑말 머리를 붙잡고 있던 사내와 마주하고 있었고 마차는 덜컹거리며 조금씩 길 아래쪽을 향해 움직이고 있었다. 그 안에 타고 있던 여자들이 뒤를 돌아다보았다. 앞에 서 있던 건장한 사내가 다가오려고 하자, 동생은 그의 얼굴을 향해 주먹을 날린 뒤, 몸을 획 돌려 마차를 따라 좁은 길을 달려갔다. 건장한 사내가 그를 바싹 뒤쫓아왔고, 아까 도망쳤던 사내도 멀리서 따라왔다.

갑자기 동생은 몸의 균형을 잃고 넘어졌다. 일어나 보니 쫓아오던 두

악당은 이미 가까이 와 있었다. 만약 호리호리한 체구의 여성이 용감하게도 일어나 그를 도와주지 않았더라면 동생은 그들을 물리칠 수 없었을 것이다. 그녀는 늘 리볼버 권총을 지니고 다닌 듯했지만 좀전에 공격을 당했을 때는 권총이 좌석 밑에 있어서 사용할 수 없었다. 그녀는 약 5미터 거리에서 총을 쏘았고, 총알은 동생 옆으로 스쳐 지나갔다. 악당들 중 간이 더 작은 사내가 먼저 도망쳤고 다른 하나도 동료의 비겁함에 저주를 퍼부으며 그 뒤를 따라갔다. 그들은 또 하나의 동료가 인사불성이 되어 쓰러져 있는 곳에서 멈추었다.

"이걸 가져요."

호리호리한 숙녀가 내 동생에게 리볼버 권총을 건넸다.

"마차로 돌아가시죠."

동생은 찢어진 입술에서 흐르는 피를 닦으며 말했다.

그녀는 아무 말 없이 돌아섰다. 둘 다 가쁜 숨을 몰아쉬었다. 그들은 흰 옷을 입은 숙녀가 힘겹게 놀란 조랑말을 붙들고 있는 곳으로 돌아갔다.

그것으로 충분했다. 동생이 다시 뒤를 돌아다보았을 때 그들은 물러가고 있었다.

동생이 말했다.

"저는 여기에 앉겠습니다. 만약 허락하신다면요."

그는 비어 있는 앞자리에 앉았다. 검은 옷을 입은 숙녀가 어깨 너머로 그를 보았다.

"제게 고삐를 주세요."

그녀가 말했다. 그리고 채찍으로 조랑말 옆구리를 쳤다. 잠시 후 마차는 구부러진 길을 지나갔고 세 악당의 모습도 시야에서 사라졌다.

전혀 예상치도 않게, 동생은 입술이 찢어지고 턱은 멍들고 주먹에는 피가 엉겨 붙은 상태로 숨을 헐떡거리면서 두 숙녀를 따라 낯선 길을 가게 되었다.

두 여성은 스탠모어의 한 외과의사의 아내와 여동생이었다. 의사는 핀너에서 위험한 수술을 끝내고 밤늦게 집으로 돌아오다가 기차역에서 화성인에 대한 소식을 들었다. 그는 집으로 와서 다급히 여자들을 깨웠다. 하인은 이미 이틀 전에 떠난 뒤였다. 몇 가지 짐을 챙긴 후 그는 가지고 있던 리볼버 권총을 좌석 밑에 넣어 두었다. 그 점은 내 동생에게 정말 행운이었다. 의사는 그녀들에게 에지웨어로 가서 열차를 타라고 말하고 자신은 이웃 사람들에게 사실을 알리기 위해 남았다고 했다. 그가 말하길 새벽 4시 30분경이면 그녀들을 따라잡을 수 있을 것이라고 했는데, 지금 거의 오전 9시가 다 되었는데도 못 만나고 있는 거였다. 그녀들은 길이 너무 복잡했기 때문에 에지웨어에서 멈출 수 없어서 이 샛길로 왔다고 말했다.

이게 그녀들이 내 동생에게 해 준 이야기였다. 그들은 다시 뉴바넷에서 멈추었다. 그는 숙녀들에게 계속 동행하겠다고, 적어도 그녀들이 어떻게 할지 결정하기 전까지는, 혹은 의사와 만날 때까지는 함께 있겠다고 말했다. 그는 권총을 다루어 본 적이 없었으나 숙녀들을 안심시키기 위해 권총을 잘 쏜다고 큰소리를 쳤다.

그들은 길가에서 잠시 휴식을 취했고 조랑말도 건초를 뜯어먹었다. 내 동생은 숙녀들에게 런던에서 도망쳐 온 일과 화성인들에 대해 아는 대로 말해 주었다. 태양은 이제 하늘 높이 떠올랐다. 시간이 흐름에 따라 그들 사이의 대화가 끊기고 불안한 예감이 대신 들어섰다. 동생은 그 길을 따라 온 몇몇 도보 여행자들을 통해서 가능한 많은 소식을 알아냈다. 이 사람 저 사람에게 조금씩 대답을 들을 때마다, 인류 전체에 커다란 위험이 닥쳤다는 그의 우려는 더욱 깊어 갔고 한시바삐 도망쳐야겠다는 다급함도 더 짙어졌다. 그는 숙녀들에게 사태를 설명했다.

"우리에겐 돈이 좀 있어요."

호리호리한 여성은 말하고 나서 약간 주저하는 듯했다.

그리고 동생과 시선이 마주치자, 망설이던 모습은 이내 사라졌다.

"나도 있습니다."

동생이 말했다.

그녀는 금 30파운드와 현금 5파운드 정도를 가지고 있다고 말하면서 세인트 앨번스, 혹은 뉴바넷에서 열차를 타자고 제안했다. 동생은 런던 사람들이 역 주변에 빽빽하게 모여들어 아우성을 치고 있는 것을 이미 보았기 때문에 열차를 탈 수 있는 가능성은 거의 희박하다고 생각했고, 따라서 에식스를 가로질러 하리치로 향한 다음 거기서 다른 나라로 피하자는 방법을 내놓았다.

하얀 옷을 입은 엘핀스턴 부인은 멍한 표정으로 동생의 이야기를 흘려들으면서 그저 '조지'라는 이름만 계속 되뇌었다. 하지만 그녀의 시누이는 놀라울 정도로 침착하고 신중했고, 마침내 동생의 제안에 동의했다. 그들은 그레이트 노스 도로를 가로질러 바넷으로 향한다는 계획을 세웠고, 동생은 가능한 한 빨리 가기 위해 지름길로 조랑말을 몰았다.

태양이 하늘 높이 떠올랐고, 한낮은 몹시 더웠다. 발 밑에 두껍게 깔린 희끄무레한 모래가 뜨겁게 달아올랐고 빛을 반사하여 눈이 부셨기 때문에 그들은 아주 천천히 나아갔다. 산울타리 위에 회색 먼지가 뿌옇게 앉아 있었다. 그리고 그들이 바넷을 향해 나아갈 때 시끄러운 웅성거림이 더욱 크게 들려왔다.

그들은 더 많은 사람들을 만나게 되었다. 사람들은 대부분 허공을 응시한 채 두서없는 질문을 중얼거렸고, 지치고 초췌하며 지저분했다. 야회용 예복을 입은 한 남자가 눈길을 땅에 처박은 채 그들 곁을 걸어서 지나갔다. 그들은 그 남자의 목소리를 듣고 뒤를 돌아다보았다. 그는 한 손으로 머리카락을 움켜쥐고 다른 손으로 눈에 보이지 않는 무엇인가를 마구 때리는 시늉을 했다. 잠시 후 분노의 발작이 지나갔고, 그는 한 번도 뒤돌아보지 않은 채 제 갈 길로 가 버렸다.

동생의 일행이 바넷 남쪽으로 가기 위해 교차로로 다가가고 있을 때 아이를 안은 한 여자가 옆에 두 아이를 데리고 왼편에 있는 들판을 가로질러 다가오는 것이 보였다. 또 그들은 지저분한 검은색 옷을 입은 남자를 지나쳤는데, 한 손에는 두꺼운 지팡이를 들고 다른 한 손에는 조그만 여행 가방을 들고 있었다. 길모퉁이 부근의 큰 길과 만나는 입구에 있는 두 채의 저택 사이에서, 땀을 뻘뻘 흘리는 검은 조랑말이 끄는 작은 수레가 나타났다. 먼지 덮인 중산모를 쓴 안색이 창백한 젊은이가 마부석에 앉고, 이스트엔드 공장에 다니는 소녀 세 명과 두어 명의 어린아이들이 수레를 가득 채우고 앉아 있었다.

"이 길로 가면 에지웨어요?"

얼굴은 희고 눈매가 거친 마부가 물었다. 동생이 왼쪽 길로 가면 그리로 갈 수 있다고 대답하자마자 그는 고맙다는 인사도 없이 채찍을 쳐들었다.

연한 회색 연기, 혹은 아지랑이 같은 것이 그들 앞에 서 있는 집들 사이에서 피어올랐다. 길 뒤쪽 저택들 사이에 가로누운 하얀 테라스는 연기에 가려 잘 보이지 않았다. 널름거리는 시뻘건 불길이 뜨겁게 달아오른 푸른 하늘로 치솟았을 때 엘핀스턴 부인이 갑자기 비명을 질렀다. 뭉뚱그려져 들려오던 시끄러운 소음은 이제 제각기 떠드는 사람들의 뒤섞인 목소리, 마차 바퀴의 삐걱거림, 수레에서 나는 소음, 다각거리는 말발굽 소리로 각각 나뉘었다. 좁은 길은 교차로를 지나 45미터도 안 되는 곳에서 경사가 심해졌다.

엘핀스턴 부인이 소리 질렀다.

"맙소사! 대체 어디로 마차를 모는 거예요?"

동생은 마차를 멈추었다.

큰 도로는 끊임없이 몰려드는 사람들의 뜨거운 열기로 가득했다. 사람들은 서로 밀치면서 북쪽으로 나아갔다. 뭉게뭉게 일어나는 먼지들과 허옇게 번쩍거리는 햇살 때문에 땅 위 6미터 내에 있는 것들은 구별하기 힘들었다. 쉴 새 없이 달려오는 말들과 걸어서 오는 사람들, 그리고 갖가지 운송 수단의 행렬이 계속 이어졌다.

누군가가 소리쳤다.

"비켜! 길에서 비키란 말이야!"

동생은 피어오르는 연기를 헤치면서 좁은 길과 큰 도로가 만나는 곳까지 겨우 나아갔다. 도로를 꽉 메운 사람들은 타 오르는 불처럼 요란하게 고함을 질러 댔고, 떠돌아다니는 먼지는 뜨거운 데다 톡 쏘는 듯 매웠다. 도로에서 약간 올라간 곳에 자리한 한 저택에서 불길이 치솟고 시커먼 연기가 도로까지 밀려들어와 혼란을 더욱 가중시켰다.

두 남자가 동생 일행 옆으로 지나갔다. 무거운 보따리를 든 한 여자가 울면서 지나갔다. 주인 잃은 리트리버 개는 혀를 빼물고 동생 일행 주변을 맴돌다가 동생이 고함을 지르자 가엾게도 놀라 달아났다.

집들 사이 오른쪽으로 런던 쪽 도로 저 멀리 시야가 닿는 곳까지 바라보았을 때, 지저분한 차림의 사람들이 다급히 몰려드는 광경을 볼 수 있었다. 모퉁이 쪽으로 나오자 사람들의 검은 머리와 형체는 더욱 뚜렷해졌다. 사람들은 재빠르게 지나쳐 갔고 개개인의 모습은 다시 한 무리로 뭉쳐졌다. 그리고 마침내 먼지 구름이 그들의 모습을 집어삼켰다.

"계속 가! 가란 말이야."

외침은 계속되었다.

"비켜! 비켜!"

사람들은 앞사람을 밀어 냈다. 내 동생은 조랑말 옆에 서 있었다. 그는 사람들에게서 눈을 떼지 못한 채 좁은 길을 따라 천천히 나아갔다.

에지웨어는 혼돈 그 자체였고 초크팜은 소란스러웠다. 인구 전체가 들썩거렸다. 그토록 많은 인파는 상상하기 힘들 것이다. 무리 속에서 개인의 특성은 모두 사라졌다. 사람들은 모퉁이를 지나 갑자기 쏟아져 나왔다가 뒷모습만 남긴 채 좁은 길로 우루루 사라졌다. 길 가장자리를 따라 걸어오는 사람들은 수레 바퀴에 위협을 당하고 비틀거리다가 도랑으로 미끄러지고 서로 부딪혀 넘어졌다.

크고 작은 마차들이 뒤엉킨 채 길을 꽉 메웠다. 좀 더 빠른 운송 수단을 가진 사람들은 기회가 있을 때마다 재빨리 빠져나갔고, 그 바람에 걸어가는 사람들은 울타리나 저택의 대문 쪽으로 얼른 피해야 했다.

"계속 가!"

사람들이 소리쳤다.

"계속 가라고! 그들이 오고 있다!"

한 손수레에는, 구세군 복장을 한 맹인 남자가 서서 구부러진 손으로 손짓을 하며 큰 소리로 외쳤다.

"영생을! 영생을 주소서!"

그의 목소리는 쉬어서 거칠긴 했으나 엄청나게 컸고, 그의 모습이 먼지에 가려 보이지 않게 되었을 때도 목소리는 계속 들려왔다. 사람들은 마차에 빽빽이 탔다. 일부는 바보처럼 말을 향해 채찍만 내리치면서 다른 마부들과 싸움을 벌였고, 일부는 미동도 없이 앉아서 처참한 눈길로 허공만을 응시했다. 어떤 이들은 손을 질경질경 깨물거나 마차 바닥에 엎드려 있었다. 말의 재갈은 거품으로 뒤덮였고 눈에는 핏발이 섰다.

승합용 마차, 사륜마차, 상점용 수레, 손수레의 숫자는 셀 수조차 없었다. 우편마차, '세인트 팬크라스의 성구실'이라는 마크가 새겨진 길 청소용 수레, 커다란 목재용 수레는 거친 인상의 장정들로 가득했다. 맥주 양조업자의 커다란 짐마차가 요란한 소리를 내며 달려왔는데, 뒷바퀴에는 피가 묻어 있었다.

"길을 비켜!"

또 외치는 소리가 들렸다.

"비키란 말이야!"

"영생을! 영생을 주소서!"

그 목소리가 길을 따라 메아리쳤다.

비탄에 잠긴 여자들이 걸어서 지나갔다. 고급스러운 옷차림이었으나 먼지가 잔뜩 묻었고 지친 얼굴은 눈물로 얼룩져 있었다. 옆에는 아이들이 울면서 비틀대며 걸어갔다. 대부분 남자들이 함께 있었는데, 때로는 도움이 되었지만 때로는 험악한 표정을 짓고 사납게 굴었다. 그들은 사나운 눈매와 커다란 목소리, 그리고 상스러운 욕을 지껄이는 거리의 건달들과 나란히 걸으면서 상대방을 밀쳐 댔다. 건장한 체구의 노동자들이 점원처럼 보이는 힘없는 사람들을 세게 밀어 내면서 빠르게 나아갔다. 부상당한 병사와 철도 짐꾼 차림의 남자들, 잠옷 바람에 상의만 하나 걸친 불쌍한 사람도 있었다.

각양각색의 사람들이 모였으나 한 가지는 똑같았다. 모두들 얼굴에는 두려움과 고통의 낙인이 찍혀 있고, 등 뒤에 공포를 짊어지고 있었다. 사람들은 길에서의 소동, 손수레에 난 자리 하나를 차지하려는 몸싸움을 보면서 걸음을 재촉했다. 두려움에 질려 무릎을 꿇고 앉아 있던 남자도 갑자기 힘이 솟는 듯 빠르게 움직였다. 더위와 먼지는 이미 수많은 사람들을 괴롭혔다. 마르고 갈라진 입술은 꺼멓게 타들어 갔다. 모두들 목 마르고, 지치고, 발의 통증으로 괴로워했다. 터져 나오는 외침들도 다양했다. 싸우는 소리, 비난을 퍼붓는 소리, 그리고 피로와 고통으로 인한 신음소리가 흘러나왔다. 대부분 목이 쉰 데다 힘이 빠져 있었다. 그 와중에서도 항상 들려오는 소리가 있었으니, "비켜! 길을 비키란 말이야! 화성인들이 오고 있어!" 하는 소리였다.

행렬에서 멈추거나 옆으로 나가는 사람은 거의 없었다. 샛길이 조금씩 넓어지면서 큰 도로와 만나게 되고, 런던 쪽에서 오는 사람들이 희미하게 보였다. 하지만 사람들의 소용돌이는 길 입구를 향해 몰려들었다. 허약한 사람들은 길에서 밀려나 잠시 휴식을 취하고서 다시 밀고 들어왔다. 샛길에서 조금 내려간 곳에 피가 엉긴 넝마조각으로 다친 다리를 둘둘 감은 남자가 누워 있고 친구 두 명이 몸을 구부린 채 그를 살펴보고 있었다. 그런 친구들이 있다니, 그 남자는 행운아라는 생각이 들었다.

조금 늙수그레한 남자가 절름거리며 길에서 벗어나 계단 위에 앉았다. 회색 구레나룻을 군대식으로 기르고 지저분한 검은색 프록코트를 입고 있었는데, 부츠를 벗으니 피가 엉겨 붙은 양말이 보였다. 그는 작은 돌들을 털어 내고 다시 절름거리며 걷기 시작했다. 여덟 살 내지 아홉 살쯤 되어 보이는 어린 소녀는 내 동생과 가까운 곳에 있는 산울타리 아래 주저앉아 울음을 터뜨렸다.

"더 못 가! 난 더 못 간다구!"

동생은 깜짝 놀라 멍한 상태에서 깨어나 소녀를 안아 올려 부드러운 말로 달랜 다음 엘핀스턴 부인 옆에 앉혔다. 동생이 손을 대자마자 소녀는 울음을 그치고 조용해졌다.

한 여자가 군중 속에서 울음 섞인 목소리로 외쳤다.

"엘렌! 엘렌!"

소녀가 갑자기 동생의 손에서 빠져나가면서 외쳤다.

"엄마!"

"그들이 오고 있어."

말에 탄 남자가 중얼거리며 길을 따라갔다.

"길에서 비켜, 거기!"

높은 좌석에 앉은 한 마부가 고함을 쳤다. 유개마차가 들어서고 있었다.

사람들은 말을 피하기 위해 겹겹이 몰려섰다. 동생은 조랑말과 마차를 산울타리 쪽으로 밀어냈고 그 남자는 계속 나아가다가 길모퉁이에서 멈추었다. 그것은 말 두 마리가 끌도록 되어 있는 사륜마차였으나 봇줄에 매달린 건 한 마리뿐이었다. 동생은 희뿌연 먼지 사이로 두 남자가 하얀 들것에 실린 뭔가를 내리더니 쥐똥나무 산울타리 밑 풀밭에 조심스레 내려놓는 것을 보았다.

한 남자가 동생을 향해 달려오더니 말했다.

"물을 구할 수 있습니까? 지금 사람이 죽어 갑니다. 목이 너무 마른 것 같습니다. 저 분은 개릭 경이십니다."

동생이 말했다.

"개릭 경이라구요? 그렇다면 법무장관?"

그가 물었다.

"물은 어디에 있죠?"

동생이 대답했다.

"아마 집에 들어가면 수도꼭지가 있을 겁니다. 우리에겐 물이 없어요. 나는 동행만 남겨 놓고 자리를 뜰 수 없구요."

그 남자는 인파를 뚫고 길모퉁이 집 대문을 향해 달려갔다.

"비켜!"

사람들은 그 남자를 밀어내며 소리쳤다.

"그들이 오고 있다고! 얼른 비켜!"

다음 순간 내 동생의 눈길을 사로잡은 것은 각진 얼굴에 수염을 기른

한 남자가 작은 손가방을 질질 끌며 오는 모습이었다. 심지어 동생이 계속 쳐다보고 있는데도, 그 남자는 가방이 땅바닥에 닿을 때마다 충격으로 튕겨져 나가는 1파운드짜리 금화를 여기저기 흘리면서 걸어왔다. 금화는 다급히 걸어가는 사람들과 말발굽 사이로 굴러 들어갔다. 멈추어 서서 멍한 표정으로 가방을 바라보던 남자는 지나가던 마차의 채에 어깨를 부딪치며 비틀거렸다. 그는 비명을 지르면서 뒤로 물러섰고 마차 바퀴가 그의 몸을 살짝 스쳐 지나갔다.

"비켜!"

남자 주변에서 사람들이 소리쳤다.

"길에서 비키라고!"

마차가 지나가자마자 그는 가방을 향해 거의 몸을 날리다시피 하더니 두 손으로 동전을 움켜 집어 주머니에 닥치는 대로 쑤셔 넣기 시작했다. 그 때 말 한 마리가 그에게 가까이 다가왔고 그 순간 엉거주춤 일어난 남자의 몸이 말발굽 아래 깔렸다.

"멈춰!"

내 동생이 소리쳤다. 앞을 가로막은 한 여자를 밀치고 나아가 그 말의 재갈을 잡으려고 했다.

미처 말을 잡기 전에 마차 바퀴 아래서 비명소리가 들려왔다. 먼지 사이로 바퀴에 깔린 불쌍한 남자의 등이 보였다. 마부는 마차 뒤로 달려가는 내 동생을 향해 채찍을 날렸다. 주변에서 들려오는 갖가지 외침들 때문에 동생은 정신을 차리기 힘들었다. 그 남자는 흩어진 동전들 사이에서 흙먼지를 날리며 몸부림을 쳤다. 등뼈가 부러져서 일어날 수 없었고, 신경이 죽은 하반신은 마비되어 축 쳐졌다. 동생은 일어나 다가오는 마부를 향해 소리를 질렀고, 검은 말을 탄 한 남자가 동생을 돕기 위해 다가왔다.

"이 사람을 길에서 끌어냅시다."

동생은 남자의 뒷덜미를 잡고 길 옆으로 끌어냈다. 그러나 다친 남자는 아직도 돈을 움켜쥔 채 놓지 않았고 금화를 한 움큼 쥔 손으로 동생의 팔을 마구 때렸다.

"길을 비켜! 비키라구!"

사람들이 화난 목소리로 뒤에서 소리쳤다.

"빨리 가!"

사륜마차 한 대가 이륜 짐마차와 부딪히면서 말을 타고 있던 남자가 멈추어 섰다. 내 동생이 고개를 들었을 때 다친 남자가 손에 금화를 움켜 쥔 채 고개를 뒤틀며 들어 올리더니, 자신의 목덜미를 잡고 있는 손을 깨물었다. 조금 전 부딪힌 검은 말은 비틀비틀 길 옆으로 향하고 상대편 말도 그 옆으로 밀려났다. 말발굽 하나가 내 동생의 발을 밟을 뻔하다가 가까스로 비껴갔다. 동생은 다친 남자에게서 손을 떼고 얼른 뒤로 물러났다. 땅바닥에 쓰러진 불쌍한 남자의 얼굴 표정이 분노에서 공포로 바뀌는 것이 보였지만, 이내 그의 모습은 시야에서 사라졌다. 동생은 사람들에 떠밀려 그 길 입구를 지나쳐 버렸고, 다시 그 자리로 돌아오기 위해 사람들 틈에서 힘든 몸싸움을 벌여야 했다.

그는 손으로 눈을 가린 엘핀스턴 양을 보았다. 아이 하나가 두려움에 질린 표정으로 길바닥에 쓰러져 지나가는 마차에 이리저리 치이고 뭉개진 검은 덩어리를 원망스러운 눈길로 바라보고 있었다.

"돌아갑시다!" 그가 외치면서 조랑말을 돌려세웠다. "도저히 여기를 뚫고 갈 수 없어요, 빌어먹을."

그는 말했다. 일행은 왔던 길로 100미터쯤 돌아가 몸싸움을 벌이는 사람들이 보이지 않는 곳까지 왔다. 구부러진 길을 지났을 때 내 동생은 산울타리 아래 도랑에서 죽어 가는 남자를 보았다. 백짓장처럼 창백하고 일그러진 얼굴은 식은땀으로 번들거렸다. 두 여자는 좌석을 움켜쥔 채 벌벌 떨면서 아무런 말도 하지 못했다.

동생은 마차를 멈춰 세웠다. 엘핀스턴 양도 하얗게 질려 있고 그녀의 새언니인 엘핀스턴 부인은 흐느끼면서 '조지' 라는 이름조차 간신히 불렀다. 동생 역시 겁이 났고 당황스러웠다. 되돌아오고 나서야 비로소, 그는 그 길을 반드시 건너야 한다는 사실을 깨달았다. 그는 엘핀스턴 양을 보며 단호하게 말했다.

"우린 반드시 뚫고 가야 합니다."

그는 다시 조랑말을 이끌었다.

젊은 숙녀는 그날 두 번이나 자신의 진가를 증명해 보였다. 급류처럼 몰아닥치는 사람들 속을 뚫고 가기 위해, 동생은 길로 뛰어들면서 마차를 끄는 말을 막아섰고 그 동안 그녀는 조랑말을 몰았다. 마차 바퀴가 무엇에 걸린 것처럼 한동안 움직이지 않더니 긴 파편 하나가 옆으로 튕겨 나갔다. 다음 순간 그들은 인파에 휩쓸려 들어갔다. 내 동생은 아까 마부가 휘두른 채찍에 맞아 얼굴과 손에 생긴 붉은 자국이 아직 가시지 않았으나 고통을 참고 마차로 기어올라 그녀에게서 고삐를 넘겨 받았다. 그는 그녀에게 권총을 건넸다.

"뒤에 있는 남자를 겨눠요. 만약 그가 우리를 너무 급히 밀어붙인다면 말입니다. 아니! 그의 말을 겨눠요."

그런 다음 동생은 길을 가로질러 오른쪽 길 가장자리로 갈 수 있는 기회를 엿보기 시작했다. 하지만 일단 인파 속으로 들어오자 그는 자신의 의지를 잃고 먼지를 뒤집어쓴 사람들의 일부가 된 것 같았다. 그들은 사람들에게 밀려 치핑 바넷까지 휩쓸려 갔다. 마을의 중심부 뒤로 거의 1.6킬로미터나 간 다음에야 비로소 길 반대편으로 가기 위해 필사의 사투를 벌이기 시작했다. 소음과 혼란은 형언할 수 없을 정도였으나 마을 안팎으로 계속 갈래길이 나타났기 때문에 사람들은 조금 분산되었다.

일행은 동쪽으로 방향을 잡아 해들리까지 갔다. 길 양편과 좀 더 멀리 떨어진 한 장소에서 수많은 사람들이 시냇물을 마시고 있었다. 물 때문에 싸움을 벌이는 사람들도 있었다. 심지어 더 먼 곳, 이스트바넷 근처 언덕에서 보니 열차 두 대가 연이어 천천히 달리고 있었다. 거기에는 신호도 규칙도 없었다. 열차에는 사람들이 넘쳐났고, 심지어 엔진 뒤쪽 석탄을 넣어 두는 곳까지 사람들로 붐볐다. 그 열차는 그레이트 노던 노선을 따라 북쪽으로 향했다. 내 동생은 그들이 아마 런던 외곽에서 열차를 탔을 것이라고 짐작했다. 그 때쯤이면 엄청난 공포에 빠진 런던 시민들이 중앙 터미널로 달려갔을 터이므로 런던에서 열차를 타기란 거의 불가능했다.

그들은 근처에서 잠시 휴식을 취하기 위해 멈춰 섰다. 그날 벌어진 모든 일들로 인해 세 사람 모두 기진맥진한 상태였다. 그들은 배고픔에 시달리기 시작했다. 밤은 추웠고, 아무도 잠을 이룰 수 없었다. 그리고 저녁 무렵에 많은 사람들이 그 길을 따라와 동생 일행이 머무는 야영지 옆을 지나갔다. 사람들은 그들 앞에 놓인 이름 모를 공포로부터 도망치기 위해 동생이 지나왔던 곳으로부터 계속해서 몰려오고 있었다.

선더차일드 호

 만약 화성인들이 파괴 자체를 목표로 했다면 그들은 런던 시민들이 조금씩 주변 지역으로 흩어지던 월요일에 런던 전체를 몰살시켰을 것이다. 바넷까지의 도로뿐 아니라 에드웨어와 월섬 애비까지, 사우스엔드와 슈베리니스에 이르는 동쪽의 도로들을 따라, 그리고 템스 강 남쪽에서 딜과 브로드스테어까지 모두 엄청난 소란에 휩싸였다. 만약 누군가 6월의 푸르른 아침 풍선 기구를 타고 올라가 런던을 내려다볼 수 있었다면, 미로처럼 뒤엉킨 도시의 도로 중 북쪽과 동쪽 방향의 모든 도로가 수많은 피난민들의 행렬이 만들어 낸 검은 점들로 빽빽하게 들어차 있고, 점 하나로 표시된 한 사람 한 사람이 저마다의 공포와 육체적인 고통을 안은 채 줄달음 치는 광경을 보았을 것이다. 나는 앞에서 내 동생이 치핑 바넷에 도달할 때까지 겪은 일들을 길고 자세히 설명했는데, 한 덩어리처럼 보이는 사람들이지만 제각각의 고뇌를 가지고 있다는 사실을 독자들에게 이해시키고자 하는 마음 때문이었다. 세계 역사상 이렇게 많은 인구가 한꺼번에 이동하고 고통을 받은 적은 없었다. 고트족이나, 지금까지 보아 온 가운데 가장 거대하고 호전적인 아시아의 유목민 훈족도 이 조류에 비하면 물 한 방울 정도에 불과할 것이다. 이것은 질서정연한 행군이 아닌, 대 탈주극이었다. 수많은 사람들이 우루루 달아나는 끔찍한 피난길이었다. 질서도 목표도 없이, 무기도 대책도 없이 6백만 명의 사람들은 그저 앞으로 질주했다. 이는 문명의 패주, 인류 대학살의 서곡이었다.

높이 뜬 열기구를 탄 사람이라면, 아마 자신의 바로 아래로 그물망을 이루며 저 멀리 넓게 퍼진 거리들, 집, 교회, 광장, 초승달 모양의 영국 특유의 광장과 정원이 이미 버려진 채 거대한 지도처럼 펼쳐진 광경과 검게 얼룩진 남부 지역을 볼 수 있었을 것이다. 일링, 리치먼드와 윔블던 부근은 마치 종이 위에 거대한 펜으로 잉크를 흘려 놓은 것 같은 형상이었다. 각각의 검은 얼룩은 일정한 속도로 점점 더 크게 퍼졌고, 여기저기에서 불쑥불쑥 튀어나왔다. 검은 얼룩은 이제 언덕과 같이 융기한 땅 주위에 모여들었고, 마치 언덕 꼭대기에서 들이붓는 듯 새로 발견된 계곡으로 흘러들었다. 마치 잉크 한 방울이 얼룩진 종이 위에 퍼지는 것과 같은 모습이었다.

그리고 저 멀리, 강 남쪽에 있는 푸른 언덕에서 번쩍이는 전투 로봇을 탄 화성인들이 이리저리 움직이면서 침착하고 조직적으로 독가스를 발사했고, 그게 효력을 발생하면 열광선으로 다시 공격한 뒤 그 지역을 점령했다. 그들의 목표는 몰살이 아니라 반격의 힘을 막고 사기를 저하시키는 것인 듯했다. 그들은 눈에 보이는 발전소란 발전소는 모두 폭파시키고 통신선을 모두 끊고 열차 레일을 파괴했다. 그들은 중요 시설을 절단 내며 인간을 좌절시켰으나 서둘러 활동 영역을 넓히려 들지 않았고,

 그날 하루 종일 런던 중심부에서 더 나아가지 않았다. 상당히 많은 런던 사람들이 월요일 아침까지 집에 남아 있었으므로 집 안에서 검은 독가스에 질식해 죽은 사람도 상당히 많았을 것이다.
 정오 무렵 런던 선착장의 모습은 가히 놀랄 만했다. 증기선을 비롯한 온갖 종류의 배들이 피난민들이 제시하는 엄청난 돈에 이끌려 몰려들었다.

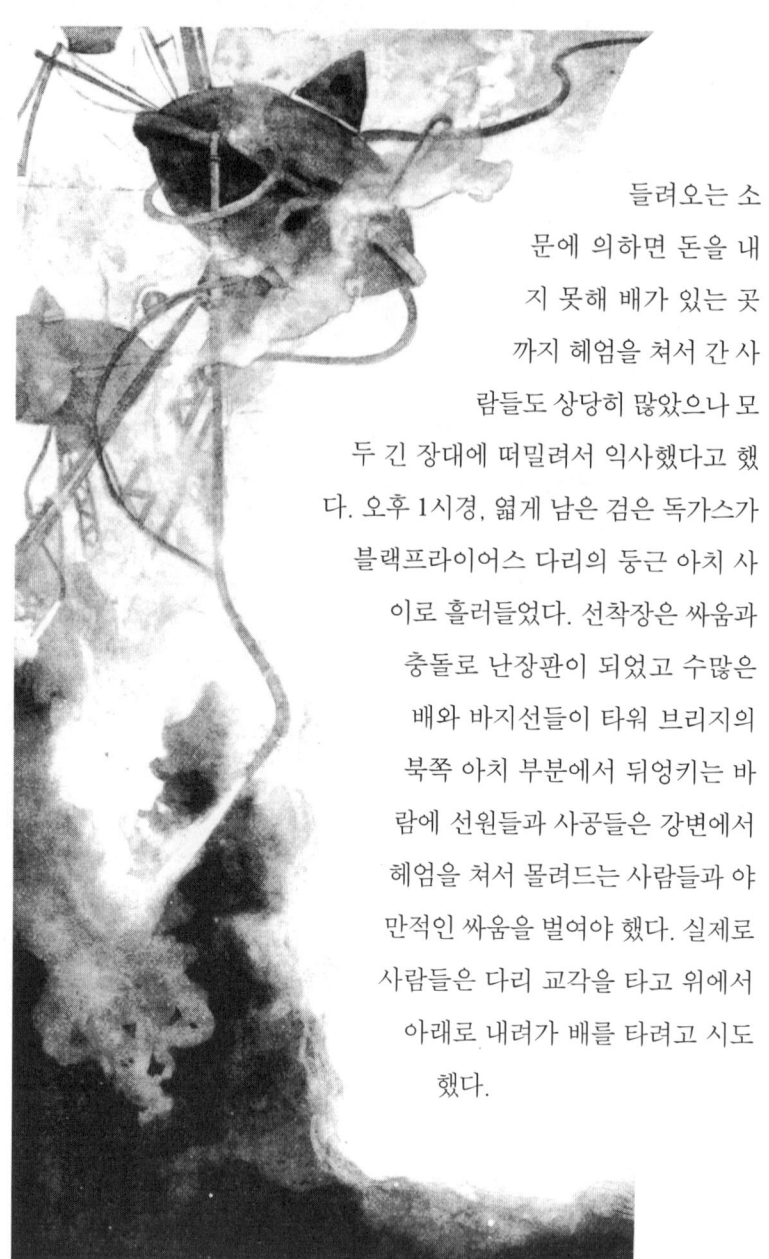

들려오는 소문에 의하면 돈을 내지 못해 배가 있는 곳까지 헤엄을 쳐서 간 사람들도 상당히 많았으나 모두 긴 장대에 떠밀려서 익사했다고 했다. 오후 1시경, 엷게 남은 검은 독가스가 블랙프라이어스 다리의 둥근 아치 사이로 흘러들었다. 선착장은 싸움과 충돌로 난장판이 되었고 수많은 배와 바지선들이 타워 브리지의 북쪽 아치 부분에서 뒤엉키는 바람에 선원들과 사공들은 강변에서 헤엄을 쳐서 몰려드는 사람들과 야만적인 싸움을 벌여야 했다. 실제로 사람들은 다리 교각을 타고 위에서 아래로 내려가 배를 타려고 시도했다.

한 시간 뒤 화성인 하나가 시계탑 뒤로 모습을 드러내고 강을 따라 아래로 걸어 내려갈 때 라임하우스(런던 동부 이스트엔드의 빈민가——옮긴이)는 폐허가 되었다.

다섯 번째 원통 우주선의 착륙에 대해서는 잠시 후에 자세히 설명할 생각이다. 여섯 번째 유성은 윔블던에 떨어졌다. 내 동생은 목초지에서 마차에 탄 숙녀들 옆에서 망을 보다가 언덕 저 멀리에서 녹색 섬광을 보았다. 화요일에 동생 일행은 바다를 건널 계획 아래 피난민으로 들끓는 지역을 통과해서 콜체스터로 향했다. 화성인들이 이제 런던 전체를 점령한 것이 확실하다는 소식이 전해졌고 그들의 모습은 하이게이트에서도, 심지어 네스덴에서도 보였다. 하지만 동생은 그 다음 날이 되어서야 그들을 볼 수 있었다.

그날, 제각각 행동하던 사람들은 시급히 대책을 세워야 할 필요성을 깨닫기 시작했다. 굶주림이 번지기 시작하자 사유재산에 대한 기본적인 의식조차 사라졌다. 농부들은 가축 우리, 창고와 익은 곡식들을 지키기 위해 손에 무기를 들고 나섰다. 내 동생을 포함한 많은 사람들이 동쪽으로 향하고 있는 지금, 굶주림을 견디다 못한 일부 사람들은 심지어 식량을 가지러 런던으로 되돌아가기도 했다. 그들은 주로 북쪽 교외에 사는 사람들로, 검은 독가스에 대해 소문으로만 듣고 그 위력을 직접 보지 못한 이들이었다. 동생은 정부 각료 중 절반 정도가 버밍엄에 모여 있고, 잉글랜드 중부 지방을 가로질러 지뢰를 매설하기 위해 엄청난 분량의 고성능 폭탄이 수송될 것이라는 소식을 들었다.

또 미들랜드 철도 회사가 첫날의 혼란에서 벗어나 운행을 재개했고 런던 주변 지역의 정체를 해소하기 위해 세인트 앨번스에서 북쪽 방향으로 가는 열차를 운행한다는 소식도 있었다. 치핑 온가에는 북부 지역

마을에 많은 분량의 밀가루를 배급할 것이며 24시간 안에 굶주리는 사람들에게 빵이 제공될 것이라는 포스터가 붙었다. 하지만 동생은 그 소식을 듣고서도 자신의 탈주 계획을 바꾸지 않았고, 세 사람은 하루 종일 동쪽으로 계속 나아갔다. 그리고 빵 배급에 관한 이야기도 더 이상 들려오지 않았다. 사실상 아무도 그 외 어떤 소식도 듣지 못했다. 그날 밤 일곱 번째 유성이 프림로즈 언덕(앵초 언덕, 런던 리전트 공원 북쪽에 있는 언덕——옮긴이)에 떨어졌다. 엘핀스턴 양이 내 동생과 교대로 망을 보다가 그것을 목격했다.

수요일, 아직 덜 익은 밀밭에서 밤을 보낸 세 사람은 첼름스퍼드에 도착했다. 그 곳에서 자칭 '공공물자 조달 위원회' 라는 단체가 조랑말을 징발하면서 그 다음 날 음식을 나누어 준다는 말만 계속 했다. 화성인들이 에핑에 나타났다는 소문과 월섬 애비 군수공장이 침입자들을 쓰러뜨리려는 헛된 시도를 하다가 파괴되었다는 소식이 들려왔다.

사람들은 교회 탑에서 화성인들을 보았다. 내 동생은 다행히도 식량이 배급되길 기다리기보다는 당장 해안으로 가야겠다고 생각했고, 정오쯤, 그들은 틸링엄을 통과했다. 그 곳은 이상하리만큼 조용했고, 먹을 것을 훔치러 다니는 사람들 몇몇 외에는 아무도 없었다. 그들은 틸링엄 근처에서 갑자기 눈앞에 나타난 바다를 보게 되었는데, 상상할 수 있는 모든 종류의 수많은 배들로 꽉 들어차 있었다.

선원들은 더 이상 템스 강으로 갈 수 없게 되자 피난민들을 구하기 위해 에식스 해안으로, 하리치와 월턴, 그리고 클랙턴으로 왔고, 나중에는 포울리스와 슈베리로 왔다. 배들은 해안 쪽으로 움푹 파인 거대한 만곡부에 정박해 있었는데, 나즈 방향의 끝자락은 안개에 가려 보이지 않았다. 해안 가까운 곳에는 수많은 고기잡이배들이 있었다. 영국, 스코틀랜드, 프랑스, 네덜란드와 스웨덴의 배들이었다. 템스 강에서 온 증기 기동선, 요트, 전기 보트, 그리고 그 뒤로는 좀 더 커다란 선박들이 자리를 잡았다. 지저분한 석탄 운반선, 깔끔한 상선, 가축들을 나르는 배, 여객선, 유조선, 화물선, 심지어 낡은 수송선, 사우스앰턴과 함부르크에서 온 깨끗한 정기선들을 볼 수 있었다. 그리고 푸른 해안에서 블랙워터까지, 수많은 보트들이 몰려들어 해변에 있는 사람들과 흥정을 했고, 블랙워터에서 거의 맬던에 이르기까지 온 사방이 몰려든 사람들로 꽉 찼다.

약 3킬로미터 떨어진 곳에 철갑 전함이 있었는데, 아주 낮게 떠 있어서 마치 침수된 배처럼 보일 정도였다. 바로 전함 선더차일드(Thunder Child) 호였다. 그것이 눈에 보이는 유일한 전함이었지만 오른편 저 멀리, 그날따라 유난히 평온한 바다 표면 위로 구불구불 솟아오르는 검은 연기로, 채널 함대(Channel Fleet)의 전함들이 그 곳에 있음을 알 수 있었다. 그들은 출동할 준비를 갖추고 화성인들의 침공이 이어지는 동안 템스 강 입구에서 순항하면서 경계했으나 화성인들을 막기엔 역부족이었다.

바다를 본 엘핀스턴 부인은 공포에 사로잡혔다. 옆에서 시누이가 아무리 달래 보아도 소용없었다. 그녀는 한 번도 잉글랜드를 떠나본 적이 없었고 낯선 나라에서 아는 사람 없이 살아가기보다는 차라리 죽는 편이 낫다고 생각하는 듯했다. 그 불쌍한 여인은 프랑스 사람과 화성인을 거의 동등하게 취급하는 듯했다. 지난 이틀 동안 그녀의 히스테리 증상과 공포, 우울증은 점점 늘어 갔다. 그녀의 가장 큰 소망은 스탠모어로 돌아가는 것이었다. 그 곳에서는 모든 것이 제대로 돌아가고 안전했다. 어쩌면 그녀의 '조지' 도 만날 수 있을 것이다.

두 사람은 갖은 노력을 기울여서 겨우 부인을 해변으로 데리고 나올 수 있었다. 거기서 동생은 템스 강에서 온 외륜선 선원들의 주의를 끄는 데 성공했다. 그들은 곧 보트 한 척을 보내 세 사람의 운임으로 36파운드를 제시하면서 그들이 타게 될 증기선은 오스텐드로 간다고 했다.

2시경, 동생은 돈을 지불하고 두 숙녀와 함께 증기선에 올랐다. 배 위에는 음식이 있었다. 터무니없이 비싸기는 했지만 그들은 앞쪽에 앉아 음식을 먹었다.

이미 배에 탄 사람들도 상당수였고, 가진 돈을 모두 내놓은 사람들도 있었다. 하지만 선장은 오후 5시까지 블랙워터에 머무르며 승객을 계속 태우는 바람에 이제는 갑판까지 사람들이 꽉 차 위험스러울 정도였다. 만약 그 시각에 남쪽에서 포성이 들리지 않았다면 아마 더 머물렀을 것이다. 마치 대답이라도 하듯, 바다에 머물던 전함이 예포를 쏘며 깃발을 게양했고 전함의 굴뚝에서 연기가 피어올랐다.

일부 승객들은 그 포성이 슈베리니스에서 들려오는 것이라고 주장했으나, 소리가 점점 커지자 그런 의견은 쏙 들어갔다. 동시에 남동쪽 저 멀리 검은 연기 아래에서 전함 세 대의 돛대와 선체 윗부분이 차례로 모습을 드러냈다. 하지만 내 동생은 재빨리 남쪽 먼 곳의 불길에 눈길을 돌렸다. 멀리 회색 아지랑이 너머로 겹겹이 피어오르는 연기가 보이는 듯했다.

작은 증기선은 커다란 초승달 모양의 선착장에서 오른쪽을 향해 출발했다. 포울리스 쪽에서 진흙이 깔린 해안을 따라 다가오는 화성인들의 희미한 모습이 보일 때쯤에는 에식스 해안의 아래쪽이 연무에 싸여 흐릿하게 보였다. 높은 곳에서 상황을 살펴보던 선장은 너무 늦게 출발한 자신에 대한 분노와 화성인들의 대한 공포에 휩싸여 큰 소리로 고함을 질렀고, 그가 느낀 공포를 반영하듯 노는 더욱 세차게 움직였다. 배에 있

는 사람들은 모두 갑판에 서서, 혹은 좌석에 앉아 멀리서 다가오는 거대한 물체를 바라보았다. 나무나 교회 탑보다 더 큰 전투 로봇은 마치 사람처럼 천천히 걸어왔다.

그것은 내 동생이 본 최초의 화성인이었다. 그는 공포보다는 신기한 기분에 사로잡혀 그 거인이 배들이 정박해 있는 곳을 지나 해안에서 멀리 떨어진 바다 속으로 걸어 들어오는 모습을 바라보았다. 다음 순간 크로치 너머 저 멀리 또 한 놈이 나무들을 넘어 걸어오고, 세 번째 화성인은 바다와 하늘 중간에 떠 있는 것처럼 보일만큼 멀리 떨어진 반질반질한 개펄 위를 걸어오고 있었다. 그들은 마치 포울리스와 나즈 사이에 몰려 있는 배들을 몽땅 낚아채겠다는 듯 바다를 향해 활개를 치며 다가왔다. 조그만 배에 달린 엔진 기관이 미친 듯이 돌아가고 뒤쪽으로 하얀 거품을 남기며 앞으로 나아갔으나 불길하게 다가오는 화성인들에 비하면 속도가 너무 느렸다.

북서쪽을 흘끔 보니, 초승달 모양을 이루며 모여 있던 수많은 배들은 다가오는 공포로 인해 이미 난장판이 되어 있었다. 배 한 척이 앞에 가는 배를 바싹 뒤따라가고, 또 다른 배 한 척은 옆으로 돌아 앞서가던 배를 추월했다. 증기선들은 기적을 울리며 증기를 뿜어 내고 돛을 올리며 여기저기서 출발하기 시작했다. 내 동생은 그런 모든 광경들을, 그리고 왼쪽으로 조금씩 멀어지는 위협의 대상을 정신없이 바라보느라 바다 쪽으로 눈을 돌릴 틈이 없었다. 다음 순간 배가 세게 흔들리는 바람에, 동생은 밟고 서 있던 좌석에서 앞으로 고꾸라졌다. 주변에서 비명이 터지고 쿵쾅거리는 발소리가 들려왔다. 멀리서 대답이라도 하듯 함성이 희미하게 들려왔다. 배가 기울어졌고, 동생은 손으로 몸을 지탱하며 바닥에서 굴렀다.

그는 얼른 일어나 우현을 보았다. 옆으로 100미터도 떨어지지 않은 곳에 거대한 물체가 물을 가르며 앞으로 나아가는 중이었고, 그로 인해 생긴 파도가 작은 배를 덮쳤다. 증기선은 헛되이 노를 저어 보았으나 갑판은 물 수면까지 가라앉았다.

동생은 마구 튀는 물방울로 인해 앞을 제대로 볼 수가 없었다. 다시 정신을 차려 보니 그 거대한 물체는 육지를 향해 맹렬히 돌진하는 중이었다. 커다란 철 갑판이 모습을 드러냈고 두 개의 굴뚝에서 불길과 함께 검은 연기가 뿜어 나왔다. 바로 어뢰를 실은 전함 선더차일드 호로, 위험에 빠진 배들을 구하기 위해 날렵하게 달려오는 중이었다.

난간을 꽉 잡고 물에 젖은 갑판에서 몸을 지탱하며, 내 동생은 이 레비아단(성경에 나오는 바다의 괴수——옮긴이) 같은 전함에서 다시 화성인에게로 눈길을 돌렸다. 이제 화성인 셋은 상당히 가까이 다가와 있었다. 바다 속으로 많이 들어왔고, 세 개의 다리는 물에 잠겨 보이지 않았다. 그렇게 잠겨 있으니, 그들의 모습도 이 작은 배를 속수무책으로 뒤흔들어 놓은 선더차일도 호에 비하면 별 것 아닌 것처럼 보였다. 화성인들은 지금 나타난 새로운 상대를 신기하게 보는 것 같았다. 그들이 지금까지 수집한 정보에 비추어 볼 때, 이 거대한 전함은 전혀 새로운 것이었다. 선더차일드 호는 대포를 쏘지 않고 그들을 향해 전속력으로 달려가기만 했다. 아마 적에게 가장 가까운 거리까지 다가가기 위해 대포를 쏘지 않았을 것이다. 화성인들은 전함에 대해 잘 몰랐다. 만약 단 한 발이라도 포를 발사했다면 그들은 열광선으로 전함을 날려 버렸을 것이다.

전함은 동생이 탄 배와 화성인 사이의 거리의 절반 정도를 단 1분 만에 달려갔다. 검은 선체가 에식스 해안 쪽의 넓은 수평선을 배경으로 점점 작아졌다.

갑자기 선두에 서 있던 화성인이 튜브를 낮게 들고 철갑 전함을 향해 검은 독가스가 든 산탄통을 발사했다. 전함의 왼쪽 옆구리에 맞은 통에서 시꺼먼 분출물이 새어 나왔지만, 전함은 쏟아지는 검은 독가스를 뚫고 전진했다. 증기선을 탄 사람들의 눈에는, 높은 물살과 햇빛 때문에 마치 전함이 이미 화성인들 사이를 통과한 것처럼 보였다.

　사람들은 흩어져 선 채 물 위로 나온 화성인들의 몸체를 보았다. 한 놈이 카메라처럼 생긴 열광선 발사 장치를 들어 올려 아래를 향해 발사하자 광선이 닿은 물 표면에서 엄청난 증기가 피어올랐다. 열기는 마치 하얗게 달궈진 철 막대기가 종이를 통과하듯 전함의 옆면을 강타했을 것이다.

　올라오는 증기 사이로 섬광이 번쩍하더니 화성인 하나가 비틀거리기 시작했다. 다음 순간 거대한 몸체가 쓰러지고 엄청난 물보라와 증기가 허공으로 높이 솟구쳤다. 선더차일드 호의 대포들이 수증기를 뚫고 연달아 포탄을 발사하기 시작했다. 그 중 하나는 동생이 탄 작은 배 근처에서 물보라를 일으키며 날아가 북쪽으로 질주하는 다른 배 옆을 스쳐 지나간 뒤 소형 범선 한 대를 박살 내어 성냥개비로 만들어 버렸다.

하지만 그것을 눈여겨보는 사람은 하나도 없었다. 화성인이 쓰러지는 것을 본 선장은 알아듣기 힘든 말로 환호성을 질렀고 그 배에 빼곡히 타고 있던 승객들도 모두 거기에 합세하여 고함을 지르기 시작했다. 소용돌이치는 하얀 증기 너머로 길쭉한 검은 무엇인가가 나타났다. 환기구와 엔진 기관이 있는 몸체 가운데 부분에서 증기가 뿜어 나왔다.

전함은 아직 무사했다. 방향키도 손상이 없고 엔진도 제대로 작동하는 것 같았다. 전함은 두 번째 화성인을 향해 곧장 나아갔고, 목표물에서 약 100미터 떨어진 곳까지 도달했을 때 열광선의 공격을 받았다. 무시무시한 충돌음이 나고 눈부신 섬광이 번쩍이더니 전함의 갑판과 굴뚝이 위로 튀어 올랐다. 화성인도 전함의 폭발로 인한 충격으로 조금 비틀거렸다. 다음 순간, 비록 불길에 휩싸인 상태임에도 불구하고 전함은 남은 추진력으로 앞으로 달려 나가 화성인을 들이받았고, 화성인을 태운 전투 로봇은 마치 판지로 만든 인형처럼 찌그러졌다. 동생은 자신도 모르게 소리를 질렀다. 그 다음에는 휘몰아치는 증기가 모든 것을 가렸다.

"두 놈 잡았다!"

선장이 고함을 질렀다.

사람들은 모두 소리를 질렀다. 배 전체가 광기 어린 환희로 들썩거렸고, 무리 지어 바다를 향해 나아가던 수많은 배에서도 기쁨의 환호성이 터져 나왔다.

물 위의 수증기 때문에 꽤 오랫동안 세 번째 화성인과 해안이 모두 보이지 않았다. 그 동안 배들은 재빨리 노를 저어 바다로 나아가, 조금씩 전투 현장에서 멀어져 갔다. 마침내 수증기는 사라졌으나 덩어리를 이룬 채 이리저리 떠다니는 검은 독가스 때문에 선더차일드 호나 세 번째 화성인의 모습은 여전히 볼 수 없었다. 먼 바다에 떠 있던 다른 전함들은

조용히 해안을 향해 나아가고 있었다.

작은 배들은 바다를 향해 가고 전함들은 증기와 검은 독가스가 이리저리 소용돌이치며 뒤섞여 만들어진 가스 덩어리에 가려 뿌옇게 변한 해안으로 향했다. 피난민을 실은 배들은 북동쪽으로 흩어졌다. 몇몇 소형 범선들은 전함들과 우리가 탄 배 사이까지 따라왔다. 잠시 후 점점 가

라앉는 가스 덩어리까지 도달하기 전에, 전함들은 북쪽으로 선미를 돌리더니, 돌연 남쪽을 향해 나아가 점점 짙어지는 저녁의 연무 속으로 사라졌다. 해안은 점점 희미해지고, 지는 해 근처에 낮게 모여든 구름에 가려 아무것도 구별할 수 없었다.

갑자기 석양의 황금빛 연무를 뚫고 포성이 들려왔고 움직이는 검은 형체들이 희미하게 보였다. 모두들 증기선 난간으로 달려가 살펴보았으나 정확히 알아볼 수 없었다. 비스듬히 올라오는 연기가 태양을 가렸고, 영원히 지속될 것 같은 불안감 속에서 증기선은 계속 앞으로 나아갔다.

태양이 회색 구름 아래로 사라지고 하늘은 검붉은 색으로 물들어 갔다. 저녁별이 희미하게 보였다. 선장이 소리를 지르며 뭔가를 가리킨 것은 땅거미가 짙어질 무렵이었다. 내 동생은 주의 깊게 살폈다. 뭔가가 어둑어둑한 하늘을 향해 솟구쳤다. 그것은 약간 기울어지듯 치솟았고 아주 빠른 속도로 아직 빛이 남아 있는 서쪽 하늘의 구름 속으로 들어갔다. 평평하고 넙적하며 큼직한 뭔가가 커다란 포물선을 따라 점점 작아져, 마침내 수수께끼 같은 밤하늘 속으로 사라졌다. 그 동안 까만 어둠이 땅 위를 덮었다.

제2부

그들의 발 아래에서

앞에서 나는 내가 겪은 모험에서 약간 벗어나 내 동생의 경험담에 대해 썼다. 그 동안 나는 검은 독가스를 피해 헬리퍼드로 달아났고, 한 빈 집에서 목사와 함께 숨어 지내고 있었다. 이제 나는 내가 직접 겪었던 일을 이야기하려 한다.

우리는 일요일 밤과 다음 날 하루 종일 그 곳에 머물렀다. 검은 독가스 때문에 세상과 단절되어 지낸 공포의 나날이었다. 우리는 그저 기다릴 수밖에 없었고, 꼼짝도 하지 않은 채 지루한 이틀을 보내야 했다.

내 머릿속은 아내에 대한 걱정으로 가득했다. 레더헤드에서 보았던 그녀의 모습이 떠올랐다. 공포에 질리고, 마치 내가 이미 죽은 사람이라도 되는 양 흐느끼는 모습이었다. 나는 방 안을 이리저리 돌아다니면서 어떻게 아내와 헤어지게 되었는지, 내가 없는 동안 그녀에게 무슨 일이 벌어졌을지를 생각하며 큰 소리로 울었다. 내 사촌은 위급한 일이 벌어졌을 때 결연히 대처할 수 있을 만큼 용감한 사내였다. 하지만 그는 위험을 재빨리 감지해서 순간적으로 피할 수 있는 그런 사람은 아니었다. 한 가지 위안이 되는 것은 내가 믿는 바, 화성인들이 런던 쪽으로 나아가고 있으므로 아내가 있는 곳과는 멀어지고 있다는 사실이었다. 나는 여러 가지 걱정 때문에 더욱 신경이 곤두서고 고통스러웠다. 게다가 목사가 끊임없이 내지르는 소리들 때문에 더욱 지치고 민감해졌다. 나는 그의 이기적인 절망에 넌덜머리가 났다. 몇 번이나 충고를 해 주었으나 별 효과가 없었고, 나는 방에 틀어박혀 지내면서 그를 멀리했다. 그 방은 분명 어린아이의 방이었을 것이다. 장갑, 각종 학습 도구와 습자 교본들이 있었다. 목사가 그 방까지 나를 따라왔을 때, 나는 집 꼭대기에 있는 골방으로 옮겨가 혼자만의 고통 속에 스스로를 가두고 자책하면서 아픔을 곱씹었다.

우리는 그날 하루 종일, 그리고 그 다음 날 아침까지 검은 독가스에 완전 포위되어 아무것도 할 수 없었다. 일요일 저녁에는 옆집에서 인기척이 들렸다. 창문에 얼굴이 비치고 빛이 이리저리 움직였으며 나중에는 문 닫히는 소리가 났지만, 그들이 누구인지, 어떤 사람들인지는 알 수 없었다. 다음 날에도 우리는 그들을 볼 수 없었다. 검은 독가스는 월요일 아침 내내 천천히 강을 향해 흘러 우리 쪽으로 점점 더 가까이 다가왔고, 마침내 우리가 숨어 있는 집 바깥 도로까지 흘러들었다.

정오쯤 화성인 하나가 들판을 가로질러 다가와서 엄청나게 뜨거운 열 광선을 쏘아 댔다. 벽에서는 쉬익 소리가 나고 유리창들은 박살 났다. 목사는 거실에서 나오다가 손을 데었다. 우리는 열에 달구어진 방 안을 살금살금 기어서 다시 바깥을 내다보았다. 북쪽 지역은 마치 검은 눈보라가 지나간 것 같았다. 강이 있는 쪽에서 수없이 많은 붉은 무엇인가가 불에 그슬린 목초지에서 나오는 검은 연기와 뒤섞여 있는 광경을 보고 우리는 깜짝 놀랐다.

한동안은 그런 변화가 현재 우리가 처한 상황에 어떤 영향을 미칠 것인지에 대해 짐작조차 할 수 없었다. 아는 것은 단지 검은 독가스의 공포에서 놓여났다는 사실뿐이었다. 얼마 후 나는 우리가 포위에서 벗어났다는 것을 알아차렸다. 이제 밖으로 나갈 수 있었다. 도망칠 길이 열렸다는 것을 깨닫는 순간, 어서 움직여야겠다는 생각도 돌아왔다. 하지만 목사는 무기력했고 논리적인 사고가 불가능한 사람이었다.

그는 계속 고집을 부렸다.

"이 곳에 있으면 안전하오. 여기가 제일 안전하다니깐."

나는 그와 헤어지기로 마음먹었다. 그리고 그렇게 했어야 했다! 전에 만났던 포병에게 배운 대로, 나는 식량과 마실 것을 챙기고 덴 상처를 보호하기 위해 기름과 헝겊을 찾았다. 한 침실에서 모자와 프란넬 셔츠도 찾아냈다. 내가 혼자 떠날 것이 분명해지자, 목사는 갑자기 같이 가겠다고 나섰다. 그날 오후, 모든 것이 너무 조용했다. 우리는 5시경 출발했고 검은 먼지로 덮인 도로를 따라 선베리로 향했다.

선베리와 도로 여기저기에서, 우리는 몸이 뒤틀린 채 죽어 있는 사람이나 말의 시체들과 뒤집어진 마차, 손수레들을 보았다. 모두 검은 먼지가 두껍게 내려앉은 상태였다. 시꺼먼 재의 장막으로 뒤덮인 시체들을 보자 폼페이의 최후에 대해 묘사한 장면이 떠올랐다. 우리는 햄프턴 코트(런던의 옛 왕궁——옮긴이)까지 별 탈 없이 갔다. 왠지 낯설고 눈에 익은 모습이 아니라는 생각이 들었고, 독가스의 공격을 피해 녹색 풀이 남아 있는 곳을 발견했다. 또 우리는 부세이 공원에서 사슴 한 마리가 밤나무 사이를 이리저리 뛰어다니고 좀 떨어진 곳에서 몇몇 남자들과 여자들이 햄프턴을 향해 다급히 가는 모습도 볼 수 있었다. 그래서 우리는

트윅큰햄으로 왔다. 그들은 우리가 본 첫 번째 사람들이었다. 그 도로를 가로질러 좀 더 떨어진 햄과 피터스햄 너머의 숲들은 아직도 불길이 타오르고 있었다. 트윅큰햄은 열광선이나 검은 독가스에 피해를 입지 않았다. 사람들을 좀 더 만날 수 있었으나 새로운 소식을 알려줄 수 있는 사람은 하나도 없었다. 대부분 우리처럼 일시적인 소강 상태를 이용해서 도망치려는 사람들이었다. 나는 두려움에 질린 사람들과 너무 무서워 도망조차 칠 수 없던 사람들이 아직 남아 있다는 것을 알 수 있었다. 이 곳 역시 다급한 소동이 일어났다는 증거들이 여기저기 널려 있었다. 충돌한 자전거 세 대가 뒤엉킨 채 뒤따라오던 마차들에 의해 산산조각이 나 있었다. 우리는 8시 30분경 리치먼드 다리를 지나갔다. 그 다리에는 만약의 경우 몸을 숨길 만한 곳이 없었으므로 우리는 다리를 재빨리 건넜고, 그 와중에 나는 강을 따라 떠내려 오는 붉은 덩어리들을 보았다. 대부분 발 크기만 했다. 나는 그게 뭔지 몰랐으며 그 당시엔 자세히 살펴볼 시간도 없었기 때문에 사실보다 더 끔찍한 방향으로 해석해 버렸다. 다시 이 곳 서리 쪽으로 독가스가 가라앉으며 생긴 검은 가루가 쌓여 있었고 역 근처에는 시체 더미가 있었다. 하지만 우리가 화성인의 모습을 다시 보게 된 것은 반스를 향해 얼마 정도 나아간 뒤였다.

우리는 형체만 검게 보일 만큼 먼 거리에서 세 사람이 옆길로 달려 내려가 강으로 향하는 것을 보았을 뿐, 그 외에는 아무도 만나지 못했다. 언덕 위 리치먼드 마을은 아직 불타고 있었으나 그 마을 외곽은 검은 독가스의 공격을 받지 않은 듯했다.

큐에 거의 이르렀을 때 갑자기 사람들이 마구 뛰어나왔고, 집 위로 화성인들이 타고 다니는 전투 로봇의 상체가 희미하게 나타났다. 우리에게서 100미터도 떨어지지 않은 곳이었다. 나와 목사는 너무 놀라 그냥 서 있었다. 만약 화성인에게 발각된다면 그 자리에서 죽을 수밖에 없었다. 두려움에 질린 나머지 어디로 가야 할지조차 몰랐지만, 우리는 이내 몸을 돌려 정원에 있는 덤불 속에 몸을 숨겼다. 목사는 거기에 웅크린 채 조용히 흐느끼며 나오려고 하지 않았다.

하지만 나는 레더헤드로 가야 한다는 확고한 목표가 있었기에 해질 무렵 다시 그 곳에서 나왔다. 나는 관목 숲을 헤치며 버려진 채 서 있는 커다란 집 옆길을 따라가 큐로 향하는 도로로 들어섰다. 덤불 속에 남겨두고 온 목사도 황급히 나를 따라왔다.

그것은 내가 지금까지 행한 것 가운데 가장 바보스러운 행동이었다. 화성인들이 근처에 있는 것이 분명했다. 곧 목사가 나를 따라잡았고, 전에 보았던 놈인지 혹은 다른 놈인지는 정확히 모르지만, 화성인의 전투

로봇이 저 멀리 떨어진 목초지를 가로질러 큐 로지 방향으로 가고 있었다. 네댓 개의 검은 형체가 들판을 가로질러 다급히 뛰어가고 있었는데, 그건 바로 화성인들이 그들을 뒤쫓고 있다는 증거였다. 화성인은 단 세 걸음 만에 그들을 따라잡았고, 사람들은 로봇의 거대한 발을 피해 사방으로 흩어졌다. 화성인은 열광선으로 그들을 죽이지 않았다. 대신 한 명씩 들어 올리더니, 일꾼들이 어깨에 걸머지는 망태기처럼 등 쪽에 달려 있는 거대한 금속 단지 속에 던져 넣었다.

나는 처음으로 화성인들에게 좌절한 인간들을 모두 죽이는 것 외에 다른 목적이 있다는 것을 깨달았다. 우리는 잠시 망연자실한 채 서 있다가 얼른 방향을 바꿔 뒤쪽에 있는 문을 통해 담으로 둘러쳐진 정원으로 들어갔다. 다행히 도랑을 발견하고 그 속으로 숨어들었다. 우리는 작은 목소리조차 감히 내지 못한 채 별이 뜰 때까지 그 곳에 있었다.

다시 출발할 용기를 낼 수 있었던 것은 아마 밤 11시가 다 되어 갈 무렵이었을 것이다. 우리는 더 이상 도로로 나서지 못하고 산울타리를 헤치면서 농장들을 통과했다. 근처에 화성인들이 있을 경우를 대비해서 나는 왼편을, 그는 오른편을 맡아 어둠 속을 조심스럽게 살폈다. 우리는 불에 타서 거뭇거뭇해진 장소를 우연히 발견했다. 이제 열기가 다 식고 재만 남아 있는 그 곳에는 머리와 몸통 부분은 끔찍하게 탔지만 다리와 발은 멀쩡한 시체 몇 구가 여기저기 흩어져 있었다. 그리고 부서진 대포와 박살 난 수레 뒤쪽으로 약 15미터 떨어진 곳에 죽은 말들이 쓰러져 있었다.

쉬인은 공격을 받지 않은 것 같았으나 사람들은 모두 도망치고 없었다. 비록 너무 어두워서 길을 제대로 살필 수 없긴 했지만, 그 곳에서는 시체를 보지 못했다. 내 동행자인 목사가 쉬인에서 갑자기 어지럼증을 호소하며 목이 마르다고 불평을 늘어놓았고, 우리는 근처의 한 집으로 들어가기로 결정했다.

처음에 들어간 집은 두 채가 나란히 있는 작은 연립주택으로, 유리창을 통해 조금 힘들게 들어갈 수 있었다. 거기서는 곰팡이가 난 치즈 외에 달리 먹을 것을 찾을 수 없었으나 물을 마실 수 있었다. 나는 다음에 빈 집으로 들어갈 때 사용하기 위해 손도끼 하나를 집어 들었다.

우리는 도로를 따라 모트레이크 쪽으로 휘어지는 곳까지 갔다. 담장이 둘러진 정원 안에 하얀 집이 서 있고, 그 곳 식료품 저장소에서 먹을 것을 상당히 많이 찾아낼 수 있었다. 빵 두 덩이, 스테이크 날것과 햄 반 토막이 있었다. 이렇게 자세히 설명하는 이유는, 우리가 그 뒤로 2주 동안 이 곳에서 찾아낸 식량에 의존해서 살아남아야 하는 운명에 처했기 때문이다. 병맥주가 선반 아래 놓여 있고 깍지에 든 콩 두 자루와 시든 양상추가 있었다. 식료품 저장고는 세탁장과 이어져 있었고 장작들이 쌓여 있었다. 또 찬장에는 포도주 여섯 병, 깡통에 든 스프와 연어, 그리고 비스킷이 들어 있는 깡통 두 개가 있었다.

우리는 옆에 있는 부엌에 앉았다. 어두웠지만 감히 불을 켤 수 없었다. 우리는 빵과 햄을 먹고 맥주를 나누어 마셨다. 비록 아직도 겁먹고 불안한 상태이긴 했으나, 목사는 이상하리만치 격앙되어 있었다. 나는 그에게 어서 먹고 기운을 유지해야 한다고 충고했는데, 바로 그 때 우리를 그곳에 갇혀 있을 수밖에 없게 하는 일이 발생했다.

"아직 자정이 되지는 않았을 겁니다."

내가 말을 하는 순간 눈부신 녹색 섬광이 번뜩였다. 부엌에 있는 모든 물체가 선명한 녹색으로 확 드러났다가 이내 사라졌다. 다음 순간 이어진 무시무시한 진동은 그 전에도 혹은 그 이후에도 한 번도 경험하지 못한 것이었다. 곧바로 뒤에서 요란하게 쿵 하는 소리가 나더니, 유리가 깨지고 주변에 있는 모든 것이 무너지고 깨졌다. 천장에서 회반죽 가루들이 머리 위로 마구 떨어졌다. 나는 나동그라지면서 오븐 손잡이에 머리를 부딪치고 정신을 잃었다. 목사는 내가 한참 동안 기절해 있었다고 했다. 내가 다시 정신이 들었을 때 우리는 다시 어둠 속에 있었다. 나중에 알게 되었지만 이마에 난 상처에서 피가 흘렀고 목사는 울면서 내 얼굴을 물수건으로 살살 닦는 중이었다.

한참 동안 나는 무슨 일이 벌어졌는지 기억해 낼 수 없었다. 그런 다음 천천히 기억들이 돌아왔다. 관자놀이에 든 멍으로 상황을 더 분명히 알 수 있었다.

"괜찮소?"

목사가 조용히 물었다.

잠시 후 나는 그에게 대답한 다음 일어섰다.

"움직이지 마시오."

그가 말했다.

"바닥에 깨진 그릇들이 가득해요. 움직이면 소리가 날 거요. 그들이 아직 밖에 있는 것 같소."

우리는 조용히 앉아 있었다. 서로의 숨소리조차 잘 들리지 않을 정도였다. 모든 것이 죽은 듯 고요했고, 가끔씩 주변의 것들, 회반죽이나 부서진 벽돌들이 시끄러운 소리와 함께 바닥으로 떨어졌다. 바깥 가까운 곳 어딘가에서 금속음이 간간이 들려왔다.

"저 소리!"

목사가 말할 때 그 소리가 다시 났다.

"그래요. 그런데 저게 무슨 소리입니까?"

내가 말했다.

"화성인!"

목사가 말했다.

나는 다시 귀를 기울였다.

"열광선 같지는 않습니다."

내가 말했다. 그리고 한동안 내 생각은 전투 로봇이 집 위로 쓰러졌을지 모른다는 방향으로 기울었다. 전에 전투 로봇 하나가 세퍼튼 교회 탑 위로 쓰러졌던 장면이 떠올랐다.

이 알 수 없는 상황에 대해 서너 시간을 생각해 보았으나 도저히 이해할 수 없었고, 우리는 해가 떠오를 때까지 꼼짝도 하지 않았다. 얼마 후 빛이 새어 들어왔다. 시꺼먼 유리창이 아닌, 대들보와 부서진 뒷벽 벽돌 사이에 삼각형 모양으로 난 구멍에서 들어오는 빛이었다. 이제 우리는 처음으로 희미하게나마 부엌 내부를 보게 되었다.

정원에서 날아온 흙 더미에 부서진 창문은 어제 우리가 앉아 음식을 먹었던 테이블 위로 밀려와 우리 발 근처에 떨어져 있었다. 바깥에는 흙이 집 쪽으로 산더미처럼 쌓여 있었다. 겨우 드러난 창틀 위쪽으로 뿌리째 뽑힌 배수관이 보였다. 바닥에는 박살 난 가재도구들이 널려 있고 부엌 끝부분이 안으로 무너져 내렸다. 햇살이 들어올 때 보니 집의 대부분이 무너진 게 분명했다. 이런 폐허 속에서, 그 당시 유행에 맞추어 연한 녹색으로 칠한 깔끔한 화장대, 그 아래 있는 동과 주석으로 만든 그릇들과 푸른색과 흰색 타일 무늬가 그려진 벽지, 그리고 부엌 요리용 화덕 위 벽에 펄럭거리는 여러 가지 색의 덧붙인 벽지가 생생한 대조를 이루었다.

해가 점점 더 높이 떠올랐을 때, 우리는 벽에 난 구멍을 통해 아직 열기가 식지 않은 원통 우주선 위에 서 있는 화성인을 보았다. 내 생각에 보초를 서는 것 같았다. 그 모습을 본 우리는 주위를 살피며 살금살금 기어 햇살이 드는 부엌에서 물러나와 어두운 식기실로 들어갔다.

갑자기 나는 모든 상황을 알게 되었다.

내가 속삭였다.

"다섯 번째 우주선입니다. 화성에서 날아온 다섯 번째 우주선이 이 집을 덮쳤고 우리는 그 폐허 속에 깔린 겁니다!"

목사는 한동안 침묵을 지키더니 중얼거렸다.

"하느님, 우리에게 자비를 베푸소서."

그는 조용히 흐느꼈다.

우리는 그 소리 외에는 아무 소리도 들리지 않는, 침묵에 싸인 식기실에서 시간을 보냈다. 숨쉬기도 겁이 났다. 그냥 앉아서 빛이 약하게 비치는 부엌 창문만 하염없이 바라보았다. 목사의 얼굴도 볼 수 있었다. 흐릿

한 타원형의 얼굴, 그의 옷깃과 소매가 보였다. 바깥에서는 금속성의 망치질 소리가 들리기 시작했고 부우 하는 소리가 이어졌다. 그런 다음 잠시 조용하다가 엔진이 도는 것처럼 쉬익 소리가 들려왔다. 뭔지 알 수 없는 그 소리들은 간헐적으로 계속되었고 만약 달라진 것이 있다면 시간이 지남에 따라 횟수가 늘어난다는 점이었다. 일정한 쿵쿵거림과 진동은 우리 주변에 있는 모든 것들을 뒤흔들었고, 식료품 저장고에 있는 그릇들이 달그락거렸다. 햇빛이 저쪽으로 넘어가자 허물어진 부엌 입구는 완전히 어두워졌다. 우리는 몇 시간 동안 소리 없이 떨면서 웅크리고 있었던 게 틀림없다. 피곤이 몰려와 더 이상 주위의 상황에 집중할 수 없을 때까지…….

마침내 나는 잠에서 깨어난 뒤 심한 허기를 느꼈다. 그날 많은 시간을 자면서 보냈던 것 같다. 배고픔을 참을 수가 없던 나는 행동을 취하기로 했다. 목사에게 음식을 찾으러 간다고 말하고 식료품 저장고로 향했다. 목사는 잠을 자는 중인지 아무런 대답도 하지 않았지만 음식을 먹으면서 내는 작은 소리를 듣고 잠에서 깨어났는지, 내가 있는 쪽으로 기어오는 소리가 들렸다.

폐허가 된 집에서

 음식을 먹은 뒤 우리는 식기실로 다시 기어왔고, 아마 깜박 잠이 들었던 것 같다. 정신을 차려 주변을 보니 나 혼자였다. 쿵쿵거리는 진동은 지루할 만큼 계속되었다. 작은 목소리로 목사를 여러 번 불러 본 뒤, 부엌문으로 향했다. 아직 낮이었고, 그는 머리가 보이지 않을 만큼 어깨를 잔뜩 웅크린 채 방 저편에 난 틈새를 통해 화성인들을 살피는 중이었다.
 시끄러운 소음이 들려왔다. 기관차 격납고에서 들리는 소리와 비슷했고, 쿵쿵거리는 소리에 방 안이 진동했다. 벽에 난 틈새를 통해 밝은 햇살을 받아 반짝거리는 나무 꼭대기와 따스하고 청명한 늦은 오후의 하늘이 보였다. 나는 한참 동안 목사의 뒷모습을 바라보았다. 그리고 바닥에 널려 있는 깨진 그릇 조각 사이사이를 조심스럽게 내디디며 몸을 구부린 채 다가갔다.
 나는 목사의 다리를 살짝 건드렸다. 그가 화들짝 놀라 몸을 크게 움직이는 바람에 회반죽 덩어리가 요란한 소리를 내며 바깥으로 떨어졌고,

나는 그가 소리를 지르지 못하도록 얼른 그의 팔을 잡았다. 우리는 한참 동안 꼼짝도 하지 않았다. 나는 우리의 몸을 가려 주는 방어벽이 얼마나 남아 있는지 둘러보았다. 회반죽이 떨어지면서 세로로 쭉 찢어진 틈새가 생겼고, 그 사이로 난장판이 된 바깥이 내다보였다. 호기심이 발동한 나는 가로막고 있는 들보 위로 몸을 조금 일으켰다. 그리고 지난 밤 조용한 교외의 도로에서 무슨 일이 일어났는지 볼 수 있었다. 정말로, 엄청난 변화였다.

다섯 번째 원통 우주선은 우리가 처음 들렀던 집 한가운데에 착륙했다. 집 건물은 완전히 박살이 났다. 가루가 되다시피 한 조각들은 충격으로 날아가 버렸다. 우주선은 원래 건물이 있던 자리에 깊이 박혀 있었고, 거기에 생긴 구덩이는 내가 워킹에서 들여다보았던 것보다 훨씬 컸다. 엄청난 충격으로 인해 근처의 흙이 사방으로 튀었다. 사실 '튀었다'라는 단어 외에 달리 표현할 방법이 없고, 주변의 집들은 언덕처럼 쌓인 흙더미 때문에 보이지 않았다. 마치 진흙 덩어리를 커다란 망치로 세게 내려친 것 같았다. 우리가 있는 집은 뒤쪽이 무너졌고 앞쪽 부분도 1층까지 완전히 파괴되었다. 용케도 남아 있는 부엌과 식기실은 흙과 잔해 속에 묻혀 있고 우주선이 있는 쪽을 제외하면 온통 수백 톤의 흙으로 막혀 있었다. 말하자면 우리는 화성인들이 뭔가 열심히 작업하고 있는 거대한 구덩이 가장자리에 놓여 있는 셈이었다. 두드리는 커다란 소리는 분명 우리 바로 뒤에서 났고 이따금씩 밝은 녹색 증기가 올라와 우리가 내다보던 구멍을 막곤 했다.

원통 우주선은 이미 열렸고, 반대편 가장자리 위, 자갈이 수북이 쌓인 관목 숲 사이에 거대한 전투 로봇이 보였다. 화성인이 올라타지 않은 로봇은 저녁 하늘을 배경으로 꼼짝도 하지 않고 우뚝 솟아 있었다. 처음에

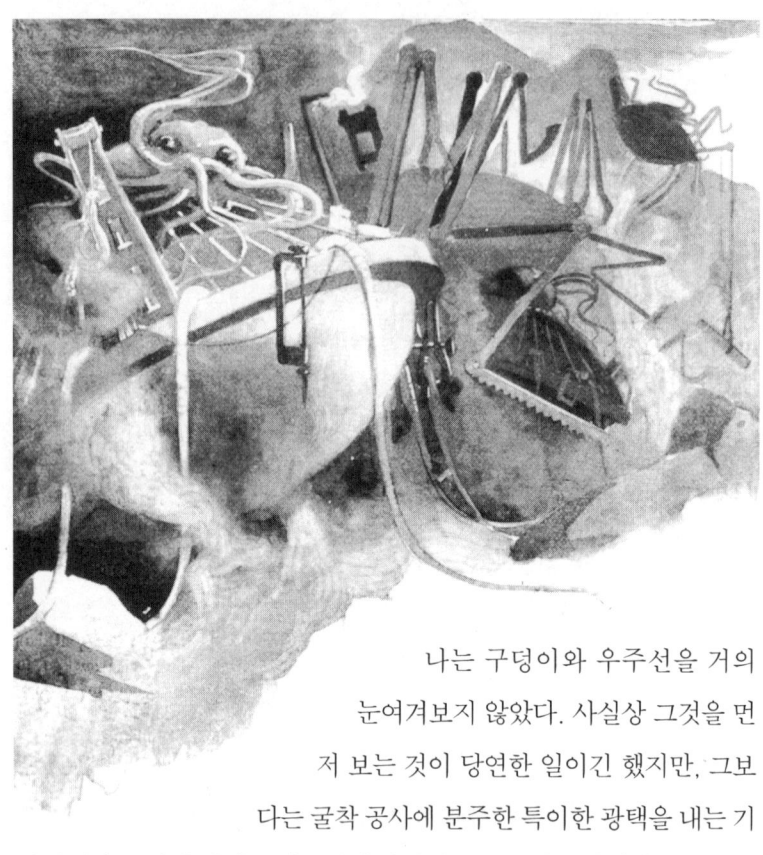

　　　　　　　나는 구덩이와 우주선을 거의
　　　　　　　눈여겨보지 않았다. 사실상 그것을 먼
　　　　　　　저 보는 것이 당연한 일이긴 했지만, 그보
　　　　　　　다는 굴착 공사에 분주한 특이한 광택을 내는 기
계 장치와 근처 흙더미를 가로질러 천천히 고통스럽게 기어가는 이상한
생물체들에게 정신이 팔려 있었다.

　　나의 주의를 제일 먼저 끈 것은 분명 기계 장치였다. 이것은 정교한 구
조를 가진 장비들 중 하나로 그 때 이후 조종 장치라 불렸다. 그에 대한
연구는 이미 지구의 발명품에 커다란 자극을 주었다. 거미처럼 긴 민첩
한 다리들이 제일 먼저 눈길을 끌었다. 수많은 레버와 막대로 이루어져
관절 역할을 하는 다섯 개의 마디가 몸통에 붙어서 촉수처럼 움직였다.
대부분은 움츠러든 상태였고, 길게 뻗은 촉수 세 개로 막대와 금속판들

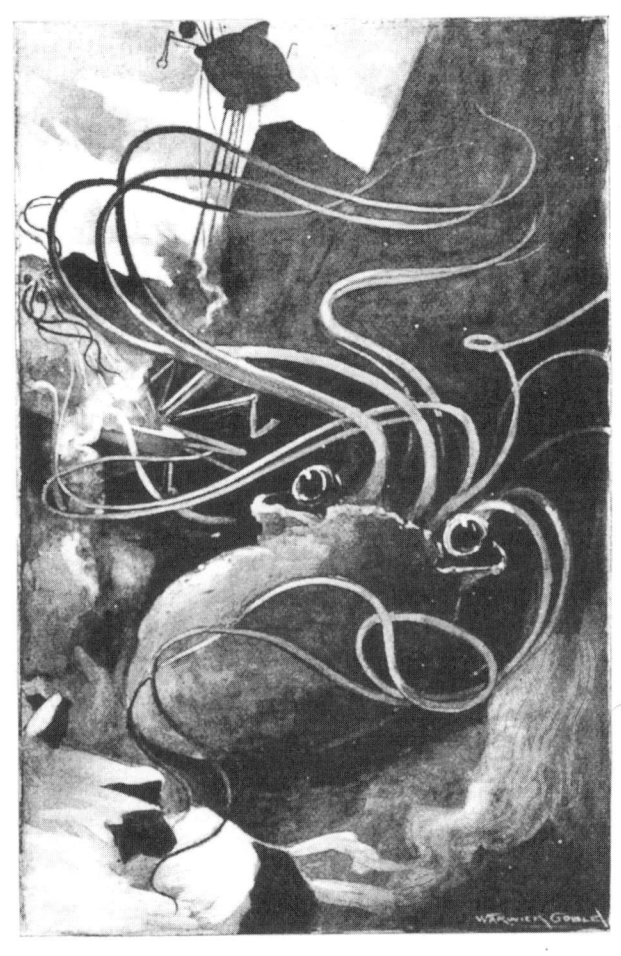

을 꺼냈다. 우주선 외벽 보강 작업에 쓰일 것이 분명했다. 촉수는 재료들을 꺼내 들어 올려 뒤쪽 평평한 땅 위에 올려놓았다.

너무나 빠르고 복잡하며 완벽한 동작이어서, 처음에는 번쩍거리는 금속성의 외피를 보면서도 그게 기계라고 생각하지 못할 정도였다. 그 조종 장치는 독특한 음향을 내면서 서로 협력하여 움직였는데, 지구상의 어떤 것하고도 비교할 수 없었다. 그 장비들을 직접 보지 못한 사람들은 학자들의 잘못된 상상력이나 나와 같은 목격자들이 잘못 묘사한 표현들만 접했기 때문에 기계의 진정한 모습에 대해 잘 모를 것이다.

특히 전쟁의 과정을 다룬 소책자들 중 하나가 기억에 남는다. 그 학자는 전투 로봇에 대해 성급한 연구를 내놓았다. 그는 그들을 다리가 세 개 달리고 몸통이 약간 기울어졌다고 설명했으나 제대로 된 이해나 섬세한 묘사가 생략되었기 때문에 잘못된 인상만 심어 주었다. 그 책에는 당시 상당한 인기를 끌었던 삽화들이 들어 있었다. 그러나 나는 여기서 삽화 속의 화성인은 그저 사람처럼 생긴 나무 인형에 불과할 뿐, 내가 직접 본 모습과 확연히 다르다는 사실을 밝히고자 한다.

처음에 나는 그 조종 장치들을 기계가 아닌 반짝이는 외피를 가진 게와 같은 생물체이며, 화성인들은 섬세한 촉수로 생물체의 움직임을 정확하게 조종하는 것이라고 여겼다. 하지만 나는 이 윤기가 흐르는 회밤색 가죽 같은 외피가 그 뒤에서 기어다니는 생물체와 닮았다는 사실을 깨달으면서, 이 유능한 일꾼들의 정체를 이해하기 시작했다. 그것을 깨달은 후, 나는 또 다른 생물체인 진짜 화성인들에게 주의를 돌렸다. 나는 이미 화성인들을 잠깐이나마 본 적이 있었기 때문에 그들의 외모가 주는 혐오감에 영향을 받지 않은채 자세히 관찰할 수 있었다. 게다가 나는 꼼짝없이 숨어 있는 상태이며 다급하게 도망칠 일도 없는 터였다.

내가 본 바에 의하면, 그들은 지구상의 생물체와는 완전히 다른, 상상을 뛰어넘는 모습이었다. 그들에겐 지름이 1.2미터쯤 되는 거대한 몸통이 있었다. 혹은 머리라고 부를 수도 있을 것이다. 몸통 앞부분이 얼굴인 셈이었다. 얼굴에는 콧구멍이 없었는데 사실 화성인들에겐 냄새 감각이 없는 것 같았다. 그러나 상당히 커다란 두 개의 검은 눈동자가 있고, 그 바로 아래 살이 튀어나온 것처럼 생긴 입이 있었다. 머리, 혹은 몸통 뒤쪽으로, 어떻게 표현해야 할지 잘 모르겠지만, 단단한 고막 같은 것이 하나 붙어 있었는데, 그건 자동적으로 귀라고 할 수 있겠다. 하지만 그 귀는 밀도 높은 지구의 공기 속에서는 거의 제 기능을 발휘할 수 없었을 것이다. 입 둘레로 열여섯 개의 가느다란, 거의 채찍처럼 생긴 촉수들이 여덟 개씩 두 덩어리로 나뉘어 붙어 있었다. 저명한 해부학자인 하우즈 교수는 그것들을 '손'이라고 했다. 내가 관찰하는 사이, 화성인들은 처음으로 이들 손으로 몸을 지탱하며 일어나려고 노력했으나 지구의 자연조건들이 무게를 더해 주기 때문에 그건 불가능했다. 하지만 그 모습은 화성에서는 손을 이용해서 자유롭게 움직였을 것이라는 사실을 뒷받침해 주는 장면이었다.

내부 기관은 대단히 단순했다. 여기에서 밝혀 두는 바, 이는 후에 이루어진 해부 실험에서 밝혀진 것이다. 몸의 대부분은 뇌로 이루어졌고 거기에서 나온 수많은 신경들은 눈과 귀, 그리고 섬세한 촉수로 연결되었다. 그 옆에는 입을 열 때 공기를 들이마셔 부풀어 오르는 허파가 있고, 심장과 혈관들이 있었다. 바깥쪽 피부가 파르르 떨리는 것도 높은 밀도의 공기와 지구의 중력이 폐에 미치는 압력 때문이었다.

이것이 화성인의 신체에 대한 대략적인 내용이다. 이상한 것은, 인간의 몸에서 많은 부분을 차지하는 복잡한 소화 기관이 화성인들에겐 없었다. 그들이 가진 것은 오직 머리뿐이었다. 그들에게는 내장 기관이 없었다. 먹지 않기 때문에 소화시킬 필요가 없고, 그 대신 다른 생물체의 신선한 피를 뽑아 자신의 혈관에 주입시켰다. 내 눈으로 직접 보았고, 여기서 적절하게 설명을 해야겠지만, 나는 그 광경에 상당히 심한 충격을 받아 참고 지켜볼 수조차 없었기 때문에 도저히 묘사할 수가 없다. 그러니 살아있는 동물(대부분의 경우는 인간이었다.)에서 채취한 피를 작은 관을 통해 필요 부분에 집어 넣었다는 표현 정도로 만족해 주길 바란다.

생각만 해도 혐오감을 안겨 주는 끔찍스러운 상황임은 틀림없으나, 동시에 나는 풀만 먹고 사는 고상한 토끼의 관점에서 볼 때 우리의 육식 습관도 상당히 혐오스러운 것임에 틀림없다는 사실도 인정해야 한다.

영양분을 직접 주입하는 방법이 가져다주는 생리학적인 이점은 부인할 수 없을 것이다. 인간이 먹고 소화시키는 과정에 필요한 엄청난 시간과 에너지를 생각한다면 말이다. 인간의 몸 절반을 이루는 분비선, 관과 장기는 섭취된 다양한 음식을 피로 만드는 일을 하고 있으며, 그런 소화 과정과 신경 조직에서의 반응은 우리의 힘을 저하시키고 정신 상태를 약화시키기도 한다. 인간은 간이 건강하거나 허약한 것에 따라, 위 분비선이 튼튼한지 여부에 따라 행복해지기도 하고 불행해지기도 한다. 그러나 화성인들은 내장 기관의 좋고 나쁨에 따르는 기분이나 감정의 기복을 초월한 생명체였다.

그들은 영양분의 원천으로 인간을 선호하는 것이 분명했다. 그들이 화성에서 식량으로 가져온 희생양의 성분에서 부분적인 설명을 얻을 수 있었다. 사람의 손에 들어왔을 때 보게 된 생물체의 오그라든 형상으로 판단하건대, 그들의 식량으로 사용된 것들은 스펀지처럼 약한 규산질의 골격과 허약한 근육으로 1.8미터 정도의 키를 지탱하고 직립한 둥근 머리와 단단한 구멍에 들어 있는 커다란 눈을 가진 양족 동물이었다. 이런 생물체들은 각 원통 우주선마다 두세 개씩 실려 있었는데, 모두 지구에 도착하기 전에 죽은 상태였다. 차라리 잘된 일인지 모른다. 만약 그 생물체가 지구에서 일어서려고 했다가는 몸에 있는 뼈가 모두 부러졌을 테니 말이다.

이렇게 묘사하는 과정에, 나는 좀 더 자세한 내용을 덧붙이고자 한다. 사실 그 당시에는 정확히 알지 못했던 사실이었다. 하지만 이 설명을 통해 독자들은 우리를 공격한 생물체를 좀 더 정확하게 이해할 수 있을 것이다.

해부학적으로 볼 때 그들은 세 가지 점에서 인간과 확연히 달랐다. 그들의 체내 기관은 인간의 심장처럼 잠을 자지 않았다. 그들은 피로를 회복해야 할 근육이 없기 때문에 주기적으로 휴식을 취할 필요가 없었다. 피로를 느끼지 않았으며, 그런 개념 자체가 없었다. 지구에서 그들은 힘들게 움직여야 했지만 그래도 활동을 계속할 수 있었다. 그들은 24시간 내내 일했다. 아마 지구상에서 그런 생물은 개미밖에 없을 것이다.

두 번째로 화성인들은 성별 구분이 없었고 따라서 성별이 구분된 인간들이 겪는 소란스러운 감정의 충돌이 없었다. 이젠 논쟁의 여지도 없는 일이 되어 버렸지만, 전쟁을 치루는 동안 어린 화성인이 지구에서 태어나는 것도 볼 수 있었다. 그것은 자신의 모체에 붙어 있는 채로 발견되었는데, 마치 어린 튤립 구근이 모 구근에서 돋아나오거나 수생 폴립이 분열하는 식이었다.

인간에게, 그리고 지구상의 모든 고등 동물에게 그런 식의 증식법은 오래 전에 사라졌다. 심지어 지구에서조차 그것은 아주 원시적인 방법에 속했다. 하등 동물들 중 척수 동물의 첫 번째 사촌이라고 할 수 있는 튜니케이트는 두 가지 방법을 동시에 사용하긴 했지만 결국 암수로 번식하는 방법으로 대체되었다. 하지만 화성에서는 진화 과정이 그와 정반대로 이루어진 것 같았다.

여기에서 과학에 대해 추론적인 글을 썼던 한 작가의 글을 짚고 넘어가는 것도 의미가 있을 것이다. 화성인들의 침공이 있기 오래 전, 그는 인간이 진화되어 갈 모습을 예상한 적이 있는데 그것이 지금 화성인들의 모습과 별반 다르지 않았다. 그 글은 오래 전에 폐간된 잡지《폴 몰 버짓(*Pall Mall Budget*)》의 1893년 11월호, 혹은 12월호에 실렸던 것으로 기억한다. 또한 정기 간행물인《펀치》에 그에 대한 캐리커처가 실리기도 했다. 그는 약간은 익살맞은 논조로 완벽한 기계 장치들이 인간의 팔다리를 대체하게 될 것이라고 지적했고, 화학적 반응인 소화 과정이 완전하게 이루어질 것이라고 했다. 머리카락, 코, 치아, 귀와 턱과 같은 기관들은 더 이상 인간에게 필수적인 부분이 아니며 세월이 흐르는 동안 자연 도태의 법칙에 따라 계속 퇴화의 길을 걷게 될 것이라고 했다. 오직 뇌 하나만 필수불가결한 기관으로 남게 되고, 또 한 부분이 살아남게 되는데 그게 바로 "뇌의 스승이자 대리인"인 손이었으니, 다른 신체 부분들이 퇴화하는 동안에도 점점 길어질 것이라고 했다.

농담처럼 쓰인 그 글에 많은 진실이 담겨 있었다. 화성인은 지능이 생물체의 동물적인 측면을 억누른 것을 보여 주는 실제적인 예라는 것에는 논쟁의 여지가 없었다. 나는 화성인이 우리와 비슷한 생물체에서 진화했으리라고 믿는다. 아마 몸의 다른 부분은 퇴화되고 대신 뇌와 손이 발달했을 것이며, 특히 손은 두 덩어리로 나누어진 지금의 섬세한 촉수가 되었을 것이다.

몸체가 없는 뇌는 인간을 인간답게 해 주는 근본적인 감정이 사라진 이기적인 지능체가 되어 버렸다.

이들 생명체의 구조 중 우리들과 다른 마지막 요소는 사람들이 생각하기에 아주 사소한 것이다. 화성에는 지구상에서 질병이나 고통을 일으키는 원인인 미생물들이 아예 없었거나 혹은 그들이 발달시킨 위생과학의 힘으로 오래 전에 절멸된 것 같았다. 100여 개의 질병들, 그 모든 열병과 접촉성 감염 질환들, 폐결핵, 암, 종양과 그 밖의 각종 질병들은 그들의 삶에 아예 존재하지 않았다.

화성과 지구의 생명체가 어떻게 다른지에 대해 말하면서, 나는 여기에서 붉은색 식물에서 알게 된 신기한 사실도 잠시 짚어 보려 한다.

분명히 화성의 식물계는 주로 생생한 붉은빛이 주류를 형성하고 있었다. 이 점은 지구의 녹색과 확연히 달랐다. 여하튼, 일부러인지 우연인지는 모르지만 화성인들은 그 씨앗을 가져오게 되었고 그것은 붉은 식물로 자라났다. '붉은 잡초'라고 알려진 이 식물은 지구상의 식물들을 물리치고 흙에 뿌리를 내릴 수 있었다. 물론 붉은색 덩굴은 아주 잠깐 동안 생존했기 때문에 그것이 자라는 것을 본 사람은 거의 없었으나, 그 식물들이 살아있는 동안에는 활력 넘치는 성장력을 보이며 무성하게 번져 나갔다. 이것은 우리가 갇혀 있는 사나흘 동안 구덩이 옆으로 퍼져 나갔고 선인장처럼 생긴 선홍색 가지는 우리가 내다보던 삼각형 구멍의 가장자리까지 뻗어 왔다. 그 후 나는 그 식물이 사방으로 번식하는 것을 보게 되었는데, 특히 물이 있는 곳이면 어디든 자라났다.

화성인들은 머리, 혹은 몸통 뒤쪽에 둥근 고막처럼 생긴 하나의 청각 기관을 가지고 있었고, 눈으로 볼 수 있는 범위는 우리와 비슷했다. 단 한 가지, 필립스 교수의 주장에 따르면, 그들 눈에는 푸른색과 보라색이 모두 검은색으로 보이며, 그런 점들로 유추해 볼 때, 그들이 소리와 촉수를 이용한 손짓으로 의사소통을 한다고 했다. 이는 유용하긴 하지만 너무 급히 만든 소책자에서 자신 있게 주장하는 내용이었다. 내가 언급한 것처럼 그 책은 화성인을 직접 눈으로 목격한 사람이 쓴 것이 아니었으나 그 당시 화성인에 대한 책으로 가장 많이 읽히는 책이었다.

지금 생존해 있는 인간 중 나보다 더 화성인들의 활동을 많이 목격한 사람은 없다. 내가 특별하거나 유능해서 그렇게 된 것은 아니지만, 그건 사실이다. 나는 몇 번이나 그들을 가까이에서 관찰했고 네댓 명, 그리고 한번은 여섯 명의 화성인이 아무런 소리나 손짓 없이 서로 협동하며 정교한 일을 해내는 것을 보았다. 그들이 내던 특이한 소리는 영양분을 섭취하기 전에 나는 소리였으며 음정도 늘 일정했다. 내 생각에는, 의사소통을 위한 신호가 아니라 단지 흡입하는 동작을 위해 공기의 압력을 조절하는 소리가 아닌가 싶다. 나는 생리학에 대한 기초적인 지식이 있다고 단언하며, 무엇보다도 자신 있게 말할 수 있는 것은 화성인들이 어떤 육체적 매개체 없이 의사소통을 할 수 있다는 사실이다. 평소 내가 갖고 있는 강한 선입견에도 불구하고, 그 점만은 확실했다. 몇몇 독자들은 기억할 터이지만, 화성인들이 침공하기 전에 나는 정신 감응 이론에 대해 조금은 격렬한 논조로 반대하는 글을 쓴 적도 있다.

　화성인들은 옷을 입지 않았다. 치장이나 예의에 대한 개념이 우리와는 완전히 달랐다. 우리보다 기온의 변화에 덜 민감할 뿐 아니라, 압력의 변화도 그들의 건강에 심각한 영향을 미치는 것 같지 않았다. 비록 그들은 옷을 입지 않았으나, 그것은 곧 그들의 몸 내부에 인공적인 부가물이 들어 있다는 의미이며, 그 점이 바로 그들이 인간보다 우월한 점이었다. 우리 인간은 자전거와 롤러스케이트, 그리고 날틀 기계, 대포와 총 등등을 가지고 있지만, 아직 초기 단계인 데 비해 화성인들은 예전에 모두 이루어 놓았다. 그들은 사실상 뇌로 이루어졌고, 필요에 따라 몸의 다른 부분을 갖춘 형상이었다. 마치 인간이 옷을 입고, 급히 가기 위해서 자전거를 타고, 젖지 않으려고 우산을 쓰는 것처럼 말이다. 그들이 가진 기계 장비들을 살펴보면서 가장 신기했던 점은 인간이 소유한 모든 기계 장치에서 가장 중요하게 손꼽히는 한 가지 요소가 없다는 사실이었다. 바로 바퀴가 없었다. 그들이 지구에 가져온 모든 물건들 중 바퀴를 사용한 흔적은 볼 수 없었다. 누구든 이동을 위한 도구들을 떠올린다면 거기에는 당연히 바퀴가 있을 것이라고 예상할 것이다. 이런 당위성의 관점으로 보았을 때, 이 지구에서조차 바퀴가 자연적인 상태에서 우연히, 혹은 뭔가 우회적인 방법을 통해서 생겨난 것이 아니라 인간의 발명에 의해 만들어졌다는 점이 신기할 따름이다.

그리고 바퀴 이외에 화성인들이 알지 못했거나 (믿을 수 없는 일이다.) 혹은 전혀 사용하지 않는 것이 또 하나 있었다. 그들의 기계 장비에는 회전 시 그 움직임을 일정 공간 내에 한정시켜 주는 고정된 선회축, 혹은 연관적으로 고정된 축이 없었다. 거의 모든 기계의 마디가 대단히 정교한 구조로 만들어져 있었다. 즉 움직이는 부분은 곡선으로 이루어진 작은 마찰 베어링 위에서 움직이도록 되어 있었다. 그리고 이런 세세한 것들 중에서 가장 주목할 만한 것은, 대부분의 경우 기계에 달린 긴 지렛대들이 탄력 있는 덮개 속에 들어 있는 둥근 연골처럼 생긴 일종의 모조 근육에 의해 움직인다는 사실이었다. 이들 부위에 전류가 흐르면 전극의 성질을 가지게 되어 서로를 가까이 끌어당긴다. 이런 방법으로 동물과 비슷한 모습으로 움직이게 되고, 그것을 본 인간들은 놀라거나 혼란에 빠졌던 것이다. 그러한 유사 근육은 바닷게를 닮은 조종 장치에 많이 사용되었다. 바로 내가 처음 구멍을 통해 보았던 기계들, 우주선 내부의 물건을 꺼내던 그 장치들 말이다. 그것들은 화성인들이 우주를 가로질러 먼 여행을 한 이후 햇빛 속에서 숨을 헐떡이며 촉수를 겨우 움직이던 것보다 훨씬 생기 있게 움직였다.

내가 햇빛 속에서 느릿느릿 움직이는 그들의 움직임을 보며 특이한 점을 자세히 관찰하는데, 목사가 내 팔을 잡아당겼다. 나는 고개를 돌리고 잔뜩 찡그린 그의 얼굴과 조용히 불만을 표시하는 입술을 보았다. 그 역시 나처럼 바깥을 엿보고 싶어 했다.

　구멍은 한 번에 한 사람밖에 내다볼 수 없었기 때문에 나는 관찰하는 것을 잠시 포기하고 그 특권을 목사에게 넘겨 주었다.

　내가 다시 내다보았을 때 분주하게 움직이던 조종 장치는 우주선에서 꺼낸 여러 가지 재료들을 조립해서 자신들과 비슷한 형태의 기계들을 만들어 놓았다. 그리고 왼편 아래로 바쁘게 땅을 파고 있는 기계가 눈에 들어왔다. 그것은 녹색 증기를 내뿜으며 질서정연한 동작으로 구덩이 주변을 파내고 쌓는 일을 하고 있었다. 바로 이 곳에서 쿵쿵거리는 소음과 충격이 규칙적으로 들려왔고, 거의 무너져 가는 우리의 피난처는 그에 따라 가볍게 흔들렸다. 삐 소리와 휘파람 소리도 났다. 어쨌든 내 관찰에 의하면, 그 장치는 화성인의 지시 없이 스스로 일을 해 나갔다.

갇혀 지낸 나날들

두 번째 전투 로봇이 도착한 것을 본 우리는 식기실로 후퇴했다. 커다란 로봇의 머리 부분에 앉은 화성인이 벽 너머로 우리가 있는 곳까지 굽어볼 수 있을지 모른다는 우려 때문이었다. 시간이 좀 흐르자 우리는 그들에게 발각될 염려가 별로 없다고 생각하기 시작했다. 피난처 밖에서 이글거리는 햇살로 인해 눈이 부신 데다 집 내부는 어두웠으므로 들여다보기가 어려웠다. 그러나 그들이 더 가까이 다가올 수도 있다는 불안함에 우리는 식기실로 돌아왔다. 하지만 우리가 초래하게 될 위험이 끔찍한 만큼이나, 바깥을 엿보고 싶다는 충동도 억제하기 힘들었다. 지금 돌이켜 생각해도 신기한 점은, 그 당시 굶어죽거나 혹은 더 끔찍한 최후를 맞을 수도 있다는 엄청난 위험이 도사리고 있었음에도 불구하고 구멍을 엿보는 소름 끼치는 특권을 놓고 서로 맹렬하게 싸울 수 있었다는 사실이다. 우리는 틈새를 향해 빨리 가고 싶은 마음과 소리를 내지 않으려는 두려움에서 나오는 이상야릇한 몸동작으로 부엌을 가로질렀고, 몇

센티미터밖에 안 되는 틈새를 차지하기 위해 서로 치고 밀고 발로 찼다.

사실 목사와 나는 생각과 행동에 있어 서로 정반대의 성향을 가지고 있었고, 우리가 처한 위험과 고립감은 그런 불일치를 더욱 가중시켰다. 헬리퍼드에서 나는 이미 쓸데없이 절규하는 목사의 버릇이나 경직된 사고방식을 싫어하게 되었다. 그는 끊임없이 중얼거리면서 앞으로의 계획에 대해 생각하려는 나의 노력을 방해했고, 때로는 화나게 했다. 게다가 그런 행동은 점점 더 심해져서 거의 미친 사람처럼 보일 지경이었다. 그는 분별없는 여자처럼 자제력이 부족했고 몇 시간 동안 흐느끼기도 했다. 이 제멋대로 구는 어린아이는 자신의 허약한 눈물이 꽤 효과가 있다고 생각하는 것 같았다. 게다가 뭐든 집요하게 요구해 왔기 때문에 그를 무시해 버릴 수도 없었다. 또 그는 나보다 많이 먹었다. 우리가 살아남을 수 있는 단 하나의 방법은 화성인들이 구덩이 속에서 하고 있는 일을 모두 마칠 때까지 이 집에 숨어 지내는 것이며, 기다리는 시간이 길어지면 식량이 꼭 필요한 시기가 곧 올 것이라는 점을 아무리 지적해도 소용이 없었다. 그는 마치 오랜만에 음식을 실컷 먹는 사람처럼 충동적으로 먹고 마셔 댔고 잠도 별로 자지 않았다.

하루하루 지남에 따라 더 심해지는 목사의 부주의한 행동들은 우리를 더욱 위험하게 만들었고, 나는 정말 그렇게 하고 싶지 않았으나 그에게 위협을 가하거나 혹은 때리기도 했다. 그렇게 하면 한동안은 조심을 하는 듯했다. 하지만 그는 자존심이란 조금도 없는 나약한 인간이었고, 겁 많고 허약하며 가증스러운 영혼을 가진 데다 어떤 신이나 인간도 외면하는 교활함까지 지닌 사람이었다.

기억을 더듬어 글로 옮기는 것조차 불쾌하지만, 나는 모든 것을 빼놓지 않고 기록해야 한다는 일념으로 이렇게 쓰고 있다. 인생의 어둠과 힘든 일들을 겪지 않고 살아온 사람들은 나의 잔인함, 우리의 마지막 비극에서 표출된 내 분노가 마땅히 비난받아야 한다고 여길 것이다. 그들은 무엇이 잘못된 행동인지는 알고 있지만 사람이 극심한 고통을 겪을 경우에 어떤 행동이 나올 수 있는지에 대해서는 잘 모르기 때문이다. 하지만 어두운 그늘에서 지낸 사람들, 마침내 밑바닥까지 간 적이 있는 사람들은 나에게 더 넓은 아량을 베풀어 줄 것이라 믿는다.

우리가 작은 목소리로 싸움을 벌이고 음식과 마실 것을 낚아채고 손을 움켜잡거나 주먹질을 하는 동안, 6월의 뜨거운 햇볕이 사정없이 내리쬐는 바깥에서는 화성인들이 구덩이 속에서 이상한 작업을 계속 진행했다. 이제 내가 처음 보았던 광경으로 되돌아가 보자. 한참이 지난 뒤 나는 다시 구멍으로 밖을 엿보다가, 새로 화성인 셋이 전투 로봇과 함께 도착했다는 것을 알게 있었다. 이들이 가져온 새로운 장비들이 우주선 근처에 질서정연하게 늘어서 있었다. 두 번째 조종 장치는 지금 막 완성되어, 전투 로봇이 가져온 새로운 장비들 중 하나를 만지느라 분주했다. 대략적으로 보아 우유 캔과 비슷하게 생긴 몸통과 계속 진동하는 서양 배 모양의 그릇이 있고 거기에서 하얀 가루가 아래 있는 둥근 대야로 쏟아졌다.

진동은 조종 장치의 촉수에 의해 우리가 있는 곳까지 전달되었다. 조종 장치는 끝이 주걱 모양으로 생긴 촉수 두 개로 진흙을 파서 위에 있는 서양 배 모양의 용기로 던졌고, 다른 촉수 하나가 주기적으로 문을 열어 기계의 중간 부분에서 녹이 슬고 검게 된 재를 제거했다. 또 다른 강철 촉수는 용기에서 나온 가루를 관을 통해 다른 물체로 옮기는 일을 했는데, 그 물체는 푸르스름한 흙가루 더미에 가려 보이지 않았고, 거기에서 허공으로 피어오르는 가느다란 녹색 연기만 보일 뿐이었다. 내가 지켜보는 동안, 조종 장치는 작고 운율적인 금속성의 소리를 내면서 조금 전까지 수축 상태로 있던 촉수를 진흙 더미에 닿을 만큼 길게 뻗었다. 그리고 윤이 흐르는 흰색의 새 알루미늄 막대를 들어 올려 구덩이 옆에 쌓아둔 막대 더미 위에 올려놓았다. 해질녘부터 별이 떠오를 때까지, 이 손재주 좋은 기계는 진흙 속에서 그런 막대를 100개도 넘게 만들어 냈고, 흙가루 더미는 구덩이 가장자리까지 쌓였다.

재빠르고 복잡한 기계 장치들의 움직임과 헐떡거리는 그 주인들의 굼뜬 행동은 확연한 대조를 이루었다. 며칠 동안 나는 나중에 온 기계들이 사실상 살아있는 생물일지 모른다는 생각을 하기도 했다.

첫 번째 남자가 구덩이로 끌려온 것은 목사가 그 구멍을 차지하고 있을 때였다. 나는 아래쪽에 웅크리고 앉아 귀를 기울이고 있었는데, 목사가 갑자기 뒤로 물러섰다. 나는 발각될까 봐 두려워 더욱 몸을 움츠렸다. 그는 미끄러지다시피 기어서 어둠 속 내 옆으로 오더니 분명치 않은 발음으로 더듬거리며 손짓발짓을 해 댔고, 나는 곧 그가 공포에 질려 있다는 것을 알게 되었다. 그의 몸짓으로 보아 나에게 구멍을 내다보라는 것 같았다. 잠시 후 나는 호기심이 일었고, 용기를 내서 일어나 구멍이 있는 곳으로 갔다. 처음에는 목사가 왜 광적인 반응을 보였는지 알아채지 못했다. 어둠이 깔리고 별빛은 아직 약했으나 알루미늄 막대기를 만드는 곳에서 새어 나오는 녹색 섬광에 의지해서 구덩이 안을 볼 수 있었다. 전체적으로 보자면, 녹색 섬광과 검붉은 그림자가 번갈아 나타나는 바람에 제대로 보기는 힘들었다. 그러는 사이 모든 것이 드러났다. 기운 없이 축 늘어진 화성인들은 더 이상 보이지 않았다. 푸른 녹색의 가루 더미가 그들의 모습을 가렸다. 다리를 수축시킨 전투 로봇 한 대가 구덩이 구석에 서 있었다. 다음 순간 금속음 속에서 인간의 목소리가 들리는 듯했다.

나는 처음에 그럴 리 없다고 부인했다.

  나는 몸을 웅크리고 이 전투 로봇을 자세히 살펴보다가, 머리 부분에 정말로 화성인이 타고 있음을 처음으로 확인했다. 녹색 섬광이 번쩍일 때, 번들거리는 몸체와 번쩍이는 눈동자가 보였다. 그리고 갑자기 비명 소리가 울렸고, 긴 촉수 하나가 로봇의 어깨 너머로 넘어가 등에 걸머진 작은 상자로 향했다. 그런 다음 무엇인가 몸부림치고 있는 것을 하늘로 들어 올렸는데, 희미한 별빛 아래 검게 보이는 형체를 제대로 알아볼 수는 없었다. 하지만 그것이 아래로 내려지는 순간 녹색 섬광이 번쩍였고, 나는 한 남자를 보았다. 잠시 동안이었지만 똑똑히 보았다. 그는 얼굴이 불그레하고 땅딸막한 중년 남자로 고급 옷을 입고 있었다. 불과 3일 전, 그는 지체 높고 자존심 있는 사람으로 이 세상을 활보했을 것이다. 나는 빤히 응시하는 그의 눈동자와 불빛에 비추어진 단추, 시계줄을 보았다. 그는 흙 더미 뒤로 사라졌고 잠시 동안 침묵이 흘렀다. 그리고 그 남자의 비명소리와 신이 난 듯 우우거리는 화성인들의 소리가 들려왔다.

  나는 비틀거리며 주저앉았다. 귀를 양손으로 막고 식기실로 뛰어들었다. 목사는 머리를 팔로 감싸고 조용히 웅크리고 있다가 지나가는 나를 쳐다보았고, 내가 본 척도 하지 않자 울면서 내 옆으로 왔다.

  그날 밤 우리는 공포와 끔찍함에 사로잡힌 채 식기실에 숨어 있었다. 당장 행동을 취해야 한다는 다급함을 느끼고 도망칠 계획을 궁리했지만 그저 헛된 꿈일 뿐이었다.

  둘째 날이 되었을 때 나는 우리가 처한 상황을 좀 더 명확하게 알 수 있었다. 목사와 의논하는 것은 불가능했다. 잔학성이 절정에 달한 이 새로운 사건은 그에게서 모든 이성과 사고 능력을 앗아 갔다. 사실상, 그는 거의 동물이나 다름없었다. 하지만 나는 "호랑이에게 물려가도 정신만

차리면 산다."는 속담대로 정신을 잃지 않으려고 노력했다. 우리가 끔찍한 상태에 처해 있는 것은 사실이지만 그렇다고 완전히 절망에 빠질 정도는 아니라는 사실을 스스로에게 주지시켰다. 기회는 화성인들이 그 구덩이에서 잠시 동안만 머무를 것이라는 가능성에 달려 있었다. 혹은 만약 그들이 영원히 머무른다고 해도 그 주변을 경계할 필요가 없다고 판단한다면 탈출 기회가 주어질 것이다. 나는 또한 구덩이와 반대 방향으로 굴을 파내는 방법도 조심스럽게 저울질했으나 땅 위로 나왔을 때 보초를 서고 있는 전투 로봇의 눈에 띌 위험이 가장 컸다. 게다가 나 혼자 굴을 파야 했다. 목사는 분명히 나에게 좌절만을 안겨 줄 것이었다.

내 기억이 정확하다면, 세 번째 날, 나는 한 청년이 죽는 것을 보았다. 그것이 내가 화성인이 영양분을 섭취하는 것을 목격한 유일한 장면이었다. 그것을 본 다음, 나는 거의 하루 종일 벽에 난 구멍을 피해다녔다. 나는 식기실로 들어가서 문을 떼어 내고 손도끼를 이용해서 가능한 조용히 굴을 파기 시작했다. 하지만 60센티미터 정도 팠을 때 흙이 요란한 소리와 함께 무너져서 감히 계속할 수 없었다. 나는 절망에 빠진 채 한참 동안 바닥에 누워 있었다. 움직일 기운이 나지 않았다. 이후 굴을 파서 도망칠 계획은 아예 머릿속에서 지워 버렸다.

화성인들의 침략은 인간이 행한 모든 노력들을 엉망으로 만들었다. 그리고 처음으로, 나는 우리에게 아무런 희망도 남지 않았다는 사실을 깨달았다. 그러다가 네 번째, 혹은 다섯 번째 밤에, 나는 대포 소리와 비슷한 포성을 들었다.

달빛이 환하게 빛나는 늦은 밤이었다. 화성인들은 굴착 기계를 철수시키고 전투 로봇 한 대만 구덩이 가장자리 멀리 떨어진 곳에 세워 두었다. 조종 장치는 우리가 내다보는 구멍 아래쪽 구덩이 구석에 있어서 시야에 들어오지 않았고, 주변은 한적했다. 조종 장치와 하얀 달빛을 반사하는 막대기, 판자만 제외하고는 구덩이는 어둠에 쌓여 있었고, 기계에서 나는 작은 금속음 외에는 아무런 소리도 들려오지 않았다. 평온하고 아름다운 밤이었다. 조용한 달이 이 지구를 제외한 온 하늘을 장악한 것 같았다. 개 짖는 소리가 들려왔다. 익숙한 소리가 들리자 나는 나도 모르게 귀를 기울였다. 그런 다음 상당히 먼 곳에서 대포 소리 같은 것이 들려왔다. 나는 여섯 번의 포성을 세면서 들었고, 그 이후 한참이 지나서 포성은 다시 여섯 번 울렸다. 그리고 그게 전부였다.

목사의 죽음

갇혀 지낸 지 엿새째 되던 날, 구멍을 엿보던 나는 혼자 있다는 것을 깨달았다. 늘 내게 바싹 붙어서 구멍에서 나를 내몰려고 하던 목사가 식기실 안쪽으로 사라져 버린 것이다. 순간 뭔가가 머릿속을 획 스쳐 갔다. 재빨리 돌아와 조용히 식기실 안으로 들어가 보니, 어둠 속에서 목사가 뭔가를 마시는 소리가 들려왔다. 나는 얼른 빼앗으려고 했다. 내 손가락에 닿은 것은 포도주 병이었다.

잠시 난투극이 벌어졌다. 병이 바닥에 떨어져 깨진 뒤, 나는 단념하고 일어났다. 우리는 가쁜 숨을 몰아쉬며 서로를 노려보았다. 결국 나는 식량을 지켜야 지키기 위해 그에게 이제부터 규율을 따르라고 경고했다. 나는 식품 저장실에 있는 음식을 열흘 분으로 나눈 뒤 하루 분 이상 먹지 못하게 했다. 오후가 되었을 때 그는 음식을 손에 넣으려고 시도했다. 나는 잠시 졸다가 그가 부스럭대는 소리에 잠에서 깨어났다. 낮이나 밤이나 우리는 서로 얼굴을 맞대고 앉아 있었다. 피곤했지만 내 결심은 확고

했고, 그는 울면서 배가 고프다고 불평을 늘어놓았다. 단 하루 동안이었으나 내게는 정말 지루한 시간이었다.

점점 깊어 가던 감정의 골은 결국 싸움으로 터졌다. 이틀 동안 소리도 크게 내지 못하고 말싸움을 했고 서로의 몸을 붙잡고 이리저리 구르기도 했다. 나는 그를 미친 듯이 때리고 발로 차기도 하고, 달래고 설득하기도 했다. 한번은 그에게 마지막 남은 포도주 병을 주기도 했다. 그 곳에 빗물 펌프가 있었기 때문에 나는 거기서 물을 먹을 수 있었다. 그러나 완력도, 친절도 효과가 없었다. 정말로, 그는 이성을 잃어버린 사람이었다. 시도 때도 없이 음식을 먹어치우려고 했고 끊임없이 중얼거렸으며 우리가 숨어서 가능한 한 오래 버티기 위해 꼭 필요한 기본적인 조심성마저 조금도 지키지 않았다. 천천히, 나는 그가 생각하는 힘을 완전히 잃어버렸다는 것, 그리고 이 갑갑하고 진저리나는 어둠 속에 함께 있는 단 하나의 동료가 미친 사람이라는 사실을 깨달았다.

희미한 기억을 되살려 보면, 나 역시 가끔 정신이 흐려질 때가 있었던 것 같다. 잠이 들 때마다 이상하고 기괴한 꿈에 시달렸다. 그리고 앞뒤가 맞지 않는 말이지만, 목사의 나약함과 미친 상태가 나에게 경고가 되고, 버팀목이 되고, 그리고 내가 제정신을 유지하도록 해 주었던 것 같다.

여드레째 되는 날, 그는 큰 소리로 외치기 시작했고, 그의 시끄러운 연설을 막을 방법이 없었다.

"때가 온 겁니다, 오 하느님!"

그는 계속 같은 말을 되풀이했다.

"때가 왔습니다. 이제 벌을 내리소서. 우리는 죄인입니다. 우리는 부족합니다. 여기에 가난과 슬픔이 있습니다. 가난한 자는 흙에 처박혔고, 나는 어리석은 설교를 했습니다. 나의 하느님! 내가 얼마나 어리석은

지! 나는 죽음을 각오하고 우뚝 서야만 했습니다. 그리고 그들에게 회개하라고 말해야 했습니다. 회개…… 가난하고 궁핍한 자를 박해하는 자들이여, 하느님의 포도주 짜는 기계 같은 이들이여!"

다음 순간 목사는 갑자기 내가 음식을 먹지 못하도록 막았다고 중얼거리더니, 기도하고 애원하고 흐느꼈다. 나의 간절한 바람에도 불구하고 그의 목소리는 점점 커졌다. 이제 그는 내가 왜 가만히 참고 있는지를 알아채고는, 소리를 질러서 화성인들을 이리로 끌어들이겠다며 위협을 가했다. 하지만 여기서 물러나면 예상했던 탈출 기회가 줄어들 뿐이었다. 그가 일을 저지르지 않을 것이라는 확신은 없었으나 나는 그의 말을 무시했다. 그날은 그냥 그렇게 넘어갔다. 하지만 여드레와 아흐레째 되는 날에 걸쳐 목사의 목소리는 조금씩 커졌다. 그는 반은 미친 상태에서 위협과 애원을 뒤섞어 쏟아 놓았고, 하느님의 종으로서 자신이 할 일을 못했다는 공허한 회개를 늘어놓는 그가 불쌍하기도 했다. 그는 한참 동안 잠을 자고 나더니 기운이 났는지 다시 큰 소리로 떠들기 시작했다. 이번에는 소리가 너무 커서 그를 제지하지 않을 수 없었다.

"제발 조용히!"

나는 간청했다.

그는 무릎을 바닥에 대고 몸을 일으켰다. 그는 구리솥 근처 어둠 속에 앉아 있었다.

"나는 너무 오래 있었다."

그는 구덩이에 들릴 만큼 큰 소리로 말했다.

"그리고 이제 나는 내가 본 것들에 대해 증언해야 한다. 이 불신의 도시에 재앙이 내리리라! 재앙! 재앙! 지구의 모든 이들에게 재앙이 내릴 것이다. 불어야 할 나팔소리가 남아 있으니……"

"입 좀 다물어!"

나는 화성인이 우리 목소리를 들을지 모른다는 두려움 속에서 얼른 일어났다.

"제발……."

"아니!"

목사는 있는 힘껏 소리를 질렀다. 그리고 벌떡 일어나 두 팔을 벌린 채 성큼성큼 걸어 부엌 입구로 다가가며 말했다.

"말하라! 하느님의 말씀이 내게 내릴 것이다! 나는 보았노라! 나는 간다! 이미 너무 오래 기다렸느니!"

뭔가를 잡기 위해 손을 내밀었을 때 벽에 걸린 고기 칼이 내 손에 닿았다. 단숨에 나는 그를 따라갔다. 감정은 공포 때문에 더욱 격렬해졌다. 그가 부엌을 반쯤 가로질렀을 때 나는 그를 따라잡았고, 그래도 한 가닥 남은 인정에 의지하여 칼날을 뒤쪽으로 한 채 손잡이로 그를 내리쳤다. 목사는 그대로 꼬꾸라져 바닥에 널부러졌다. 나는 그의 옆에 무릎을 대고 앉아 숨을 가쁘게 몰아쉬었다. 그는 꼼짝도 하지 않았다.

갑자기 바깥에서 무슨 소리가 들려왔다. 회반죽이 떨어지고 벽에 난 구멍 바깥이 어두워졌다. 고개를 들자, 구멍을 향해 천천히 다가오는 조종 장치의 아랫면이 시야에 들어왔다. 물체를 잡는 역할을 하는 촉수가 진해 가운데에서 구불거렸고, 다른 하나가 나타나 쓰러진 들보를 넘어 다가오는 것 같았다. 나는 온몸이 마비되는 것을 느끼며 멍하니 바라보았다. 목사의 몸 근처에 있던 깨진 거울 조각에 구멍을 엿보고 있는 화성인의 얼굴(만약 그렇게 부를 수 있다면)과 커다란 눈이 비쳤다. 그리고 금속성의 긴 촉수가 스멀스멀 구멍을 향해 다가오는 것이 느껴졌다.

나는 있는 힘껏 몸을 돌려 식기실로 향했고 문 앞에서 멈춰 섰다. 이제 촉수는 방 안으로 2미터쯤 들어와 이리저리 움직이고 있었다. 현기증이 일었다. 나는 갑작스럽게 벌어진 상황에 그냥 서서 멍하니 바라보다가 얼른 식기실로 몸을 숨겼다. 온몸이 심하게 떨렸다. 일어설 수조차 없었다. 석탄 창고 문을 열고 어둠 속에서 부엌으로 새어 드는 희미한 빛을 바라보며 귀를 기울였다.

'만약 화성인이 나를 보았다면? 지금 어떻게 해야 하지?'

무엇인가가 조용히 이리저리 움직였다. 그것은 때때로 벽을 두드려 보기도 했고 열쇠가 자물쇠 속에서 돌아가는 듯한 작은 금속성 소리를 내기도 했다. 다음 순간, 무거운 물체가 (나는 그게 무엇인지 너무 잘 안다.) 부엌 바닥에서 입구 쪽으로 질질 끌려갔다. 나는 호기심을 못 이기고 문으로 기어가 부엌을 내다보았다. 삼각형 구멍으로 쏟아지는 햇살 아래 내가 본 것은, 브리아레우스(손이 100개 달린 거인——옮긴이)와 같은 조종 장치에 탄 화성인이 목사의 머리를 유심히 살피는 모습이었다. 나는 화성인이 내가 목사에게 낸 상처를 보고 누군가 더 있다는 사실을 추측해 낼 수 있다고 생각했다.

나는 석탄 창고로 돌아와 문을 걸어 잠그고 할 수 있는 한 몸을 깊이 숨겼다. 그 안에 들어 있는 석탄과 땔감 사이에 웅크리고 어둠 속에서 가능한 한 아무런 소리도 내지 않았다. 이따금씩 숨을 멈추고 화성인이 구멍 속으로 촉수를 들이밀지 않는지 귀를 기울였다.

연한 금속성 소리가 다시 들려왔다. 그것이 천천히 부엌을 가로질러 다가오는 것이 느껴졌고, 아주 가까이 있다는 것을 알 수 있었다. 식기실까지 온 것 같았다. 나는 촉수가 나에게 닿을 만큼 길지 않기를 수없이 기도했다. 곧이어 창고 문을 긁는 소리가 났다. 오랫동안 참기 힘든 침묵이 흐르더니 촉수가 빗장을 만지작거리는 소리가 들렸다! 문을 찾아낸 것이다! 화성인들은 문이 무엇인지 알고 있었다!

1분 정도 손잡이를 만지작거리자 마침내 문이 열렸다.

나는 어둠 속에서 그 물체를 볼 수 있었다. 코끼리 코처럼 생긴 것이 나를 향해 구불구불 다가오면서 벽과 석탄, 땔감, 천정 등을 만지고 검사했다. 마치 눈이 없는 검은 지렁이가 이리저리 머리를 흔드는 것 같았다.

그것은 심지어 내가 신은 장화까지 건드렸다. 나는 거의 비명을 지를 뻔하다가 손을 꽉 물면서 겨우 참아냈다. 한동안 촉수는 가만히 있었다. 나는 그것이 물러갔을지도 모른다고 생각했다. 그러다 갑자기 금속음이 울리며 촉수가 무엇인가를 잡았는데, 난 내가 잡혔다고 생각했다! 촉수는 잡은 것을 창고 밖으로 가져갔다. 나는 한동안 마음을 놓을 수 없었

목사의 죽음　**231**

다. 아마도 석탄 덩어리를 검사하기 위해 가져간 것 같았다.

나는 지금의 불편한 위치를 조금 바꿀 수 있는 기회를 잡았다. 그리고 귀를 기울이며 제발 무사하게 해 달라는 기도문을 열심히 외웠다.

촉수가 다시 나를 향해 다가오는 것이 느껴졌다. 천천히, 천천히 가까이 다가오며 벽을 긁고 가구를 두드렸다.

내가 위험에서 벗어난 건지 아닌지 확신하지 못하는 사이, 그것은 재빠르게 문을 밀어 닫았다. 나는 촉수가 식료품 저장소로 향하는 소리를 들었다. 비스킷 깡통이 굴러 떨어지고 병 하나가 깨졌다. 창고 문에 무엇인가가 세게 부딪히는 소리가 났다. 그리고 침묵. 마치 영원히 이어질 것 같은 침묵이었다.

가버린 걸까?

마침내 나는 그렇다고 결론지었다.

촉수는 더 이상 식기실로 들어오지 않았다. 하지만 나는 열흘 째되는 날 하루 종일 석탄과 땔감 사이에 몸을 숨긴 채 어둠 속에서 시간을 보냈다. 목이 몹시 말랐으나 감히 물을 마시러 기어 나갈 생각조차 하지 못했다. 그리고 열하루째 되는 날에야 비로소 은신처에서 나올 수 있었다.

정적

식료품 저장고로 들어가기 전에 내가 제일 먼저 한 행동은 부엌과 식기실 문을 잠그는 일이었다. 하지만 그 곳은 텅 비어 있었다. 음식은 모두 사라졌다. 그 전날 화성인이 모두 가져간 것이다. 그 사실을 알게 된 나는 처음으로 절망을 느꼈고, 아무것도 먹지 못한 상태로 열하루째와 열이틀째 되는 날을 보냈다.

처음에는 입과 목이 바싹 마르고 기운이 쭉 빠졌다. 비참하고 의기소침한 상태로 어두운 식기실에 처박혀 있었다. 먹을 것밖에 생각나지 않았다. 나는 귀머거리가 되었다고 생각했는데, 구덩이 속에서 놈들이 움직이면서 내던 익숙한 소리가 갑자기 뚝 그쳤기 때문이었다. 하지만 구멍이 있는 곳으로 갈 기운도 없었고 그렇게 해야 할 필요도 느끼지 못했다.

열이틀째 되던 날, 목구멍이 너무 아파 참을 수 없었던 나는 들킬 위험을 감수하고 싱크대 옆에 있는 빗물 펌프를 퍼서 거뭇거뭇한 빗물을 실컷 마셨다. 물을 마시자 기운이 났고, 펌프질 소리에도 촉수가 따라오지 않는다는 점에 용기를 얻었다.

며칠 동안 나는 목사와 그의 죽음에 대해 많은 생각을 했다.

열사흘째 되던 날, 나는 물을 좀 더 마시고 꾸벅꾸벅 졸았다. 먹는 생각을 하고 어설픈 탈출 계획도 세워 보았다. 졸 때마다 끔찍한 허깨비나 목사의 죽음, 그리고 풍성하게 차려진 식탁에 대한 꿈을 꾸었다. 잠잘 때나 깨어 있을 때나 날카로운 고통이 나를 괴롭혔고, 나는 계속 물만 마셔 댔다. 식기실로 비쳐 드는 햇살은 더 이상 회색이 아닌 붉은색이었다. 머릿속이 뒤죽박죽이었던 나는 그게 핏빛이라고 생각했다.

열나흘째 되던 날, 부엌으로 나간 나는 붉은 잎이 벽에 난 구멍까지 가로막을 정도로 자란 것을 보고 깜짝 놀랐다. 원래 반쯤 햇살이 들어오던 곳이 온통 몽롱한 붉은빛으로 물들어 있었다.

열닷새째 날 이른 아침, 나는 부엌 쪽에서 들려오는 친숙한 소리에 호기심이 생겨 귀를 기울였다. 개 한 마리가 코를 킁킁대며 발로 뭔가를 긁고 있는 것 같았다. 부엌으로 간 나는 붉은색 잎들 틈새로 개의 콧잔등을 보고 깜짝 놀랐다. 개는 내 체취를 맡은 것인지 짧게 짖어 댔다.

나는 만약 개를 안으로 조용히 끌어들일 수 있다면, 그 놈을 죽여서 먹을 수도 있을 것이라고 생각했다. 어쨌든 개의 행동이 화성인들의 주의를 끌지 않도록 아예 없애 버리는 것이 상책이었다.

나는 앞으로 기어가 조용히 속삭였다.

"착하지!"

아주 부드럽게 불렀지만 개는 고개를 획 돌리고 가 버렸다.

나는 귀를 기울여 보았다. 적어도 내가 귀머거리가 아님은 증명되었다. 하지만 구덩이 안은 고요했다. 후드득하는 새의 날갯짓과 까악 하는 소리가 들렸고, 그게 전부였다.

  나는 한참 동안 구멍 가까이에 누워 있었으나 감히 시야를 가린 붉은색 잎을 옆으로 치울 엄두가 나지 않았다. 아까 그 개가 내가 있는 곳 아래쪽 모래 위에서 이리저리 뛰어다니는 소리가 두어 번 들리고 새 우는 소리가 좀 더 들려올 뿐 그 이상은 아무 소리도 나지 않았다. 결국 나는 침묵에 용기를 얻어 밖을 내다보았다.

  수많은 까마귀들이 통통거리면서 죽은 화성인들의 시체를 뜯어먹으며 남은 해골 위에서 싸움을 벌이고 있었다. 구덩이 속에 살아있는 것은 하나도 없었다.

  주변을 둘러본 나는 내 눈을 믿기 힘들었다. 기계 장비들이 모두 사라져 있었다. 한쪽 구석에 잔뜩 쌓인 검푸른 가루, 알루미늄 막대 더미, 검은 새들과 죽은 자의 해골만 있을 뿐, 그 곳은 그저 빈 구덩이였다.

  나는 천천히 붉은 잎사귀를 헤치고 나와 흙 더미 위에 섰다. 등 뒤의 북쪽만 빼고 다른 방향은 모두 둘러보았으나 화성인은 흔적조차 찾을 수 없었다. 구덩이는 내 발 밑으로 푹 파여 있었지만, 잡동사니를 따라 생긴 좁은 길로 폐허 꼭대기까지 올라갈 수 있었다. 이제 탈출 기회가 온 것이었다. 몸이 마구 떨리기 시작했다.

  다시 주변을 둘러보았다. 북쪽에서도 화성인의 모습은 발견할 수 없었다.

  내가 한낮의 햇살 속에서 마지막 보았던 이 곳 쉬인은 편안한 흰색과 빨간색 집들이 늘어선 거리에, 여기저기 자라는 나무들이 시원한 그늘을 드리운 곳이었다. 나는 부서진 벽돌과 진흙, 자갈 더미 위에 서 있었다. 주변에는 선인장처럼 생긴 붉은색 식물들이 무성하게 퍼져 자라났고, 그것을 위협할 만한 지구의 식물은 전혀 보이지 않았다. 근처의 나무들은 모두 죽어 밤색으로 변하고 무섭게 번진 붉은 식물들이 아직 살아있는 나무줄기들을 덮어 버렸다.

근처 집들은 모두 무너졌으나 불탄 것은 없었다. 여전히 꿋꿋하게 서 있는 벽들이 보였다. 유리창이 박살 나고 문이 부서진 2층 높이의 벽들도 가끔 눈에 들어왔다. 붉은 식물은 지붕이 없어진 방 안까지 요란스레 뻗어나갔다. 까마귀들은 발 아래 거대한 구덩이에서 찌꺼기를 두고 싸움을 벌이고, 다른 새 몇 마리가 폐허 사이를 뛰어다녔다. 저 멀리서 수척한 고양이 한 마리가 몸을 잔뜩 웅크린 채 벽을 따라 살금살금 걸어

다녔으나 사람의 흔적은 전혀 찾아볼 수 없었다.

  눈이 부시게 밝고 청명한 날이었다. 갇혀 지내던 나날과는 완전히 달랐다. 땅 위를 점령한 붉은 식물의 잎들은 부드러운 바람에 밀려 쉬지 않고 너울거렸다. 그리고 오! 달콤한 공기여!

열닷새 동안 벌어진 일

　나는 한동안 위험한 것도 잊고 흙 더미 위에서 비틀거리며 걸어다녔다. 악취 나는 밀실에서 지내던 동안은 당장의 안전에만 골몰했더랬다. 세상에 무슨 일이 일어나고 있는지 전혀 몰랐고, 이런 낯설고 놀라운 광경을 보게 될 줄은 생각조차 하지 못했다. 나는 폐허가 된 쉬인을 예상했다. 그런데 온통 붉은색으로 물들어 있는 주변을 보자 마치 다른 혹성에 온 듯한 기분이 들었다.

　평상시와는 완전히 다른 세상 앞에서 한동안 감정을 주체하기 힘들었다. 우리의 지배 하에 있던 불쌍한 짐승들만이 그런 기분을 잘 이해할 수 있을 것이다. 아마 자신의 굴로 돌아온 토끼 한 마리가 집터를 닦기 위해 열심히 땅을 파는 공사장 인부들과 갑자기 마주친 기분이 바로 이럴 것이다. 이제 지난 며칠 동안 나를 압박하던 한 가지 생각이 명확해졌다. 모든 것을 박탈당한 기분, 나는 더 이상 세상의 주인이 아니라 화성인의 발 아래 있는 동물들 중 하나에 불과했다. 다른 짐승들이 우리에게 그랬던 것처럼 망을 보고 뛰고 숨는 신세가 되었다. 그들에게 공포의 대상이자 지배자이던 인간은 이제 사라졌다.

하지만 시간이 흐르고 소란스러운 생각들이 가라앉자, 오랫동안 아무것도 먹지 못한 나는 심한 허기를 느꼈다. 구덩이에서 멀리 떨어진 방향, 붉은 식물로 뒤덮인 벽 너머로 그대로 남아 있는 작은 정원이 보였다. 일종의 암시처럼 뭔가가 머릿속으로 휙 스쳐 갔다. 나는 무릎까지 올라오는, 때로는 목까지 올라오는 붉은 식물 사이로 들어갔다. 만약의 사태가 일어날 경우 무성하게 자란 식물 속으로 숨으면 된다는 생각이 들어 조금 안심이 되었다. 벽은 약 1.8미터 정도였다. 기어오르려고 시도했지만 다리를 벽 위로 올릴 수가 없었다. 나는 옆으로 돌아가서 한 구석에 쌓여 있던 돌을 밟고 올라간 다음 정원으로 굴러 떨어지듯 들어갔다. 그 곳에서 아직 어린 양파, 글라디올러스 구근 두어 개와 덜 자란 당근을 찾아냈고, 나는 채소들을 모두 먹어치운 다음 다시 담을 넘어 진홍색 식물들을 헤치며 큐로 향했다. 마치 거대한 붉은 물방울이 뚝뚝 떨어지는 길을 걷는 기분이었다. 머릿속에는 두 가지 생각뿐이었다. 먹을 음식을 찾는 일과 내 힘이 허락하는 한 이 저주받은 구덩이에서 가능한 한 빨리, 그리고 멀리 빠져나가는 일이었다.

나는 풀밭에서 조금 더 들어간 곳에서 버섯 한 무더기를 찾아내어 게걸스럽게 먹은 다음, 원래 목초지였던 곳에서 이제는 거무스름한 물이 흐르는 얕은 시냇물을 발견했다. 조금씩 먹은 음식은 식욕을 더욱 자극했다. 처음에 나는 이토록 뜨겁고 건조한 여름에 이 식물들이 무성하게 번져 나간 것을 보고 놀랐으나, 나중에 알게 된 바에 의하면 그것은 그 붉은 식물이 가진 열대성 성질 때문이었다. 놀라운 성장력을 지닌 이 식물은 물과 만나게 되면 무엇과도 비길 수 없을 만큼 크고 무성하게 번식

했다. 씨앗은 웨이 강과 템스 강에 실려 떠내려갔고, 거기에서 식물은 엄청난 속도로 크게 자라났다.

 그 이후 나는 푸트니에서 이 붉은 식물로 완전히 뒤덮인 다리를 볼 수 있었다. 템스 강이 넓고 얕은 여러 개의 시내로 갈라져 햄프턴과 트윅큰햄의 목초지를 가로지르는 리치먼드도 마찬가지였다. 물이 흐르는 곳에는 어디든 붉은 식물이 번식했다. 템스 계곡의 집들과 화성인이 만들어 낸 폐허도 무성하게 번져 나간 붉은 덤불에 가려 보이지 않았다.

 얼마 후 그 붉은 식물은 퍼져 나간 것만큼이나 빠른 속도로 시들어 버렸다. 한 종류의 박테리아가 유발한 나무종양 때문이라고 했다. 자연 도태의 원리에 따라 모든 지구상의 식물들은 박테리아성 질병에 저항력을 가지고 있기 때문에 쉽사리 빅테리아의 공격에 굴복하지 않지만, 붉은 식물은 이미 죽은 생물처럼 그냥 썩어 버렸다. 잎이 바래더니, 오그라들고 부서졌다. 잎사귀들은 손만 대도 부스러졌고, 초기에 그들의 번식을 도와주었던 강물에 쓸려 바다로 흘러갔다.

나는 물을 보자마자 갈증을 해소했다. 물을 꿀꺽꿀꺽 들이킨 뒤 충동적으로 붉은 식물 잎을 깨물어 보았다. 흥건히 흘러나온 즙에서 금속성의 맛이 느껴졌다. 나는 붉은 식물이 발에 걸리기는 했지만 걸어서 건널 수 있을 정도로 시내가 얕다는 것을 알게 되었다. 그러나 강을 향해 가자 수심은 점점 깊어졌고, 나는 모트레이크로 돌아왔다. 나는 도로로 나와 폐허가 된 집이나 담장, 가로등으로 여기저기 막힌 길을 힘들게 따라갔고, 로햄턴으로 향하는 언덕으로 올라가 푸트니 들판으로 나왔다.

지금까지의 낯설고 기이한 풍경은 이제 눈에 익숙한 폐허로 바뀌었다. 땅 위는 마치 열대성 폭풍이 휩쓸고 지나간 흔적의 전시장 같았다. 하지만 운 좋게 고스란히 보존되어 있는 장소도 있었다. 블라인드가 깔끔하게 내려지고 문이 닫힌 집들은 마치 주인이 잠시 며칠 동안 집을 비웠거나 혹은 안에서 낮잠이라도 자고 있는 것 같았다. 붉은 식물도 그리 눈에 띄지 않았다. 좁은 길을 따라 키 큰 나무들이 붉은 식물의 방해를 받지 않은 채 서 있었다. 나는 나무들 사이를 돌아다니며 먹을 것을 찾았지만 아무것도 구할 수 없었다. 조용한 집 몇 채에 들어가 보았으나 이미 약탈을 당한 뒤였다. 나는 덤불 속에서 나머지 오후 동안 휴식을 취했다. 기운이 다 빠지고 너무 피곤해서 더 이상 나아갈 수 없었다.

여기까지 오는 동안 단 한 사람도 만나지 못했고, 화성인의 흔적조차 보지 못했다. 굶주린 개 두 마리와 마주쳤으나, 미처 다가가기도 전에 나를 피해 황급히 달아나 버렸다. 로햄턴 근처에서 두 사람의 해골을 보았다. 시체가 아닌 깨끗이 뜯어 먹히고 남은 해골이었다. 그리고 근처 숲에서 바스라진 고양이와 토끼의 뼈, 양의 해골을 발견했다. 그것들을 조금 깨물어 보았으나 먹을 것은 없었다.

해가 진 후 나는 도로를 따라 푸트니를 향해 힘들게 걸어갔다. 그 곳은 열광선이 지나간 것이 틀림없었다. 로햄턴 너머 한 정원에서 덜 자란 감자를 한 무더기 발견했다. 내 허기를 달래기에 충분한 양이었다. 그 정원에서는 푸트니와 강이 한눈에 내려다보였는데, 땅거미가 물든 그 곳의 광경은 기묘할 정도로 황량했다. 검게 탄 나무들, 을씨년스러운 검은 폐허, 그리고 언덕 아래로 붉은 식물로 인해 진홍색 빛이 되어 버린 강이 흘렀다. 그리고 온통 침묵뿐이었다. 이 곳이 얼마나 순식간에 황량한 폐허로 변했는지를 떠올리자, 형용하기 힘든 두려움이 밀려들었다.

한동안 나는 모두 죽고 나 혼자 살아남은 것이라고 믿었다. 푸트니 언덕 꼭대기 근처에서 양팔이 잘린 해골을 보았고, 잘린 부분들은 몸통에서 몇 미터 떨어진 곳에 놓여 있었다. 나는 계속 걸어가면서 적어도 세상의 이 부분에 살던 인간들이 모두 절멸한 것이라고 확신했다. 나와 같은 낙오자들을 제외한다면 말이다. 화성인들은 이 나라를 쑥대밭으로 만들어 놓고 다른 어딘가에서 식량을 찾고 있을 것이다. 아마 지금쯤 그들은 베를린이나 파리를 파괴하고 있을 것이다. 혹은 북쪽 지방으로 향했을 지도 모른다.

푸트니 언덕에서 만난 사람

 나는 그날 밤 푸트니 언덕 꼭대기에 있는 여인숙으로 들어가 레더헤드로 피신한 이래 처음으로 침대에서 잠을 잤다. 그 집안으로 침입할 때 겪었던 쓸데없는 일들에 대해서는 말하지 않겠다. 사실 나는 현관문이 열려 있었다는 사실을 나중에야 알게 되었다. 어떻게 내가 먹을 것을 찾기 위해 온 방을 뒤지고, 한 하인의 침실에서 쥐가 갉아먹다 남은 부스러기와 파인애플 깡통 두 개밖에 없음을 알고 절망했는지에 대해서도 말하지 않겠다. 그 곳은 이미 약탈을 당해 텅 비어 있었다. 술을 파는 곳에서 사람들이 못 보고 지나친 비스킷과 샌드위치를 찾아냈으나 샌드위치는 이미 너무 썩어서 먹을 수 없었다. 나는 비스킷으로 허기를 채우고 남은 것은 주머니에 쑤셔 넣었다. 하지만 화성인들이 식량을 찾아 이 곳으로 올지도 모른다는 두려움 때문에 불은 밝힐 수 없었다. 침대에 들기 전, 창문으로 살금살금 걸어가 괴물들의 흔적을 찾기 위해 바깥을 내다보았다. 나는 잠도 아주 조금밖에 자지 못했고 침대에 누운 채 끊임없이 생각했다. 목사와 마지막으로 싸움을 벌인 이후 한 번도 기억하지 않았던 것들이 떠올랐다. 힘든 시련을 겪는 동안, 나는 별다른 감정을 느낄 수 없었고 바보처럼 단순하게 사물을 인식하는 데 그쳤다. 그러나 그날 밤, 아까 먹은 음식에 힘입어, 나의 정신은 제대로 된 사고가 가능할 만큼 맑아졌다.

머릿속에서 목사의 죽음, 화성인들이 어디에 있을지, 그리고 내 아내에게 닥친 운명이라는 세 가지 사실들이 뒤엉켰다. 목사에 관해서는, 두려움도 회한도 없었다. 그저 일어나 버린 일이었고 한없이 불쾌한 기억일 뿐 거기에 일말의 후회도 없었다. 다급하게 가한 일격과 그 이후의 사건들이 마치 지금 내 눈으로 보고 있는 것처럼 차례대로 떠올랐다. 나는 죄책감을 느끼지 않았으나 그 기억은 정체된 채 내 주변을 떠돌았다. 고요한 그날 밤, 때때로 정적과 어둠 속으로 찾아들곤 하던 하느님의 존재를 가까이 느끼면서, 나는 격노와 공포로 가득했던 그 순간을 심판하는 재판대에 올랐다. 목사와 처음 만났던 순간부터 우리가 나누었던 대화를 하나하나 되짚어 보았다. 그는 물을 달라는 나의 간청은 아랑곳도 하지 않고 폐허가 된 웨이브리지에서 피어오르는 불길과 연기를 가리켰다. 우리는 화합할 수 없는 사람들이었고 불길한 운명은 그런 건 전혀 상관도 하지 않았다. 만약 내가 조금이라도 앞을 내다볼 수 있었더라면 그를 헬리퍼드에 남겨 두고 왔을 것이다. 하지만 내겐 그런 선견지명이 없었고, 예정된 범죄는 결국 일어났다. 그리고 지금 모든 일에 대해 적어 내려가면서 그에 대한 것도 사실대로 적으려고 한다. 아무도 본 사람이 없기 때문에 모든 것을 숨길 수 있지만 나는 그 내용을 쓰고 독자들은 각자 의지대로 판단을 내리게 될 것이다.

쓰러진 목사의 모습을 애써 머릿속에서 밀어낸 다음, 나는 화성인과 내 아내의 운명에 대해 생각했다. 화성인에 대해서는 전혀 알 길이 없었다. 수백 가지 상상이 떠올랐다. 그런 다음 슬픈 마음으로 나는 아내를 생각했다. 갑자기 그날 밤이 끔찍하게 여겨져, 나는 침대에서 벌떡 일어나 어둠 속을 응시했다. 차라리 아내가 갑자기 덮친 열광선으로 고통 없이 저 세상으로 갈 수 있었기를 기도했다. 나는 레더헤드로부터 돌아온 그날 밤 이래 기도를 하지 않았다. 예전에는 위급한 상황에 처할 때에만 이교도들이 주문을 외듯 맹목적인 기도를 했으나 지금은 하느님의 엄격한 얼굴을 마주하고 진심으로 탄원했다.

이상한 밤! 정말 이상했다. 동이 트자마자, 나는 하느님과 나누었던 대화를 가슴에 안은 채 은신처에서 기어 나가는 들쥐처럼 그 집에서 살금살금 빠져나갔다. 작고 열등한 동물, 주인의 일시적인 기분에 따라 사냥을 당해 죽을 수 있는 그런 미물처럼 말이다. 어쩌면 들쥐들도 대담하게 하느님을 향해 기도를 드렸을지 모른다. 한 가지 분명한 것이 있다. 만약 우리가 아무것도 배우지 못했다고 해도, 이 전쟁은 적어도 우리에게 자비심을 가르쳤다. 우리의 지배 하에 고통받는 우둔한 영혼들에 대한 자비를.

그날 아침은 맑고 상쾌했다. 동쪽 하늘이 분홍빛으로 물들고 작은 금빛 구름이 장식처럼 떠다녔다. 푸트니 언덕에서 웜블던까지 곧장 이어진 도로에서 공포의 급류에 휩쓸린 불쌍한 사람들의 흔적을 볼 수 있었다. 아마 전쟁이 시작된 이후 일요일 저녁부터 런던 쪽에서 쏟아져 나왔을 것이다. '뉴맬던의 청과물 상인 토마스 롭'이라고 새겨진 작은 수레는 바퀴가 부서져 있었고, 양철 트렁크는 내버려졌다. 이제는 밟혀서 진흙투성이가 된 밀짚모자도 있었다. 웨스턴 언덕 꼭대기에는 피로 얼룩진 유리 조각이 뒤집혀진 물통 근처에 널려 있었다.

나는 피곤에 지쳐
동작이 둔해졌고, 앞으
로의 계획도 모호했다. 나는
비록 아내를 찾을 수 있는 가능성
이 거의 없다는 사실을 잘 알면
서도 레더헤드로
가야겠다고 마
음먹었다.

만약 갑
작스러운 죽음
이 그들을 덮치지 않
았다면, 내 사촌들과
아내는 피난을 떠났을
것이다. 하지만 나는 그
서리 사람들이 몸을 피한
곳을 찾고 사실을 알아
내야만 했다. 아내를 찾
고 싶었다. 그녀를 생각
하면 너무 마음이 쓰리
고 아팠다. 하지만 어떻
게 찾아야 할지 아무런 방
법도 떠오르지 않았다. 외로
움이 나를 짓눌렀다. 나는 무성
한 나무와 덤불 밑으로 몸을 숨긴 채

넓게 펼쳐진 윔블던 들판 가장자리까지 갔다.

검게 그을린 넓은 들판에 가끔씩 피어 있는 가시금작화가 연한 빛을 발하는 것 같았다. 붉은 식물은 보이지 않았다. 내가 들판 가장자리에서 헤매고 있을 때, 태양에서 번져 나온 햇살과 활력이 사방으로 흘러 들었다. 나는 걸음을 멈추고, 나무 사이에 생긴 조그만 물웅덩이 속에서 바쁘게 헤엄을 치고 있는 작은 개구리들을 바라보았다. 그 조그만 생명체에게서 삶에 대한 강한 의욕을 배울 수 있었다. 그런데 다음 순간 누군가 나를 보고 있다는 이상한 기분이 들었고, 덤불 사이로 몸을 웅크리고 있는 뭔가가 내 눈길을 끌었다. 계속 주시하면서 한 발자국씩 다가가는데 단검을 든 한 사내가 벌떡 일어섰다. 나는 천천히 그를 향해 갔다. 사내는 소리 없이 가만히 나를 바라보았다.

가까이 가면서 나는, 그가 나만큼이나 더럽고 너덜거리는 옷을 입고 있음을 알게 되었다. 정말로 하수관을 기어다닌 것처럼 보였다. 더 가까이 가자 녹색 진흙이 담갈색 마른 흙과 석탄 가루와 뒤섞여 옷에 묻어 있는 것이 보였다. 길게 자란 검은 머리카락이 눈 아래까지 내려온 데다 얼굴은 더럽고 초췌했기 때문에 처음엔 그가 누구인지 알아볼 수 없었다. 얼굴 아랫부분에는 붉은 상처가 나 있었다.

"멈추시오!"

그는 내가 약 10미터 정도까지 다가가자 외쳤다. 나는 멈춰 섰다. 그의 목소리는 거칠었다.

"당신은 어디서 왔소?"

그가 말했다.

나는 그를 살펴보며 어떻게 대답할지 생각하고는 말했다.

"모트레이크에서 왔습니다. 나는 화성인들이 우주선 주변에 만든 구덩이 옆에 거의 묻혀 있다시피 했지요. 그러다 이제 겨우 탈출했습니다."

"이 근방엔 음식이 없다오. 이 곳은 내 영역이오. 이 언덕에서 저 아래 강까지, 그리고 뒤로는 클래햄과 들판의 가장자리까지 말이오. 이 곳에 있는 식량은 단 한 사람만이 먹을 수 있을 정도요. 당신은 어디로 갈 거요?"

나는 천천히 대답했다.

"잘 모르겠습니다. 나는 다 부서진 집 속에서 열사나흘을 갇혀 지냈습니다. 무슨 일이 벌어졌는지 잘 몰라요."

그는 의심스럽다는 듯 나를 바라보았고, 다음 순간 그의 표정이 바뀌었다.

내가 말했다.

"나는 여기 머무를 생각이 없습니다. 나는 아내가 있는 레더헤드로 갈 작정입니다."

그가 손가락으로 나를 가리키며 말했다.

"당신이군요. 워킹에서 온 사람. 그 때 웨이브리지에서 살아남았군요."

나도 동시에 그를 알아보았다.

"당신은 우리 집 정원에 들어왔던 그 포병이군요."

그가 말했다.

"운이 좋았어요. 우리는 행운아들이군요. 이렇게 또 만나다니!"

우리는 악수를 했다.

그가 말했다.

"나는 하수구를 타고 다녔습니다. 하지만 그들은 사람들을 모두 죽이지는 않았습니다. 그리고 그들이 가 버린 후 나는 월턴을 향해 들판을 가로질렀어요. 모두 합쳐서 열엿새 정도였지요. 당신 머리가 회색이 되었군요."

그는 갑자기 어깨 너머를 살피더니 말했다.

"까마귀군요. 요즘 까마귀들이 아주 많아요. 여기는 좀 노출된 곳입니다. 덤불 속으로 들어가 이야기를 나누도록 하죠."

내가 말했다.

"화성인들을 보았습니까? 내가 거기서 나온 이후……."

"그들은 런던을 지나갔지요. 그들은 그 곳에서 더 커다란 야영지를 구축한 것 같습니다. 얼마 전 밤에 햄스테드 웨이 근처 하늘이 불야성처럼 밝았지요. 거대한 도시처럼 말입니다. 그들의 움직임까지도 볼 수 있었습니다. 하지만 낮에는 보이지 않아요. 그런데 요 근래 그들이 보이지 않더군요."

포병은 손가락으로 숫자를 세었다.

"한 닷새 정도 말입니다. 그 다음에 해머스미스 웨이로 커다란 물체가 운반되는 것을 두 번 정도 보았습니다. 그리고 그날 밤……."

그는 극적인 요소를 가미하려는 듯 잠시 말을 멈추었다가 다시 감격에 찬 목소리로 말을 이었다.

"불빛 때문에 그렇게 보인 것일 수도 있지만, 하늘에 뭔가가 있었습니다. 내 생각에 그들이 날 수 있는 기계를 만들고 날아다니는 방법을 고안한 것 같습니다."

나는 기어가다가 멈췄다. 우리는 덤불을 향해 들어가는 중이었다.

"날아다닌다구요?"

"그래요. 날아다니는 기계 말입니다."

나는 나무그늘 안으로 들어가 앉으며 말했다.

"인류는 이제 끝장난 거로군. 만약 그들이 날 수 있다면 간단히 전 세계로 나아갈 수 있을 겁니다."

그는 고개를 끄덕였다.

"아마 그럴 테지요. 하지만 그렇게 되면 이 지역은 조금 공격에서 놓여나게 되겠지요. 게다가……."

그는 나를 바라보았다.

"이것이 인류가 일어서는 또 다른 기회라고 생각하지 않습니까? 나는 그렇습니다. 하지만 일단 우리는 졌어요. 완전히 패배했어요."

나는 그를 가만히 바라보았다. 이상하게도, 내가 미처 생각하지 못했던 사실이 그의 말 한 마디에 명확해졌다. 희미하지만 아직은 희망이 있었다. 늘 긍정적으로 생각하는 버릇 때문일 것이다.

그는 다시 말했다.

"우리는 패배했습니다."

그의 판결로 모든 것이 결정되었다.

"이제 다 끝났죠. 그들은 한 놈만 잃었습니다. 단 하나. 그들은 단단히 뿌리를 내렸고 이 세상에서 가장 위대한 영국을 폐허로 만들었어요. 그들은 우리 위에서 군림합니다. 웨이브리지에서 화성인 한 놈이 죽은 것은 우연한 사고였지요. 그리고 그들은 단지 개척자였을 뿐입니다. 아마 계속 올 겁니다. 그 녹색의 별들……. 지난 5, 6일 동안은 보지 못했지만 매일 밤 어딘가에 착륙하고 있는 게 틀림없어요. 아무것도 할 수가 없습니다. 우리는 졌습니다! 패배했다구요!"

나는 아무 대답도 할 수 없었다. 멍하니 앞만 바라보며 앉아 뭔가 반박할 말을 찾으려고 했지만 소용이 없었다.

"이건 전쟁이 아닙니다." 그가 말했다. "전쟁이 될 수가 없어요. 인간과 개미 사이에 전쟁이 있을 수 없는 것과 마찬가지예요."

갑자기 나는 약 한 달 전 오길비와 함께 천문대에서 지냈던 밤을 떠올렸다. 마치 지난 세기에 일어난 일처럼 아득하게 느껴졌다.

"화성에서 발사된 우주선은 모두 열 대이고 그 이후는 아무런 조짐이 없었습니다. 적어도 첫 번째 우주선이 도착했을 때까지는 말입니다."

"당신이 어떻게 알죠?"

포병이 물었다.

내가 설명하자 그는 곰곰이 생각에 잠겨 있더니 곧 입을 열었다.

"뭔가 발사에 문제가 생겼을 겁니다. 만약 그렇다고 해도 그들은 곧 잘못된 부분을 바로잡을 겁니다. 그리고 만약 조금 늦어진다고 해도, 결과는 뻔하지 않습니까? 이건 단지 인간과 개미의 관계와 같은 거예요. 개미들은 자신들의 도시를 건설하고, 삶을 살아가고, 전쟁을 하고, 혁명을 합니다. 인간이 그들을 내쫓기 전까지 말입니다. 그러나 인간이 내쫓으면 개미들은 쫓겨나게 되죠. 지금 우리가 바로 그 개미들입니다. 단지……"

내가 말했다.

"그래요. 우린 먹을 수 있는 개미들이죠."

우리는 앉아서 서로를 바라보았다.

내가 말했다.

"그들은 우리에게 무슨 짓을 하려는 걸까요?"

"바로 그 점에 대해 생각해 보았습니다. 웨이브리지에서의 사건 이후 나는 남쪽으로 갔습니다. 그러면서 계속 생각했지요. 나는 무슨 일이 일어나는지 보았습니다. 대부분의 사람들은 비명을 지르고 잔뜩 흥분했습니다. 하지만 나는 소리 지르는 데엔 취미가 없는 사람입니다. 나는 사람이 죽는 것도 본 적이 있습니다. 난 의전용 군인이 아닙니다. 잘못되어 봤자 죽기밖에 더하겠습니까? 그저 죽는 거죠. 그리고 사람이란 계속 생각을 하게 마련입니다. 나는 사람들이 모두 남쪽으로 달아나는 것을 보았습니다. 그래서 나는 그 쪽으로 가면 결국 먹을 것이 없을 것이라고 생각하고 방향을 틀었어요. 나는 사람들을 따라다니는 참새처럼 화성인을 따라갔습니다. 주변은 모두……."

그는 한 손을 내밀어 지평선으로 쭉 뻗었다.

"사람들은 한 덩어리가 되어 굶어죽고, 도망치고, 서로 밟히고……."

그는 내 얼굴을 보며 어색하게 말을 멈추었다.

"부자들은 아마 프랑스로 도망쳤을 겁니다."

그는 미안하다는 말을 할까 말까 망설이는 표정으로 내 눈을 쳐다보면서 말을 계속했다.

"이 곳엔 먹을 게 널려 있습니다. 상점에는 통조림이 있고, 와인, 술, 생수……. 그리고 상수관과 하수관은 비어 있습니다. 자, 내가 생각하는 것을 당신에게 말해 드리지요. 여기 지능이 높은 생물체가 있습니다. 그리고 그들은 우리를 식량으로 사용하려는 듯합니다. 처음에 그들은 우리를 쓸어 버리겠죠. 배, 기계, 대포, 도시들, 모든 질서와 조직들을 파괴할 겁니다. 모든 것이 그렇게 되겠죠. 만약 우리가 개미만한 크기라면 빠져나갈 수도 있을 겁니다. 하지만 우린 그렇지 않습니다. 너무 크죠. 그게 바로 첫 번째 확실한 사실입니다. 그렇죠?"

나는 동의했다.

"그렇습니다. 나는 심사숙고했습니다. 그리고 두 번째, 우리는 마치 지명 수배자가 된 것처럼 잡히게 될 겁니다. 화성인들은 몇 킬로미터 가지 않아도 수많은 사람들이 달아나는 것을 볼 수 있습니다. 나는 윈즈워스 근처에서 한 화성인이 집들을 산산조각 내고 그 잔해 더미 속을 샅샅이 뒤지는 것을 보았습니다. 하지만 그들은 그런 짓을 계속하지는 않을 겁니다. 우리의 대포와 배들을 망가뜨리고 철도를 부수는 등 할 수 있는 모든 것을 다 하고 나면, 그들은 조직적으로 우리를 잡기 시작할 겁니다. 제일 좋은 놈을 골라 새장 같은 곳에 가두겠죠. 곧 그들은 그런 작업을 시작할 겁니다. 맙소사! 그들은 아직 시작조차 하지 않은 겁니다. 아시겠어요?"

"시작조차 하지 않았다구요?"

내가 소리 질렀다.

"그렇습니다. 우리가 조용히 있지 않았기 때문에 일이 더 커진 겁니다. 대포와 그 외의 어리석은 행동으로 그들을 자극했기 때문이지요. 그리고 우리는 이성을 잃고 허둥대며 지금 있는 곳보다 더 안전하지 못한 곳으로 우르르 피난을 갔지요. 화성인은 아직 우리를 방해하지 않습니다. 만들어야 할 것이 있으니까요. 자신들이 가져오지 못한 모든 것을 만들고 있죠. 남아 있는 사람들에게 사용하기 위한 무언가를 말입니다. 우주선 발사가 멈춘 것도 이미 이 곳에 있는 것들과 충돌할 것을 우려했기 때문일 겁니다. 우리는 어둠 속에서 허둥대고 울부짖거나 그들에게 우리를 쳐부술 기회를 주지 말고, 새롭게 정신 차리고 행동해야 합니다. 그것이 내가 생각한 바입니다. 인간에게 무엇이 필요한지가 아닌, 현재 상황이 무엇을 말해 주고 있느냐에 따른 것입니다. 그게 바로 내 행동의 기준입니다. 도시, 국가, 문명과 진보는 모두 끝났습니다. 게임은 끝났어요. 우리는 패배했습니다."

"만약 그렇다면 우리가 살아야 할 이유가 무엇입니까?"

포병은 한참 동안 나를 바라보았다.

"아마 앞으로 백만 년, 혹은 더 오랫동안 축복받은 콘서트 같은 것은 열리지 않을 겁니다. 로얄 아카데미의 공연도 없을 것이며, 레스토랑에서 멋진 음식도 먹지 못할 겁니다. 만약 당신이 그런 일들을 즐겼다면, 안됐지만 상황종료예요. 만약 당신이 부유층의 예절을 갖춘 사람으로서, 나이프로 콩을 집어먹는 모습에 질색하고 거드름을 피우며 이야기를 나누는 데 익숙하다면, 그런 것은 모두 버리는 게 나을 겁니다. 그것들은 더 이상 필요치 않습니다."

"당신은 그러니까……"

"나와 같은 사람들이 살아남을 것이라는 말입니다. 종족을 번식시키기 위해서. 말했다시피 나는 힘들게 살아온 사람입니다. 당신도 무슨 생각을 하고 있는지 말해 보십시오. 우리는 멸종되지 않을 겁니다. 그리고 나는 잡혀서 길들여지고 살찌워서 잡아먹히는 소처럼 되지는 않을 겁니다. 그들 기어다니는 밤색 괴물들을 상상해 보세요!"

"당신은 그렇게 말하지……"

"아닙니다. 나는 계속 갈 겁니다. 그들의 발 밑에서요. 내게 계획이 있어요. 내가 고안한 겁니다. 우리 인간은 졌습니다. 우리는 아직 상황을 잘 모릅니다. 그러니 충분히 알아낸 다음에 기회를 노릴 겁니다. 배우는 동안 우리 힘으로 살아남아야 합니다. 자, 그게 해야 할 일입니다."

나는 놀라서 멍하게 그를 바라보았다. 나는 그의 결의에 깊은 감동을 받아 외쳤다.

"하느님은 위대하십니다! 당신은 진정 사내 중의 사내이구요!"

나는 갑자기 그의 손을 움켜잡았다.

그가 눈을 빛내며 말했다.

"오! 내게 계획이 있어요."

"말해 보십시오."

내가 말했다.

"그들의 손아귀에서 가까스로 도망친 사람들은 준비를 해야 합니다. 나는 이미 준비가 끝났어요. 처음부터 힘든 생활을 할 수 있게 태어난 사람은 없어요. 내가 당신을 지켜본 이유도 바로 거기에 있습니다. 확신이 없어서요. 당신은 약해 보입니다. 사실 당신인 줄 몰랐고, 당신이 어떻게 구덩이 옆에 묻혀 지냈는지도 몰랐지요. 좋은 집에서 살아온 사람들이나, 편한 일에 익숙한 관청 서기 같은 사람들은 필요 없습니다. 그들에겐 영혼이 없어요. 자부심 가득한 꿈과 욕망이 없어요. 그들은 둘 중 하나도 갖고 있지 않죠. 맙소사! 정말 겁쟁이에 미리 경계만 하는 사람들 아닙니까? 그들은 황급히 도망치는 데 익숙한 사람들입니다. 나는 그런 사람들을 수없이 보았습니다. 손에 아침 식사를 들고 미친 듯이 뛰고, 만약 기차를 놓치면 낙오자가 되기라도 하는 듯 조그만 정기승차권을 손에 넣기 위해 안간힘을 쓰고, 직장에서는 해결하기 힘든 문제와 맞서기를 두려워하고, 저녁 식사 시간에 늦지 않으려고 얼른 내빼고, 배우자와 잠자리에 드는 것은 상대방을 진심으로 원해서가 아니라 그들이 가진 약간의 돈이 힘든 세상살이에서 자신들을 보호해 주기 때문인, 그런 사람들 말입니다. 그들은 안정된 생활과 사고에 대한 두려움을 피하기 위한 약간의 투자를 하고 일요일마다 내세에 대한 두려움 때문에 교회에 갑니다. 지옥은 그런 겁쟁이 토끼들을 위해 만들어진 겁니다!

화성인들은 그런 사람들에게 주는 신의 선물이죠. 멋지고 넓은 새장, 살찌울 음식, 주의 깊은 사육……. 걱정이란 없지요. 허기진 배를 움켜쥐고 일주일 정도 들판을 돌아다니고 나면, 그들은 기꺼이 사로잡히고 싶어 할 겁니다. 그들은 약간의 음식에도 고마워할 테죠. 아마 화성인들이 돌봐 주기 전에 어떻게 살았는지조차 기억하지 못할 겁니다. 그리고 술집 건달들, 난봉꾼과 딴따라들, 상상이 갑니다. 뻔하다고요."

그는 자신의 생각에 스스로 만족한 것 같았다.

"그들은 감수성이 더 풍부해지고 종교에 푹 빠질 겁니다. 지난 며칠 동안 내 눈으로 분명히 본 것만도 수백 가지가 넘어요. 살찐 바보들. 많은 사람들이 뭔가 잘못되었다는 기분 때문에 걱정하게 될 겁니다. 사건이 일어날 때마다 사람들은 대부분 뭔가 해야 한다고 느끼지요. 허약한 사람이나 불평만 일삼는 자들은 항상 아무것도 하지 않는 경건한 종교를 만들고 박해자와 신의 의지에 복종합니다. 당신도 비슷한 광경을 보았을 겁니다. 사람들은 금새 겁을 먹습니다. 그들이 갇힌 새장은 찬송가와 찬양과 경건함으로 가득 찰 겁니다. 그리고 조금 덜 단순한 자들은 약간의 음식을 받아먹고 일을 하겠죠. 그게 뭐냐고요? 바로 에로시티즘이죠."

그는 잠시 말을 멈추었다.

"화성인들은 그들 중 일부를 애완용으로 만들어 훈련시킬 겁니다. 누가 압니까? 자라서 죽음을 당하게 될 애완용 소년에게 동정심을 가질지 말입니다. 어쩌면 그들은 훈련을 받고 우리를 사냥하게 될지도 모릅니다."

내가 외쳤다.

"안 돼! 그건 불가능합니다! 어떤 인간도……."

"그런 거짓말을 하는 게 무슨 소용이 있죠? 기꺼이 그런 짓을 할 자들이 많이 있습니다. 그렇지 않은 척하는 게 더 우스운 일이지요!"

나는 그의 확신에 굴복했다.

그가 말했다.

"만약 그들이 나를 뒤쫓는다면……. 맙소사, 만약 그들이 나를 뒤쫓는다면!"

그의 표정이 침울하게 변했다.

나는 여러 가지 생각에 잠긴 채 앉아 있었다. 이 남자의 논리를 반박할 만한 것이 떠오르지 않았다. 침공이 일어나기 전에, 어느 누구도 나의 지적인 우월성에 대해 의문을 제기하지 않았다. 나는 철학적인 주제에 대해 전문가이며 인정받는 저술가였고, 반면에 그는 보통의 군인이었다. 하지만 그는 이미 내가 깨닫지 못했던 상황을 체계적으로 설명하고 있었다.

내가 물었다.

"당신은 그래서 무엇을 하고 있습니까? 당신이 세운 계획은 뭐죠?"

그는 약간 망설이더니 말했다.

"글쎄요, 이런 겁니다."

"우리가 무엇을 해야 할까요? 우리는 인류가 살아가고 종족을 번식할 수 있는 기반을 마련해야 합니다. 우리 아이들을 안전하게 키워야 합니다. 그렇습니다. 잠깐만 기다려 주십시오, 우리가 무엇을 해야 하는지에 대한 제 생각을 좀 더 명확히 말씀드리죠. 길들여진 인간들은 길들여진 짐승과 다를 바 없이 될 것입니다. 몇 세대 지나지 않아서 그들은 크고 아름답고 좋은 혈통을 지닌 바보가 될 것입니다. 쓰레기들이죠! 그리고 야생에서 지내는 우리들은 야만인화되어 갈 겁니다. 커다랗고 야만적인 들쥐처럼 퇴보할 수 있어요.

당신도 알다시피, 그건 지하 세계에서의 삶입니다. 나는 하수관을 생각하고 있지요. 물론 하수관에 대해 잘 모르는 사람들에겐 끔찍스러운 일입니다. 하지만 런던 지하에는 수십, 수백 킬로미터 길이의 하수관이 있어요. 그리고 며칠 동안 비가 오고 런던에 사람들이 살지 않으면 금새 깨끗해집니다. 그리고 지하실, 저장고, 가게들에서 하수관을 연결하는 탈출로를 만들 수 있습니다. 또한 철도 터널과 지하철도 있지요. 이제 이해가 되나요? 우리는 사람들을 조직하게 될 겁니다. 강인한 육체와 깨끗한 마음을 지닌 사람들로 말이죠. 우리는 쓰레기 같은 인간들이 들어오지 못하도록 해야 합니다. 나약한 사람들도 내쫓을 겁니다."

"당신이 처음에 나를 내쫓으려 했던 것처럼?"

"음, 내가 이미 말하지 않았나요?"

"이제 그런 쓸데없는 입씨름은 하지 않겠습니다. 계속하세요."

"그런 질서에 복종하길 거부하는 사람들, 튼튼한 육체와 맑은 정신을 가진 여성들도 원합니다. 어머니들과 선생님들 말이죠. 감상적인 숙녀들은 안 됩니다. 겁에 질려 눈만 굴리는 여자들 말입니다. 허약하거나 바보스러운 면이 있어서는 안 되지요. 삶은 다시 현실이 되고, 쓸모없고 방해되는 해로운 자들은 죽어야만 합니다. 그들은 죽어야 해요. 기꺼이 죽어야 한다고요. 살아서 종족을 오염시키는 것은 일종의 불충입니다. 더욱이 죽음은 그리 끔찍한 것이 아닙니다. 두려움이 죽음을 나쁜 것으로 만들었을 뿐입니다.

여기저기에서 사람들이 모일 것이고, 런던은 우리의 구역이 될 것입니다. 그리고 우리는 계속 주의해서 살펴야 하고 화성인들이 멀리 있을 때는 바깥으로 나올 수도 있을 겁니다. 크리켓 게임을 할 수도 있겠죠. 그렇게 우리는 종족을 보존할 수 있을 겁니다. 그렇죠? 가능할 것 같나요? 사실 종족을 보존하는 것 자체는 아무것도 아닙니다. 내가 말했듯이 그저 들쥐처럼 되는 것 말입니다. 우리의 지식을 보존하고 거기에 더해 나가는 것이 문제입니다. 당신과 같은 사람들이 필요해요. 책이 있고 모범이 될 만한 사람들이 필요합니다. 우리는 깊은 곳에 안전한 장소를 만들어서 할 수 있는 한 온갖 종류의 책들을 모아 놓아야 합니다. 소설이나 시 나부랭이가 아닌, 사상과 과학이 담긴 책들이 필요합니다. 우리는 대영박물관에 가서 책을 모두 가져와야 해요. 특히 과학지식을 보존하고 좀 더 배워야 합니다.

그리고 저들 화성인들을 관찰해야 합니다. 스파이를 저들에게 보낼 겁니다. 모든 것이 제대로 될 때, 아마도 내가 그렇게 될 것입니다. 가서 잡히는 거죠. 중요한 것은 화성인들을 기계 장치에서 고립시키는 일이지요. 우리는 어떤 것도 훔쳐서는 안 됩니다. 만약 우리가 그들에게 방해가 된다면 그들은 우리를 전멸시킬 것입니다. 우리가 무해한 존재라는 것을 그들에게 보여 줘야 해요. 그래요, 나도 압니다. 하지만 그들은 지능이 높은 종족입니다. 만약 그들이 원하는 것을 모두 가지게 되고 우리가 그저 무해한 작은 미물에 불과하다고 생각한다면 우리를 죽이려 들지 않을 겁니다."

포병은 잠시 말을 멈추더니 햇살에 그을린 손으로 내 팔을 잡았다.

"우리는 예전에 배워야 했던 것과 다른 것들을 배워야 합니다. 자, 그냥 상상해 보세요. 전투 로봇 네댓 대 정도가 갑자기 움직이는 겁니다. 열광선이 사방에서 번쩍입니다. 하지만 거기에 타고 있는 것은 화성인이 아니죠. 화성인이 아닌 인간이 거기에 타는 겁니다. 조종법을 배운 인간이 말이에요. 아마 내가 살아있을 때 이루어질 겁니다. 상상해 보세요. 그 사랑스러운 놈을 손에 넣고 열광선을 마음대로 사용하는 것을요! 그걸 조종한다고 상상해 봐요! 만약 당신이 마구 도망치는 것들을 쫓아가서 산산조각 낸다면? 그제야 상황을 알아차린 화성인들의 모습이 보이는 것 같군요! 당신도 그들이 보입니까? 그들이 다급하게, 다급하게 숨을 내쉬고 타격을 받고 남아 있는 기계 장비들을 향해 특유의 소리를 내지르는 모습이 상상이 됩니까? 아아, 그렇지만 뭔가가 제대로 돌아가는 것 같지 않군요. 우리는 그 장면을 볼 수 있을 겁니다. 그리고 일격, 쾅, 덜거덕, 휘익! 그들이 어설프게 뭔가 하려는 사이, 휘익 하는 소리와 함께 열광선이 발사되고, 그리고 인간은 본래의 자리로 돌아오게 될 겁니다."

포병의 대담한 상상력과, 자신감과 용기로 가득한 목소리는 내 마음을 완전히 사로잡았다. 나는 그가 예언한 인류의 운명과 놀라운 계획의 실현 가능성을 주저 없이 믿었다. 내가 귀가 얇다거나 바보라고 생각하는 독자들은 그 문제에 대해 지속적으로 심사숙고해 온 그 포병과 덤불 속에 웅크리고 불안감에 시달리며 귀를 기울이고 있던 나의 상태를 비교해야만 한다. 우리는 이른 아침 내내 그런 식으로 이야기를 나누었다. 그 후, 우리는 덤불 속에서 기어 나와 혹시 주변에 화성인이 있는지 살펴보기 위해 하늘을 본 다음 그의 은신처가 있는 푸트니 언덕으로 황급하게 향했다.

은신처는 그 집의 석탄 창고였고, 나는 그가 일주일 내내 했다는 작업의 결과를 보았다. 약 10미터 정도 길이의 굴이었는데, 그것은 푸트니 언덕의 주 하수관과 연결될 것이라고 했다. 그걸 본 나는 그의 열망과 실질적인 힘 사이에 큰 차이가 있음을 처음으로 감지할 수 있었다. 내가 단 하루 만에 팔 수 있을 만한 굴이었다. 그러나 나는 그를 굳게 믿었고, 정오가 훨씬 넘을 때까지 함께 작업을 했다. 우리는 파낸 흙을 정원용 손수레에 담아 부엌 화덕 옆에 쌓아 두었다. 우리는 옆에 있는 식료품 저장고에서 가져온 가짜 거북스프(거북이 대신 송아지 머리 고기로 만든다——

옮긴이) 한 통과 와인을 먹으며 기운을 차렸다. 나는 육체 노동을 하면서 고통스러울 만큼 변해 버린 세상을 잊을 수 있었다. 비록 일을 하다가 그가 말한 계획을 떠올릴 때마다 반박과 의문이 생겼지만, 또 다시 목표가 생긴 것에 대해 감사하며 아침 내내 일을 계속했다.

한 시간 정도 일을 한 후, 나는 우리가 하수구에 도달하기까지 얼마나 파야 할지 깊이 생각하기 시작했다. 그건 미처 생각하지 않은 부분이었다. 왜 이렇게 긴 굴을 파야 하는 것일까? 맨홀 뚜껑을 통해 간단히 하수구로 들어갔다가 이 집으로 돌아올 수 있는데도 말이다. 게다가 필요 없는 터널을 만들어야 할 근거지로 이 집을 선택한 것도 실수라는 생각이 들었다. 내가 그러한 문제를 떠올리고 있을 때 포병은 파는 것을 멈추고 나를 보았다.

"일은 잘 진행되는군요."

그가 말하고는 삽을 내려놓았다.

"잠시 쉬죠. 이제 집 지붕에 올라가 살펴볼 시간이 된 것 같군요."

내가 일을 계속하자 그는 잠시 머뭇거리다가 다시 삽을 잡았다. 갑자기 내 머릿속으로 한 가지 생각이 스쳐 지나갔다. 내가 일손을 멈추자 그도 멈추었다.

내가 물었다.

"당신은 왜 들판을 돌아다녔습니까? 이 곳에 있지 않고 말입니다."

"신선한 공기를 마시기 위해서죠. 그런 다음 돌아오려고요. 밤이 더 안전합니다."

"그럼 일은?"

"오, 사람은 항상 일만 하고 살 수는 없어요."

그가 말했다. 순간적으로 그의 본성을 본 것 같았다. 그는 삽을 쥐고 잠시 망설였다.

"이제 주변을 살펴야겠군요. 만약 누군가 이 근방에 왔다면 삽질하는 소리를 듣고 공격할 수도 있어요."

나는 더 이상 반대할 수 없었다. 우리는 함께 지붕으로 갔고 사다리에 올라가 지붕에 난 문을 통해 바깥을 내다보았다. 화성인은 보이지 않았다. 우리는 지붕 위로 올라가 주변을 살피고 난간 아래로 내려왔다.

푸트니 지역의 대부분이 덤불에 가려져 있었다. 온통 붉은 식물로 뒤덮인 강물이 보였고, 물에 잠긴 람베스(런던 남부 자치구——옮긴이)의 저지대도 붉게 물들어 있었다. 옛 궁전 근처 나무들을 타고 올라간 붉은 덩굴 중 일부분은 가지가 말라 죽고 오그라든 잎만 남아 있었다. 그 식물은 이상하리만치 흐르는 물에 완전히 의존해서 번식을 했고, 건조해서 그런지 우리가 있는 곳 주변에는 뿌리를 내리지 못했다. 금련화, 산사나무, 까마귀밥나무, 측백나무, 월계수와 수국의 녹색 잎들이 햇살 속에서 반짝거렸다. 킹스턴 너머로 짙은 연기가 피어올랐고, 그 연기와 푸른 아지랑이에 가려 북쪽 언덕들은 보이지 않았다.

포병은 나에게 아직도 런던에 남아 있는 사람들에 대해 이야기하기 시작했다.

"지난 주 어느 날 밤. 어떤 바보들이 전등을 켰어요. 리전트 거리와 서커스 광장에 환하게 불이 켜지고 지저분한 차림의 술주정뱅이들이, 남자와 여자들이 몰려들어 밤새 춤을 추고 소리를 질렀어요. 거기에 있던 한 남자가 내게 해 준 말이에요. 날이 밝았을 때 그들은 랭햄 근처에 서서 전투 로봇 한 대가 자신들을 보고 있다는 것을 알게 되었죠. 얼마 동안 거기에 서 있었는지는 아무도 몰랐답니다. 그리고 일부 사람들의 인생에 절망적인 반전이 일어난 셈이죠. 그 놈은 사람들을 향해 걸어와 술에 잔뜩 취했거나 겁에 질려 도망조차 못 간 100여 명의 사람들을 잡아 갔답니다."

그의 말을 듣고 내가 느낀 기괴한 기분은 아무리 시간이 흘러도 제대로 묘사하기가 불가능할 것이다!

그 때부터 그는 내 질문에 대답을 하다가 자신의 웅대한 계획으로 슬쩍 되돌아갔다. 그의 열정은 점점 커졌다. 그는 전투 로봇을 어떻게 손에 넣어야 할지 자세히 설명했고 또다시 나는 그를 믿기 시작했다. 하지만 나는 이제 그가 어떤 사람인지 서서히 깨닫기 시작했다. 그리고 그가 스스로 거대한 로봇을 손에 넣고 싸울 작정이었다는 사실도 분명히 알게 되었다.

얼마 후 우리는 지하실로 내려왔으나 둘 다 굴 파는 일을 다시 시작하지 않았다. 그는 나에게 음식을 먹자고 제안했고, 나는 기꺼이 받아들였다. 그는 갑자기 너그러운 사람이 되었다. 음식을 먹고 나자 그는 어디론가 가더니 고급 시가를 몇 개 가지고 돌아왔다. 우리는 시가에 불을 붙였고, 그의 낙관주의가 되살아났다. 그는 나와의 만남을 대단한 행운으로 여기는 것 같았다.

그가 말했다.

"식료품 저장고에 샴페인이 몇 병 있어요."

"포도주를 마시면 굴을 더 잘 팔 수 있을 것 같은데."

그가 말했다.

"아니. 오늘의 주인은 나요. 샴페인! 그리고 위대한 하느님이여! 우리 앞에는 무거운 짐이 놓여 있습니다! 우리에게 휴식을 내려 주시고 앞으로 나아갈 힘을 주십시오. 이 물집 잡힌 손을 보십시오!"

그는 음식을 먹은 후 축제의 날과 어울리는 카드 게임을 해야 한다고 고집을 부렸다. 그는 내게 유커(2~4명이 32장의 카드로 하는 게임——옮긴이)를 가르쳤고, 우리는 런던을 두 부분으로 나눈 뒤 나는 북쪽을, 그는 남쪽을 맡고서 서로의 영역을 차지하는 게임을 계속했다. 이성적인 독자들에게는 기괴하고 바보스러운 행동으로 여겨질지 모르지만, 나는 우리가 했던 여러 가지 카드 게임에 흠뻑 빠져들었다.

인간이 소유한 이상한 정신의 한 단면이란! 인류의 절멸, 혹은 소름 끼치는 퇴보의 갈림길에 서서, 끔찍한 죽음 외에 어떠한 것도 예측할 수 없는 상황에서, 우리는 게임판을 앞에 두고 대단히 즐겁게 조커를 할 수 있었다. 그 후 그는 내게 포커를 가르쳤고 나는 그를 세 번 정도 힘들게 이겼다. 날이 저물었을 때 우리는 위험을 무릅쓰고 불을 밝히기로 결정했다.

게임을 계속하면서 우리는 저녁을 먹었고 포병은 샴페인을 모두 마셨다. 우리는 곧이어 시가를 피웠다. 그는 더 이상 내가 오늘 아침에 만난 우리 종족의 기운 찬 재건자가 아니었다. 아직 낙관적이었으나 활기는 조금 줄어들었고, 조금은 몸을 사리는 낙관주의였다. 나는 그가 여러 가지 주제를 가지고 감동을 더하려는 듯 잠시 말을 끊어 가면서 연설을 하다가, 나의 육체적인 건강을 들먹이며 말을 마쳤던 것을 기억한다. 나는 시가를 피웠고 2층으로 올라가 그가 말한 적이 있던 불빛을 바라보았다. 밝은 불이 하이게이트 언덕을 따라 켜져 있었다.

처음으로 나는 아무런 생각 없이 런던 계곡을 바라보았다. 북쪽 언덕은 어둠으로 덮여 있었다. 켄싱턴 너머로 불길이 벌겋게 타오르고, 여기 저기 붉은 오렌지색 불길이 널름거리다가 검푸른 밤하늘 속으로 사라졌다. 런던 나머지 부분은 칠흑같이 어두웠다. 다음 순간, 좀 더 가까운 곳에서 낯선 불빛이 보였다. 보라색 기운이 도는 창백한 빛이 부드러운 밤의 미풍에 실려 흔들렸다. 한참 동안 나는 그게 뭔지 모르다가, 붉은 식물에 불빛이 반사된 것이라는 사실을 알게 되었다. 많은 것에 의문을 품는 나의 이성이, 사물을 보는 감각이 다시 깨어났다. 그것을 바라보다가 나는 서쪽 하늘 높은 곳에 뚜렷하게 떠 있는 붉은 혹성 화성으로 시선을 돌렸다. 그리고 다시 어둠에 쌓인 햄스테드와 하이게이트를 오랫동안 응시했다.

나는 지붕 위에 오래도록 남아 그날의 기괴한 변화들에 대해 생각했다. 한밤중에 기도를 드리던 때부터 바보처럼 카드 놀이를 즐기던 나의 정신 상태를 찬찬히 되돌아보았다. 감정은 폭력적일 만큼 빠른 속도로 변했다. 뭔가를 상징하는 듯 나는 들고 있던 시가를 던져 버렸던 것으로 기억한다. 스스로의 어리석음이 더욱 크게 느껴졌고, 아내와 동족을 배신한 듯한 기분이었다. 자책감이 몰려들었다. 나는 이상하고 제멋대로인, 폭음과 폭식을 즐기는 몽상가와 헤어지리라고 결심했다. 런던으로 가리라. 그 곳에 가면 화성인과 내 가족들에게 무슨 일이 일어났는지 알 수 있을 것 같았다. 나는 달이 떠오르는 늦은 밤까지 지붕 위에 남아 있었다.

죽음의 도시 런던

포병과 헤어진 후, 나는 언덕 아래로 내려가 하이스트리트를 따라가다가 다리를 건너 풀햄으로 향했다. 붉은 식물은 그 당시 무성하게 퍼져 나가 다리를 덮고 있었지만, 이미 퍼지기 시작한 병으로 인해 잎이 부분부분 시들어 있었다.

푸트니 브리지 역으로 이어진 길모퉁이에서, 나는 누워 있는 한 남자를 보았다. 그는 온몸에 검은 먼지를 뒤집어쓴 상태였고, 살아있긴 했지만 너무 취해서 대화를 나누는 것이 불가능했다. 그에게서 얻은 것이라고는 욕설과 주먹질뿐이었다. 그래도 그의 사나운 표정만 아니었다면 나는 그의 곁에 있었을 것이다.

다리 전방으로부터 길을 따라 검은 가루가 떠다녔고 풀햄은 더욱 심했다. 거리는 무시무시할 정도로 조용했다. 나는 한 빵집에서 먹을 것을 찾아냈다. 시고 딱딱하고 곰팡이가 났지만 그럭저럭 먹을 만했다. 월햄 그린으로 향하는 일부 도로는 검은 가루의 공격을 받지 않아 깨끗했고,

나는 아직도 불타고 있는 집들 앞을 지나갔다. 불길이 타오르는 소리를 듣자 도리어 안심이 되었다. 브롬프턴으로 향했을 때 주변은 다시 조용해졌다.

길에는 검은 가루가 꽤 많이 쌓여 있었고, 그 위에 죽은 시체들이 누워 있었다. 풀햄 거리 전체에 약 열두 구 정도의 시체가 있었다. 죽은 지 여러 날 지난 것들이었기 때문에 나는 얼른 지나쳐야만 했다. 검은 가루가 그들의 몸을 온통 감싸고 있어서 형체를 제대로 알아보기도 힘들었다. 그 중에는 개들이 헤집어 놓은 시체들도 있었다.

검은 가루가 없는 곳은 그저 평범한 일요일의 거리처럼 보였다. 닫힌 상점들, 문이 잠기고 블라인드가 쳐진 집에서는 아무런 소리도 나지 않았다. 몇 군데는 약탈자들이 쓸고 지나간 흔적이 있었으나 식료품이나 와인 상점들 외에는 거의 그대로인 것 같았다. 한 보석상의 유리창이 깨져 있었지만 도둑이 당황했는지 금목걸이와 시계가 길가에 흩어져 있었다. 나는 그 물건들에 손도 대지 않았다. 좀 더 갔을 때 남루한 옷을 입은 한 여인이 문 앞에 웅크린 채 앉아 있었다. 무릎 위로 걸쳐진 손에 깊은 상처가 나 있었고 지저분한 밤색 옷 위로 피가 흘렀다. 커다란 샴페인 병 하나가 깨져 있고 길바닥에 액체가 고여 있었다. 여인은 잠든 것처럼 보였으나 실상은 죽어 있었다.

런던 중심부로 더 들어갈수록 고요함도 더욱 깊어졌다. 하지만 죽음의 고요라기보다는 잠시 정지된 듯한, 금방이라도 무슨 일이 벌어질 것 같은 고요함이었다. 도시의 북서부 지방을 쑥대밭으로 만들고 일링과 킬번을 초토화시킨 파멸의 손이 지금 당장이라도 이 곳 집들을 내려치고 연기만이 피어오르는 폐허로 만들 것만 같았다. 저주받고 방치된 도시……

사우스켄싱턴에서는 죽은 사람이나 검은 가루를 볼 수 없었다. 그 근처에서 나는 처음으로 울부짖는 소리를 들었다. 소리는 너무 희미해서 알아듣기 힘들 정도였다.

"울라, 울라, 울라, 울라."

두 가지 음을 교대로 내며 흐느끼는 소리가 한없이 이어졌다. 내가 북쪽으로 향해 난 길을 지나갈 때, 소리는 좀 더 커졌으나, 집이나 건물들에 막혀 제대로 들리지 않는 것 같았다. 그러다가 소리는 이그지비션 도로에서 똑똑하게 들려왔다. 나는 멈추어 서서 켄싱턴 가든 쪽을 바라보며 멀리서 들려오는 이상한 흐느낌이 대체 무엇일지 고개를 갸우뚱했다. 마치 버려진 집들이 공포와 외로움을 못 이기고 내는 소리처럼 들렸다.

"울라, 울라, 울라, 울라."

인간이 낼 수 있는 소리와는 사뭇 다른 구슬픈 울음은 커다란 건물들이 양 옆으로 줄지어 늘어선 햇살 비치는 넓은 도로를 타고 몰려들었다. 나는 수상한 생각이 들어 하이드 공원 철문으로 다가갔다. 자연사 박물관으로 가로질러 갈까 하다가 공원 전체를 살펴보기 위해 탑들이 서 있는 곳으로 가야겠다고 마음먹었다. 하지만 만약의 경우 몸을 숨길 만한 곳으로 가야겠다는 생각에 이그지비션 도로를 따라 계속 올라갔다. 길 양 옆에 늘어선 커다란 저택들은 조용했고, 내 발소리는 공허하게 울려 퍼졌다. 길의 제일 위, 공원 문 근처에서 나는 이상한 광경을 목격했다. 마차 한 대가 뒤집혀 있었고 말의 시체는 말끔하리만큼 뜯어 먹혀 하얀 뼈만 남아 있었다. 한동안 어떻게 된 것인지 궁금해하다가 나는 곧바로 서펜타인 연못(런던 하이드 공원 내에 있음——옮긴이) 다리 위로 올라갔다. 소리는 점점 더 커졌으나 공원 북쪽으로 있는 집 지붕 외에는 아무것도 볼 수 없었다. 북서쪽에서 가느다란 연기가 올라올 뿐이었다.

"울라, 울라, 울라, 울라."

울음소리는 마치 리전트 공원 근처에서 들려오는 것 같았다. 쓸쓸한 울부짖음을 듣자 가슴이 뭉클했다. 두려움이 사라지고, 나는 그 소리에 사로잡혔다. 하지만 너무 지쳤고 발이 아팠다. 게다가 이젠 허기진 데다 갈증까지 났다.

이미 정오가 지났다. 왜 나는 이 죽음의 도시에서 홀로 배회하고 있을까? 런던 전체가 검은 가루에 덮여 있는 지금, 왜 나는 홀로 여기 있단 말인가? 참을 수 없는 외로움이 몰려왔다. 수년 동안 잊고 지냈던 옛 친구들의 얼굴이 줄줄이 떠올랐다. 화학약품 상점에 있는 독약과 와인 상점의 술도 생각났다. 나는 이 도시에서 나와 함께 지냈던 절망에 찌든 두 사람의 얼굴을 다시 떠올렸다.

나는 마블 아치(런던의 광장——옮긴이)를 가로질러 옥스퍼드 거리로 들어갔다. 거기서 나는 다시 검은 가루와 몇 구의 시체들을 보았다. 일부 집 지하실 쇠창살에서는 불길하고 고약한 냄새가 흘러나왔다. 뜨거운 햇살 아래 오랫동안 걸어다녀서 그런지 갈증은 점점 더해 갔다. 나는 힘들게 씨름한 끝에 한 선술집 안으로 들어가 음식과 음료수를 찾아냈다. 음식을 먹고 나자 피곤이 몰려왔고, 나는 뒤켠에 있는 거실로 들어가 검은 말털 소파에 누워 잠을 잤다.

잠에서 깨어난 내 귀에 구슬픈 흐느낌이 계속 들려왔다.

"울라, 울라, 울라, 울라."

거의 해가 질 무렵이었다. 술집을 샅샅이 뒤져 비스킷과 치즈 한 덩어리를 찾아냈다. 고기를 넣어 두는 찬장도 있었지만 거기엔 구더기만 득시글거렸다. 나는 조용한 주택가 광장에서 베이커 거리까지 터덜터덜 걸어갔다. 이름이 기억나는 것은 포트만 광장뿐이었다. 그리고 마침내 리전트 공원에 도착했다. 베이커 거리의 제일 위쪽에 도달했을 때, 저물어 가는 햇살 속에서 나무들 너머로 저 멀리 거대한 화성인의 전투 로봇 머리 부분이 보였다. 울음소리는 그 곳에서부터 들려오는 것 같았다. 나는 이제 두렵지 않았다. 마치 당연하다는 듯 그 쪽으로 향했다. 한동안 전투 로봇을 살펴보았으나 그것은 움직이지 않았다. 무슨 이유인지 모르지만 그냥 서서 울음소리를 내는 것 같았다.

나는 뭔가 계획을 세운 다음 행동에 나서야겠다고 마음먹었다. 끊임없이 이어지는 구슬픈 울음이 머리를 혼란스럽게 만들었다. 어쩌면 두려움을 느끼기엔 너무 지쳐 있었는지 모른다. 하지만 내가 이 단조로운 음색의 흐느낌에 대해 두려움보다는 호기심이 컸던 것은 분명했다. 나는 공원에서 돌아 나와 파크 거리로 들어섰다. 공원 가장자리에 줄지어 있는 테라스 아래를 지나, 세인트 존스 숲 방향에서 울부짖고 있는 화성인들을 살펴보려는 심산이었다. 베이커 거리를 나와 200미터쯤 걸었을 때 날카롭게 짖는 소리가 들려오더니, 개 한 마리가 썩기 시작한 붉은 고기를 입에 문 채 나를 향해 곧장 달려왔다. 그 뒤로 잡종견 한 무리가 그 개를 쫓아왔다. 개는 나를 피해 빙 돌아갔다. 마치 내가 또 하나의 경쟁자일지 모른다고 생각하는 것 같았다. 개 짖는 소리가 한적한 길 아래로 사라졌을 때, "울라, 울라, 울라, 울라." 하는 슬픈 울음이 다시 들려왔다.

세인트 존스 우드 역을 향해 절반쯤 갔을 때 나는 부서진 조종 장치를 보게 되었다. 처음에는 집이 도로를 향해 무너진 것이라고 생각했다. 잔해 위로 올라간 나는 삼손처럼 거대한 기계의 촉수가 구부러지고 부서지고 뒤틀린 채 잔해 더미 사이에 끼여 있는 것을 보고 화들짝 놀랐다.

앞부분이 완전히 부서져 있었다. 마치 앞도 보지 않고 집을 향해 돌진하다가 그 집이 무너지면서 같이 부서진 것 같았다. 그 당시 나는 조종 장치가 화성인들의 지시를 피해 도망치다가 벌어진 일이라고 생각했다. 잔해 더미 위로 올라갈 수 없었고 땅거미가 짙게 내려앉았기 때문에, 피로 물든 의자나 개들에게 뜯어 먹히고 남은 화성인의 연골 등은 볼 수 없었다.

지금까지 본 모든 장면에 대한 궁금증을 안고, 나는 계속 프림로즈 언덕(앵초 언덕, 런던 리전트 공원 북쪽에 있는 언덕——옮긴이)을 향해 갔다. 저 멀리 나무들 사이로 두 번째 전투 로봇이 보였다. 첫 번째 것처럼 꼼짝도 하지 않고 런던 동물원을 향해 조용히 서 있었다. 그 뒤쪽으로 부서진 조종 장치 근처에서 나는 다시 붉은 식물을 보았다. 리전트 공원의 인공 수로도 검붉은 식물에 덮여 있었다.

다리를 막 건넜을 때 울음소리가 그쳤다. 마치 뚝 잘린 것처럼 사라지고 갑작스레 벼락이 내리치듯 침묵이 찾아왔다.

주변의 집들의 희미한 모습이 어둠 속에서 크게 확대되어 보였다. 공원 쪽 나무들이 더욱 검게 변했다. 붉은 식물들이 폐허가 된 건물을 타고 올라갔고 위쪽은 어둠 속에 잠겨 희미하게 보였다. 공포와 신비의 어머니인 밤이 나를 감쌌다. 조금전 구슬픈 흐느낌이 들려올 때에는 견딜 만했다. 그 소리 덕분에 런던은 살아있는 도시였고, 생명의 흔적을 느낄 수 있었다. 하지만 갑자기 모든 것이 변했다. 내가 모르는 무엇인가가 생명을 잃었다. 이어지는 침묵이 죽음을 대변해 주었고, 이제 남은 것은 불길한 고요함뿐이었다.

런던 거리는 유령처럼 멀거니 나를 응시했다. 하얀 집에 달린 창문이 해골의 눈두덩이처럼 보였다. 상상 속의 적들이 주변에서 소리 없이 움직이는 것 같았고, 공포가 나를 사로잡았다. 나는 자신의 무모함을 증오했다. 내 앞으로 뻗은 길은 타르를 칠한 것처럼 새까맣고, 길 가운데 뒤틀린 모양으로 뭔가가 누워 있는 것 같았으나 도저히 가까이 갈 수 없었다. 나는 돌아서서 세인트 존스 우드 도로를 따라 참을 수 없는 침묵을 뚫고 킬번을 향해 달려갔다. 자정이 한참 지나고 나서야 나는 해로우 거리에 있는 간이 마차 대합실을 찾아냈고, 겨우 밤과 침묵으로부터 몸을 숨길 수 있었다. 하지만 동이 트기 전 용기를 되찾은 나는 하늘에 총총히 떠 있는 별들이 지기도 전에 다시 한 번 리전트 공원으로 향했다. 나는 잠시 길을 잃었으나 새벽빛이 어렴풋이 비칠 무렵, 길게 뻗은 큰 길 아래로 프림로즈 언덕의 둥근 윤곽선을 볼 수 있었다. 그 꼭대기 부분에 세 번째 전투 로봇이 점차 바래 가는 별빛을 향해 다른 로봇들처럼 꼼짝도 하지 않고 우뚝 서 있었다.

 나는 제정신으로는 도저히 할 수 없는 결심을 했다. 죽어서 이제 끝을 내리라. 이제는 스스로의 목숨을 끊는 수고를 하지 않아도 되었다. 나는 그 거인을 향해 무모하게 걸어갔다. 가까이 다가갈수록 여명의 빛은 더욱 밝아졌고, 수없이 많은 검은 새들이 로봇의 머리 부근에 모여 있는 것이 보였다. 그 광경을 보자 심장이 마구 뛰기 시작했고, 나는 도로를 따라 달리기 시작했다.

 나는 세인트 에드먼드의 테라스를 질식할 만큼 꽉 메우고 있는 붉은 식물을 헤치고 달려갔다. (나는 가슴까지 차오르는 급물살을 헤치고 건넜다. 수로에서 흘러나온 물이 알버트 거리로 흘러들었다.) 그리고 태양이 막 떠오르기 직전 풀밭 위로 올라섰다. 언덕 정상 주변에 요새로 추정되는 거대한 구조물이 보였다. 이것은 화성인들이 만든 마지막이자 가장 큰 요새였다. 그 뒤로 엷은 연기가 하늘을 향해 피어올랐고, 지평선으로

 개 한 마리가 사라졌다. 내 머릿속을 스치고 지나간 한 가지 생각이 점점 더 확실하게 다가왔다. 나는 두렵지 않았다. 광란의, 미친 듯 떨리는 환희만 있을 뿐, 나는 꼼짝도 하지 않고 서 있는 괴물을 향해 언덕을 마구 뛰어 올라갔다. 머리 부분에는 밤색 조각들이 삐죽이 나와 있었고, 굶주린 새들이 달라붙어 쪼아 먹고 있었다.

 다음 순간, 나는 흙으로 만든 요새 위로 기어올라 제일 위에 서서 발아래 펼쳐진 내부를 보았다. 거대한 장소였다. 거인 같은 기계들이 여기저기 있고 광석 더미와 이상한 모양의 짐들이 보였다. 그 주변으로 뒤집혀진 전투 로봇들, 뻣뻣하게 굳어 있는 조종 장치들과 굳은 채 누워 있는 열두엇 정도의 화성인들이 보였다. 모두 죽어 있었다! 그들의 신체 조직이 대항할 준비를 갖추지 못한 부패성 박테리아와 질병 박테리아의 공격으로 생명을 잃은 것이다. 인간이 소유한 무기들은 모두 효과를 발휘하지 못했지만, 지혜로우신 하느님이 이 지구에 내려 준 하찮은 것 없는 미물에 의해 죽음을 맞이한 것이다.

　그것은 예견할 수 있는 사실이었다. 이번에 활약을 한 병균은 우리의 정신을 마비시키거나 공포를 몰고 오지 않았다. 사실상, 질병을 일으키는 이들 세균들은 세상이 만들어진 이래 계속 인간을 괴롭혀 왔고, 생명이 시작된 이래 우리 선조들의 목숨을 앗아 갔다. 그러나 자연 도태의 미덕으로 우리 역시 그에 대한 저항력을 키워 왔으므로, 어떠한 병균의 공격에도 그냥 무너지지 않았다. 그런 과정을 거치는 동안 살아있는 생물체들은 시체를 부패시키는 많은 박테리아에 대해 완벽한 면역력을 갖추게 되었다. 그러나 화성에는 박테리아가 존재하지 않았고, 그들 침입자들이 도착하자마자, 그들이 먹고 마시자마자, 우리의 미생물 동맹군은 활동을 개시했다. 내가 보았을 때에는 이미 돌이킬 수 없는 운명의 그림자가 그들에게 드리워져 있었다. 비록 약간씩 꿈틀대긴 했어도 죽어 가고 있거나 썩는 중이었다. 인류는 수많은 죽음과 고통을 겪으면서 지구에서 살 수 있는 생존권을 갖게 되었고, 침입자를 막을 권리를 획득했다. 화성인의 힘이 열 배나 강하다고 해도 지구는 우리 인류의 것이었다. 어떤 인간도 헛되이 살거나 죽지 않았다.

　여기 저기 흩어져 있는 화성인들은 모두 합쳐서 열다섯 정도 되었다. 그들은 자신들이 만든 거대한 심연 속에서 절대로 이해하지 못할 죽음의 공격을 받고 쓰러졌다. 그 당시 나도 그와 같은 상황을 이해할 수 없었다. 내가 아는 것이라고는 인간에게 두려움을 안겨 주었던 생명체가 지금은 죽어 있다는 사실뿐이었다. 나는 그저 센나케리브(고대 앗시리아의 왕. 바빌론과의 전쟁에서 철저한 파괴를 감행했고 공학적인 기술에도 관심이 많았던 왕으로 후에 암살당함——옮긴이)의 파괴가 되풀이되는 것을 본 하느님이 한밤중에 죽음의 천사를 보내 그들의 목숨을 앗아 간 것이라고 믿었다.

나는 서서 구덩이 안을 내려다보았다. 마음이 환하게 밝아졌다. 마치 떠오르는 태양빛이 세상을 비추면서 내 주위에 불길을 일으킨 것 같았다. 하지만 구덩이 속은 아직 어두웠다. 강력한 기계 장치들, 엄청난 힘과 정교함을 갖춘 장비들이 섬뜩할 정도로 뒤틀린 채 기괴하고 희미한 모습으로 그림자의 그늘에서 조금씩 벗어나 빛을 향해 나아갔다. 비록 보이지는 않았지만 수많은 개들이 깊은 구덩이 속 어두운 곳에 쓰러진 화성인들의 고기를 두고 싸움을 벌이는 소리를 들을 수 있었다. 구덩이 저편 가장자리의 넓고 평평한 곳에, 부패와 죽음이 그들을 조금씩 사로잡고 있었고, 지구의 밀도 높은 대기에서 시험 비행을 했던 커다란 비행체가 조용히 놓여 있었다. 죽음이 단 하루 만에, 그렇게 빨리 찾아온 것은 아니었다. 머리 위에서 들려오는 까마귀 울음소리에 고개를 든 나는 이제는 영원히 전투에 참가하지 못하게 된 전투 로봇과 뒤집어진 조종석으로부터 프림로즈 언덕 꼭대기로 뚝뚝 떨어지는 너덜거리는 붉은 살점들을 보았다.

나는 돌아서서 언덕 경사면 아래를 굽어보았다. 거기엔 전날 밤에 보았던 두 화성인이 새들에게 둘러싸여 있었다. 죽음을 맞이한 지 얼마 되지 않은 것 같았다. 동료들을 향해 그토록 슬피 울어 대던 화성인이 죽은 것이다. 아마도 마지막까지 남은 자의 울음이었을 것이고, 그 목소리는 이제 영원히 사라졌다. 전투 로봇의 몸체가, 이젠 아무에게도 해를 입히지 못할 다리 세 개 달린 거대한 금속 기계가 떠오르는 태양빛을 받아 반짝거렸다.

구덩이 주변으로, 영원히 지속될 것 같았던 파괴에서 기적적으로 살아남은 위대한 도시들의 어머니인 런던의 모습이 한없이 펼쳐졌다. 음울한 연기의 장막으로 덮인 모습만 보아 온 사람들은 선명하게 드러난 도시와 불규칙적으로 조용히 늘어서 있는 집들이 보여 주는 아름다움을 상상하기 힘들 것이다.

폐허가 된 알버트 테라스와 부서진 교회의 첨탑들 위로, 태양은 청명한 하늘에서 눈부시게 이글거렸고 자유롭게 솟은 지붕 중 일부는 그 빛을 반사하며 강렬한 백색으로 번쩍거렸다.

북쪽에 위치한 킬번과 햄스테드에서는 많은 집들을 볼 수 있었다. 도시 서쪽은 아직 희미했다. 화성인들 너머 남쪽 방향으로, 리전트 공원의 신록, 랭햄 호텔, 알버트 홀(알버트 기념회관. 런던 켄싱턴에 위치해 있으며 음악회가 주로 열림——옮긴이)의 둥근 천장, 브롬프턴 거리에 있는 왕립 학회와 거대한 저택들이, 떠오른 태양과 더불어 선명하게 보였고 그 뒤로 웨스트민스터 대성당이 희미하게 보였다. 더 멀리에는 서리 언덕들이 푸르게 보였고 크리스털 팰리스(수정궁. 1851년 철골과 유리로 만들어진 만국 박람회용 건물——옮긴이)의 탑들이 두 개의 은막대기처럼 반짝거렸다. 역광을 받은 세인트 폴 대성당의 둥근 지붕이 검게 보였는데, 처음으로 눈치 챈 것이지만 일부가 부서져 있었다. 서쪽 부분에 커다란 구멍이 나 있었다.

나는 버림받고 침묵에 둘러싸인 집과 공장, 그리고 교회들이 있는 넓은 지역을 바라보면서 그 곳에 실려 있는 모든 희망과 노력을, 이를 건설하기 위해 바쳐진 많은 사람들의 인생을 생각했다. 또한 그 모든 것 위에 아직도 떠돌고 있는 빠르고 무자비한 파괴의 손을 떠올렸다. 하지만 나는 검은 그림자가 이제 물러갔음을 깨달았다. 인간들은 아직 이 거리에서 살고 있으며, 내 기억 속에 자리 잡은 거대한 죽음의 도시는 생동감과 아름다움을 되찾을 것이다. 감정이 북받쳐 오르고 눈물이 흐를 것 같았다.

고통은 지나갔다. 이미 치유의 과정은 시작되었다. 생존자들은 지도자도 없이, 법도 없이, 마치 셰퍼트를 잃은 양떼처럼 온 나라로 흩어졌고 수천 명의 사람들이 바다로 도망쳤다. 이제 그들이 돌아오기 시작할 것이며, 더욱 강해진 삶의 맥박은 텅 빈 거리와 광장에서 또다시 고동칠 것이다. 이제 파괴자의 손은 멈추었다. 지금 이 햇빛 찬란한 언덕에서, 쓸쓸한 잔해들과 검게 그을린 채 뼈대만 남은 집들이 음산하게 늘어서 있지만, 이제 곧 재건의 망치질과 흙손으로 도닥이는 소리가 울려 퍼지게 될 것이다. 나는 하늘을 향해 두 팔을 벌리고 하느님께 감사를 드렸다.

나는 생각했다.

'1년 안에. 1년만 지나면……'

이제 영원히 사라질 줄 알았던 내 자신과 아내에 대한 생각이, 그리고 희망과 편리함으로 가득 찬 지난 세월들이 휘몰아치듯 몰려들었다.

펴허

 그리고 이제, 나는 지금까지의 이야기 중 가장 이해할 수 없는 일을 경험했다. 어쩌면 당연한 일일 수도 있다. 나는 프림로즈 언덕 꼭대기에 서서 하느님에게 감사를 드리며 울었던 때까지 내가 해 온 모든 행동을 선명하고 명확하며 생생하게 기억하고 있다. 그런데 그런 다음 나는 기억을 잃어버렸다.
 그 후 사흘 동안 무슨 일이 벌어졌는지 전혀 기억할 수 없었다. 화성인들이 모두 죽었다는 사실을 알게 된 건 내가 처음이 아니었다. 나처럼 돌아다니던 상당수의 사람들이 전날 그 사실을 이미 알았다. 내가 간이 마차 대합실에 있을 때, 제일 먼저 한 남자가 세인트 마틴 르 그랜드로 가서 갖은 수단을 동원하여 파리로 전보를 쳤고 그 즐거운 소식은 온 세계로 퍼졌다. 끔찍스러운 불안으로 싸늘해진 수천 개의 도시에 갑자기 환한 즐거움이 넘쳐흘렀다. 내가 구덩이 가장자리에 서 있을 때, 더블린, 에든버러, 맨체스터와 버밍엄에 사는 사람들도 그 소식을 들었다.

사람들은 기쁨에 못 이겨 울음을 터뜨리며 소리를 질렀고 일손을 멈춘 채 악수를 나누었다. 열차는 재빨리 수리되었고, 심지어 가까운 크레위로 갔던 사람들은 런던으로 돌아오기도 했다. 지난 2주 동안 멈췄던 교회 종소리가 잉글랜드 전 지역에서 울려 퍼졌다. 자전거를 탄 사람들, 여윈 얼굴에 흐트러진 차림새를 한 사람들이 도로를 질주하며 예기치 않았던 승리에 환호성을 지르고, 절망에 빠진 사람들을 격려했다. 그리고 먹을 것도 왔다! 해협을 건너, 아일랜드 해(海)를 건너, 대서양을 건너, 옥수수와 빵, 고기가 우리를 위해 쏟아져 들어왔다. 세상에 있는 모든 선박들이 모두 런던을 향해 오는 것 같았다.

하지만 나는 이 모든 것을 기억하지 못한다. 나는 마치 실성한 사람처럼 떠돌아다녔다. 정신을 차려 보니 한 친절한 사람들의 집이었다. 그들은 사흘 정도 떠돌아다니던 나를 발견했는데, 내가 울면서 세인트 존스 우드 주변 길거리를 헤집고 다녔다고 했다. 그들은 내가 음정도 제대로 맞지 않는 목소리로 '마지막 인간이 살아남았다! 야호! 마지막 인간이 살아남았다!'라는 내용의 노래를 불렀다고 말했다. 나는 그 가족들에게 감사의 말을 전하고 싶지만 여기에서 그들의 이름을 언급하지는 않겠다. 그들은 자신들도 힘든 일을 겪었음에도, 나를 떠맡아 휴식처를 제공하며 자해하지 않도록 보호해 주었다. 그들은 내가 횡설수설 떠드는 말을 듣고 내가 겪은 일들 중 일부에 대해 알게 되었을 것이다.

내가 다시 이성을 되찾게 되었을 때 그들은 아주 조심스레 레더헤드가 처한 운명에 대해 알려주었다. 내가 폐허가 된 집 속에 갇힌 지 이틀째 되던 날, 화성인들의 공격에 의해 도시는 파괴되고 거기에 살던 사람들은 몰살되었다고 했다. 화성인들은 마치 그저 자신의 힘을 과시하고자 개미집을 부숴 버린 한 소년처럼 아무런 저항도 받지 않은 채 모든 것을 쓸어 버렸다.

나는 외로웠고, 그들은 내게 대단히 친절했다. 나는 외롭고 슬픈 사람이었고 그들은 괴팍하게 구는 나를 잘 참아 주었다. 나는 정신이 돌아온 후 나흘 동안 그들과 함께 지냈다. 그러는 동안 과거의 나날들을 그토록 행복하고 밝게 해 주었던 삶의 조각들을 내 눈으로 다시 한 번 보고 싶다는 마음이 점점 더 자라났다. 그것은 단지 절망에서 나온 갈망이었으며 내 비참함을 더해 줄 뿐이었다. 그들은 나를 말렸다. 내 병적인 소망을 돌리기 위해 최선을 다했다. 하지만 나는 그 충동을 더 이상 이기기 힘들었고, 그들에게 곧 돌아오겠다는 약속을 남기고서 나흘 동안 사귄 친구들과 눈물을 흘리며 작별을 한 뒤 다시 어둡고 낯선 텅 빈 거리로 나왔다.

거리는 이미 돌아온 사람들로 붐볐다. 이미 문을 연 상점도 있었고, 식수대에서는 물이 흘러나왔다.

음울한 마음으로 워킹에 있는 작은 집을 향해 돌아오던 그날, 마치 나를 놀려 대기라도 하듯 날씨는 화창했고 거리는 붐볐으며 주위는 생동감으로 가득했다. 그토록 많은 사람들이 해외로 도피했다는 사실과 수많은 사람들이 일을 하느라고 바쁜 모습을 보면서, 나는 그렇게 많은 사람들이 죽음을 당했다는 것이 믿어지지 않았다. 하지만 사람들의 얼굴은 누렇게 떠 있었다. 덥수룩한 머리와 크고 퀭한 눈동자에, 두 명 중 한 명은 아직도 누더기 차림이었다. 그들의 얼굴에 떠오른 표정은 둘 중 하나였다. 날아갈 듯한 환희와 에너지 아니면 음울하지만 강한 의지였다. 얼굴에 드러난 표정들만 제외하면, 런던은 부랑자들의 도시 같았다. 교회에서는 프랑스 정부가 구호품으로 보내 준 빵을 나누어 주었다. 몇몇 말의 뼈들이 음산하게 널려 있었고 수척한 얼굴의 특별 경관들이 하얀 배지를 달고 거리 모퉁이마다 서 있었다. 화성인들이 저질러 놓은 재해를 제대로 본 것은 웰링턴 거리에서였다. 거기에서 나는 워털루 다리의 버팀벽을 감고 올라가는 붉은 식물을 보았다.

다리 귀퉁이에서 나는 이 기괴한 시간들과 대조를 이루는 광경을 목격했다. 막대기에 꿰어 윗부분을 고정시킨 종이 한 장이 무성한 붉은 식물 사이에서 바람에 펄럭거렸다. 그것은 《데일리 메일(*Daily Mail*)》이 처음으로 다시 발간을 시작했음을 알리는 게시물이었다. 나는 주머니를 뒤져 시커먼 가루가 묻은 1실링짜리 동전을 꺼내 신문 한 장을 샀다. 대부분 빈 칸이었다. 혼자 남은 식자공이 뒷면에 기괴한 문양의 광고 입체 사진을 실으면서 자신의 마음을 달래기라도 한 듯, 그가 실은 그림은 다분히 감동적이었다. 신문사는 아직 완전히 제 기능을 발휘하지 못했다. 화성인의 전투 로봇들이 혁혁한 성과를 거두었던 지난 주의 사건 이외에 새로운 내용은 실려 있지 않았다. 그 신문에는 내가 그 당시 믿지 못했던 '날아다니는 기계의 비밀'이 발견되었다고 확신하는 기사가 실려 있었다.

나는 워털루에서 사람들을 고향으로 보내 주는 무임 열차를 발견했다. 첫 번째로 몰려든 사람들은 이미 떠났다. 그 다음 열차에는 사람도 별로 없었고 나는 사람들과 잡담을 나눌 기분도 아니었다. 열차 한쪽에 자리 잡고 팔짱을 낀 채 앉아 차창 밖을 바라보니 햇살을 가득 받은 파괴의 흔적들이 획획 지나갔다. 종착역 근처에서 열차는 임시로 수리한 철로 위에서 덜컹거렸고 철로 양 옆에 늘어선 집들은 부서지고 검게 변해 있었다. 챕햄 환승역에서 보니, 런던은 지난 이틀 동안 천둥번개를 동반한 비가 내렸음에도 불구하고 검은 독가스에서 나온 가루를 뒤집어쓴 험상궂은 모습이었다. 챕햄 역에서부터 선로는 다시 엉망이었다. 일자리를 잃은 수백 명의 상점 점원들과 조수들이 직업 인부들 사이에서 일

폐허 **283**

을 하고 있었고, 우리는 다급히 이어 놓은 선로 위를 덜컹대며 나아갔다.

그 곳에서부터 열차를 타고 오는 내내 주변의 모습은 황량하고 낯설었다. 윔블던이 특히 피해가 심했다. 열차 노선을 따라오면서 본 곳들 중에서, 월턴은 불타지 않은 소나무 숲 덕분에 제일 상처가 가벼운 지역으로 꼽혔다. 완들, 몰과 작은 시내들은 모두 붉은 식물로 덮여 있어서 마치 푸줏간 고기들 사이에 절인 양상추가 끼어 있는 것 같은 모습이었다. 서리 소나무 숲들은 물이 부족해서 붉은 식물이 번식하지 못한 것 같았다. 윔블던 너머, 시야에 철로가 들어오는 범위 내에 자리한 어느 묘목 밭에는 여섯 번째 원통 우주선이 착륙할 때 생긴 흙 더미가 보였다. 한 무리의 사람들이 그 주변에 서 있었고 몇몇 공병들이 그 한가운데에서 작업을 하는 중이었다. 그 위로 영국 국기가 신선한 아침 바람에 힘차게 휘날리고 있었다. 묘목 밭도 붉은 식물 때문에 온통 선홍색이었고, 그림자가 드리워져 보라색으로 보이는 곳도 꽤 넓었다. 바라보다 보니 눈이 아플 지경이었다. 불에 그슬린 잿빛과 음침한 붉은색을 보다가 청록색의 동쪽 언덕들로 시선을 돌리자 눈이 편안해지는 것을 느낄 수 있었다.

워킹 역에서 런던 쪽으로 가는 철로는 아직 수리 중이어서 나는 바이플리트 역에서 내려 메이버리로 가는 도로를 택했다. 포병과 내가 경비병과 이야기를 나누었던 장소를 지나, 폭풍우가 몰아치던 날 화성인들을 보았던 지점을 지나갔다. 여기에서 호기심이 일어난 나는 발길을 옆으로 돌려 무성한 붉은 식물을 헤치고 들어가 뒤틀리고 부서진 손수레와 말의 하얀 뼈가 널려 있는 곳을 찾아냈다. 나는 그 흔적들을 멍하니 바라보았다.

그런 다음 나는 붉은 식물들이 목까지 올라오는 소나무 숲을 헤치고 '얼룩배기 개' 여관 주인의 시체를 찾으려고 하다가, 누군가가 이미 그

의 시체를 묻어 놓은 것을 보고는 암스 칼리지를 지나 집으로 향했다. 열려 있는 작은 시골 별장 문 앞에 한 남자가 서 있다가 지나가는 나를 보고 인사를 했다.

나는 집을 보았다. 획 스쳐 가던 희망은 이내 사라졌다. 누군가 강제로 문을 연 흔적이 보였다.

빗장은 물론, 내가 다가갔을 때 문은 이미 열려 있었다.

흔들거리던 문이 꽝 닫혔다. 내가 포병과 함께 동이 터 오는 것을 보았던 서재의 열려진 창문에서 커튼이 너풀거렸다. 그 이후 아무도 창문을 닫지 않았다. 뭉개진 덤불은 내가 4주 전 떠나 올 때 그대로였다. 거실로 달려 들어갔지만 아무도 없는 게 분명했다. 계단에 깔린 카펫 일부분은 색이 변하고 쭈글거렸다. 바로 재난의 밤에 몰아치던 폭풍우에 흠뻑 젖은 내가 웅크리고 앉아 있던 곳이었다. 계단을 따라 올라가는 흙 묻은 발자국들이 아직 그대로 남아 있었다.

나는 발자국을 따라 서재로 향했다. 여전히 그 자리에 놓여 있는 내 책상 위에는 투명한 석고 문진과 원통 우주선이 열리던 그날 오후 남겨 놓고 나간 종이들이 놓여 있었다. 나는 한참 동안 서서, 추상적인 주제에 대한 나의 반박들을 적어 놓은 채 내팽개쳐 둔 논문을 훑어보았다. 그것은 문명의 진보와 함께 도덕성도 발전할 가능성이 있는지에 대한 논문이었다. 그리고 마지막 부분은 마치 예언을 하는 듯한 문장으로 시작했다.

"우리가 예상하는 바에 의하면 약 200년 안에……."

문장은 거기서 뚝 끊겨 있었다. 나는 그날 아침에 아무것도 손에 잡히지 않았던 것이 기억났다. 불과 한 달 전의 일이었다. 또한 내가 신문팔이 소년에게서 《데일리 크로니클》을 사기 위해 얼마나 부리나케 달려 나갔는지, 그리고 그 소년이 올 때 내가 어떻게 정원의 문으로 가서 그가 말해 준 화성에서 온 우주인들에 대한 이상한 이야기를 들었는지도 똑똑히 생각났다.

나는 아래층으로 내려와서 식당으로 들어갔다. 양고기와 빵은 완전히 썩은 상태였다. 포병과 내가 남겨 놓은 맥주병도 뒤집어진 채 그대로였다. 텅 빈 집에 적막이 흘렀다. 나는 오랫동안 소중히 간직해 온 희미한 희망이 사라지는 것을 느낄 수 있었다. 다음 순간, 이상한 일이 일어났다.

누군가의 목소리가 들려왔다.
"아무 소용없어요. 이 집은 버려진 겁니다. 지난 10여 일 동안 아무도 오지 않았어요. 여기에서 지내면서 자신을 학대하지 말아요. 당신 외에는 살아남은 사람이 없다구요."
나는 화들짝 놀랐다. 내 생각이 소리가 되어서 울린 것일까? 나는 몸을 돌려 뒤쪽으로 열린 프랑스 양식 창문을 보았다. 나는 한 발자국 다가가 밖을 내다보았다.

그리고 거기, 놀랍고 두렵게도, 내 사촌과 아내가 서 있었다. 물론 내가 거기 서 있는 것도 똑같이 신기하고 두려운 일일 것이다. 아내의 입에서 외침이 터져 나왔다.

"내가 왔어요. 난 알고 있었어요, 알고 있었다구요······."

아내는 자신의 목을 손으로 감싸며 울먹였다. 나는 한달음에 계단을 달려 내려가 그녀를 품에 꼭 껴안았다.

에필로그

이제 이야기를 마무리 지으면서, 나는 아직도 결론이 나지 않은 수많은 논쟁들에 별로 도움을 줄 수 없는 내 자신이 유감스러울 뿐이다. 어떤 면으로 볼 때, 내 주장은 분명 비평을 불러일으킬 것이다. 내 지적 영역은 철학이다. 비교생리학에 관련된 나의 지식은 몇 권 안 되는 책에서 얻은 것이지만, 내가 본문에서 가정한 대로 화성인들이 그토록 빨리 사망하게 된 이유에 대해 제시한 커버 교수의 답변에 상당한 신빙성이 있다고 믿는다.

하여튼, 화성인들의 몸에서 찾을 수 있는 것은 우리 지구상에서 번식하는 박테리아뿐이었다. 죽은 사람들의 시체를 묻지 않은 채 무자비한 살육을 감행한 것을 보면 그들이 부패 과정에 대해 전혀 모르고 있었음을 짐작할 수 있다. 하지만 이는 추측일 뿐 증명된 결론은 아니다.

그토록 엄청난 효과를 유발한 검은 독가스를 합성하는 요소들이나 열 광선 발사 장치에 대한 것도 수수께끼로 남아 있다. 일링과 사우스켄싱턴 실험실에서 끔찍한 사고가 일어난 다음 과학자들은 그에 대해 더 이상 연구하려고 들지 않았다. 다만 스펙트럼의 녹색 층에서 밝은 띠 무늬 세 개를 형성하는 미지의 물질이 아르곤과 결합하여 혈액 안의 어떤 요소에 치명적인 효과를 낸 것이라는 사실만 알려졌을 뿐이었다. 하지만 증명되지 않은 추측들은 지금 이 책을 읽고 있는 일반적인 독자들에게 그리 흥미 있는 내용이 아닐 것이다. 세퍼튼에서 한 화성인이 쓰러진 이후 템스 강 아래로 떠내려간 고동색 물질에 대해서도 알려진 바가 없다.

개에게 뜯어 먹히고 남은 것을 갖고 실시한 화성인 해부 실험의 결과는 이미 밝힌 바 있다. 사람들은 모두 증류수에 담겨 자연사 박물관에 전시된, 멋지고 거의 완벽한 모습의 우주인에 익숙해져 갔고, 그것을 모델로 해서 셀 수 없이 많은 그림들이 그려졌다. 그 이상의 생리학과 구조에 관한 흥미는 순전히 과학자들의 몫으로 남아 있다.

좀 더 심각한, 그리고 전 세계적으로 관심이 되는 의문은 화성인들이 또다시 침공을 감행할 가능성이 있는가에 관한 것이다. 나는 이 문제에 충분한 관심이 쏟아지지 않고 있다고 생각한다. 나를 비롯한 일부 사람들은 현재 합의 위치에 있는 화성이 충의 위치로 갈 때마다 그들이 모험을 다시 감행할 것이라고 예상하고 있다. 어떠한 경우에든, 우리는 준비를 해야만 한다. 나는 화성 표면에서 우주 발사대의 위치를 확인하고 그 부분을 계속 관찰하면서 다음 번 공격이 언제쯤 이루어질지 예견하는 것은 가능하다고 생각한다.

그럴 경우 다이너마이트나 대포를 이용해서 열기가 식기를 기다리고 있는 우주선 자체를 파괴하거나, 화성인들이 뚜껑을 열고 나오자마자 대포로 쏘아 죽일 수 있다. 나는 처음 출현한 화성인들이 실패하는 바람에 그들이 유리한 고지를 많이 잃었다고 생각한다. 화성인들 역시 그 사실을 알고 있을 것이다.

레싱 교수는 화성인들이 마침내 금성에 성공적으로 착륙했다는 사실을 뒷받침해 주는 멋진 논리를 전개했다. 지금으로부터 7개월 전, 금성과 화성은 태양과 일직선상에 놓여 있었다. 다시 말하자면 화성은 금성의 관측자의 관점으로 볼 때 충의 위치에 놓인 것이다. 그 뒤 뭔가 번쩍이고 구불거리는 이상한 흔적이 그 혹성의 어두운 반쪽에서 나타났고, 거의 동시에 그와 비슷한 구불거리는 희미한 자국이 화성의 표면 사진에서 포착되었다. 두 가지 사진을 동시에 놓고 비교하면 그것들이 얼마나 비슷했는지 제대로 판단할 수 있을 것이다.

어쨌든, 우리가 또 다른 침공을 예상하든 안 하든, 미래를 보는 인간들의 관점은 이번 사건으로 인해 많이 수정될 것이다. 우리는 이제 지구가 우리 인류만을 위한 안전하고 영속적인, 보호받을 수 있는 곳이 아니라는 사실을 알게 되었다. 우리는 갑자기 우주에서 나타날 수 있는 보이지 않는 선한, 혹은 악한 존재에 대해서 결코 예측할 수 없다. 우주라는 광대한 구조 속에 살아가는 우리에게, 화성인의 침공이 궁극적으로 어떤 혜택을 준 것도 사실이다. 미래에 대한 강한 믿음을 잃게 만들었다는 것이 가장 커다란 결실일 것이다. 이 결실이 인간의 과학에 가져다 준 선물은 실로 어마어마하며, 이것은 공공 복리에 대한 개념도 더욱 증진시켜 주었다. 한없이 펼쳐진 우주를 가로질러, 화성인들은 그 개척자들의 운명을 지켜보고 깨달은 바가 있을 것이며, 그것을 기반으로 금성에서 안전한 정착지를 찾고 있을 것이다. 그렇다고 해도, 아직 몇 년 동안은 화성에 대한 세심한 관측을 조금도 늦추지 말아야 한다. 쏘아 올린 발사체나 유성은 인류의 자손에게 피할 수 없는 불안감을 가져다 줄 것이다.

사물을 보는 인간의 시야가 넓어졌다는 것도 결코 과장된 표현이 아닐 것이다. 우주선이 오기 전까지, 우리가 사는 작고 아름다운 혹성을 제외하고는 이 광활한 우주 속에 어떤 생명체도 존재하지 않는다는 인식이 널리 퍼져 있었다. 그런데 이제 우리는 더 멀리 내다보게 되었다. 만약 화성인들이 금성에 도달할 수 있었다면 인간이 그 일을 해내지 못할 이유가 없다. 그리고 언젠가 태양이 서서히 식어 들어가 지구에서 살 수 없는 날이 결국 오게 되면, 그 때 이 곳에서 시작한 생명의 끈은 우주로 뻗어 나가, 가능한 범위 안에 있는 자매 혹성으로 이주하게 될 것이다.

나는 머릿속으로 희미하지만 멋진 상상을 한다. 이 곳 태양계의 작은 온상에서 태어난 생명의 싹들이 무수한 별이 떠 있는 부동의 광활한 우주로 천천히 퍼져 나가는 모습을 그려 보곤 한다. 하지만 그것은 아주 요원한 꿈이다. 다른 한편으로는, 화성인들의 파괴 행위가 일시적으로 유예된 것인지도 모른다. 아마도 그들에게 이는 운명으로 정해진 미래일 테니 말이다.

나는 그 당시의 긴장감과 위험으로 생긴 의심과 불안의 감정을 마음 속에서 영원히 지울 수 없다는 사실도 솔직히 고백해야겠다. 램프를 켜 놓고 서재에 앉아 글을 쓰면서, 갑자기 불길이 널름거리는 계곡이 보이고, 이 집과 내 주변에 아무것도 없는 것 같은 적막감을 느낀다. 나는 바이플리트 거리로 달려가고 마차들이 내 옆을 지나간다. 수레에 탄 푸줏간 점원, 마차에 탄 관광객들, 자전거를 탄 사람, 학교 가는 아이들······ 그러다 갑자기 그들의 모습은 현실이 아닌 것처럼 희미해지고 나는 다시 그 때의 포병과 함께 주변에 내려앉은 뜨거운 침묵을 헤치며 가고 있다. 밤이 되면, 나는 검은 가루로 덮인 침묵의 거리와 뒤틀린 채 누운 시체들을 본다. 그들은 개에게 뜯어 먹힌 채 일어나 내게 다가온다. 그들은 횡설수설 지껄이고, 점점 더 격렬하고 창백하고 추해져서, 결국에는 인

간이 보여 줄 수 있는 한 가장 왜곡된 모습으로 변한다. 그리고 나는 식은땀을 흘리며 한밤중에 깨어나곤 한다.

  나는 런던으로 갔고 플리트 거리와 스트랜드 거리에서 바쁘게 움직이

에필로그 293

는 사람들을 보았다. 그리고 그들이 내가 보았던 침묵의 거리들을 이리저리 떠돌아다니는 한낱 과거의 유령들일지 모른다는 생각을 문득 해 보았다. 죽은 도시의 환상처럼, 잠깐 되살아난 육체 속에서 생명을 조롱하고 있는 것 같았다. 나는 이 마지막 장을 쓰기 바로 전날, 푸르스름한 연기와 안개 사이로 저 멀리 희미하게 펼쳐진 지평선과 하늘이 맞닿은 곳까지 뻗어 있는 수많은 집들을 보기 위해, 언덕 위 꽃밭 사이를 거니는 사람들을 보기 위해, 아직도 거기에 서 있는 화성인들의 전투 로봇을 구경하러 온 사람들을 보기 위해, 아이들이 뛰어노는 소리를 듣기 위해, 위대한 마지막 날의 여명 아래 보았던 맑고 깨끗한 하늘과 고요함을 회상하기 위해, 프림로즈 언덕에 다시 서 있었다. 이상한 기분이 들었다.

그리고 가장 신기한 것은 내 아내의 손을 다시 잡고 있는 것, 그리고 나는 그녀가 죽었다고 여기고, 그녀는 내가 죽었다고 생각했다는 사실이었다.

〈끝〉

현대 과학 소설의 정전(canon)
웰스의 『우주 전쟁』

조성면(문학평론가)

1. '사건'으로서의 『우주 전쟁』

충격과 공포!

당신은 이 말에서 무엇이 떠오르는가. 2003년 3월 21일 현지 시간 오전 5시 35분 이라크 공습 시에 사용된 미군의 작전명? 토마호크, 벙커버스터, 스텔스 등 가공할 온갖 최첨단 무기들이 동원된 이 끔찍하고 불행한 사태 역시 그 자체가 두말이 필요 없는 충격과 공포임에 틀림없다. 그런데 더러운 이 현실의 전쟁과는 달리 오직 압도적 상상력과 이야기 솜씨 하나로 세계의 독자들을 '충격과 공포' 속으로 몰아넣은 소설이 있으니 그것이 바로 허버트 조지 웰스(Herbert George Wells)의 『우주 전쟁(The War of the Worlds)』(1898)이다.

H. G. 웰스! 그 이름은 곧 현대 과학소설의 동의어라 할 수 있다. 미지의 가능성으로 존재했던 과학소설이 그의 손길을 거치면서 비로소 하나

의 독자적인 장르로 확고하게 자리를 잡게 되었기 때문이다.『타임머신』(1895),『닥터 머로의 섬』(1896),『투명인간』(1897),『우주 전쟁』(1898),『달에 간 최초의 인간』(1901) 등은 현대 과학소설의 정전(canon, 正典)들이며, 특히 이들 가운데서도『우주 전쟁』은 가히 정전 중의 정전이라 할 수 있다.

동시대의 물리학적 통념과 상식을 혼란에 빠뜨려 버린『타임머신』을 시작으로, 오늘날의 유전공학 시대의 도래를 미리 예견이라도 한 듯한『닥터 머로의 섬』, 그리고 소설의 지평을 우주로 넓힌『우주 전쟁』에 이르기까지 한마디로 그의 모든 작품은 장르문학의 이정표이며 기념비라 할 수 있다. 그의 작품이 없었다면, 인류의 과학소설의 발전은 적어도 한 세기 이상 지체되었을지도 모른다.

결론적으로 웰스의『우주 전쟁』은 과학소설사에 한 획을 그은 충격과 공포 그 자체라 할 수 있다.

2. 웰스는 누구인가 · 삶과 문학과 사상

현대 과학소설의 설립자(founder) 웰스는 1866년 9월 21일 잉글랜드 남동부의 켄트(Kent) 브롬리(Bromley)에서 태어났다. 그의 집안은 전형적인 하층계급으로 크리켓 실력이 출중했던 아버지 조셉은 도자기와 스포츠 용품을 파는 상점의 점원이었으며, 어머니 사라는 시간제 가정부였다. 이와 같이 어려웠던 성장환경이 훗날, 그로 하여금 의회 민주주의를 꿈꾸는 이상주의적 사회주의자들의 모임인 페이비언 협회(Fabian Society)에 가담하게 한 원인(遠因)으로 작용하였을 것이다.

청년 시절의 웰스

　페이비언 협회는 1884년 유명한 극작가 버나드 쇼(Bernard Shaw)와 그의 부인 시드니 웹(Sidney Webb) 등이 주도해서 만든 단체로 의회 등을 통해서 점진적인 방식으로 사회의 개혁과 변혁을 지향하던 온건한 사회주의 운동가들의 모임이었다. 이 모임의 성격과 지향은 카르타고의 명장인 하니발(Hannibal) 군(軍)을 지구전을 통해서 격퇴한 로마의 장군 파비우스(Fabius)에서 파생된 단어인 '점진적인(fabian)'이라는 명칭을 채택하고 있는 데서 충분히 짐작할 수 있을 것이다. 아무튼 어린 시절의 성장환경과 과학소설 자체가 지닌 강렬한 이상주의, 말하자면 과학을 통한 이상사회의 실현을 꿈꾸는 과학소설의 유토피아적 전망이나 모두가 평등하고 행복하게 살아가는 사회를 만들어보자는 사회주의 이념이 저 심층에서 서로 합치될 수 있음을 고려해볼 때 과학소설가 웰스의 페이비언 협회의 가입은 대단히 자연스러운 일이라 할 수 있을 것이다. 새로운 세계질서와 가치를 모색하는 그의 이 같은 신념과 유토피아적 지향은 『예견(*Anticipation*)』(1902), 『신과도 같은 인간(*Men Like*

Gods)』(1923), 『다가올 미래의 모습(*The Shape of Things to Come*)』 (1933) 등의 저작물들에 잘 반영되어 있다.

그야 어찌됐건 이것은 한참 후의 일이고, 성장기 웰스의 삶은 어떠하였을까? 삼 형제 중 막내였던 그는 손위 형들과는 달리 그렇게 활동적인 성격은 아니어서 밖에서 뛰어 노는 것보다는 그림 그리고 책 읽는 것을 좋아했다고 한다. 어려운 집안 형편 때문에 13세부터 포목상에서 일을 배우며 남 몰래 학업에 대한 열정을 키우던 웰스는 결국 장학생으로 선발되어 미드 허스트 문법학교에 입학하게 되고 1884년에는 런던 대학의 전신인 왕립 과학학교(Normal School of Science)에 입학, 삶의 일대 전기를 맞게 된다. 그곳에서 웰스는 뛰어난 생물학자였던 헉슬리(T. H. Huxley)에게서 진화론과 생태학 등을 배웠으며 이것이 후일 그의 과학소설의 중요한 원천이자 자산이 되었다. '헉슬리'라는 흔치 않은 이름에서 떠오르는 바와 같이 웰스의 대학시절의 은사 T. H. 헉슬리는 바로 저 유명한 『멋진 신세계(*Brave New World*)』(1932)의 작가 올더스 헉슬리(Aldous Huxley, 1894~1963)의 친할아버지이다.

1890년 대학을 졸업한 뒤 웰스는 홀트 아카데미에서 과학 선생과 축구 코치를 겸하며 재직하고 있었다. 이때 축구 연습경기 도중 그에게 앙심을 품었던 학생에게 복부(신장 부분)를 크게 걷어차이는 불의의 부상을 당하게 된다. 각혈과 고열 등에 시달리던 그는 결국 어머니 사라가 가정부로 일하는 업 파크의 한 대저택에서 요양을 하게 된다. 이곳에 머물면서 그는 쇠약해진 몸을 추스르며 업 파크의 저택에 소장된 수많은 책들을 읽어내는데, 오히려 이때가 웰스에게는 작가로서의 역량을 더욱 강화하는 온축(蘊蓄)의 시간이 되었다. 이후 그는 각종의 저널에 에세이와 비평을 기고하는 한편, 1891년 10월에는 첫 번째 아내인 사촌 이사벨

결혼식을 올리게 된다. 어느 정도 생활이 안정되자 이때부터 웰스는 작가로서 자신의 재능이 유감없이 발휘하게 되거니와, 『타임머신』, 『닥터 머로의 섬』, 『투명인간』 걸출한 문제작들을 발표하기 시작하였다. 이 일련의 작품을 통해서 웰스는 대중적인 인기와 경제적인 안정을 얻게 되고, 그 여세를 몰아 1897년 4월부터 주간지 《피어슨 매거진》에 『우주 전쟁』을 연재하기 시작했다. 1898년 소설이 단행본으로 출간되자 영국은 말할 것도 없었고, 신흥 제국 미국에서도 『우주 전쟁』에 대한 열풍은 가히 '폭발적'이라 할 만큼 엄청났다.

　『우주 전쟁』이 이렇게 삽시간에 인기를 끌게 된 것은 갈수록 험악해져 가는 유럽의 정치적 상황, 점차 높아지는 전쟁 가능성과 그로 인한 불안

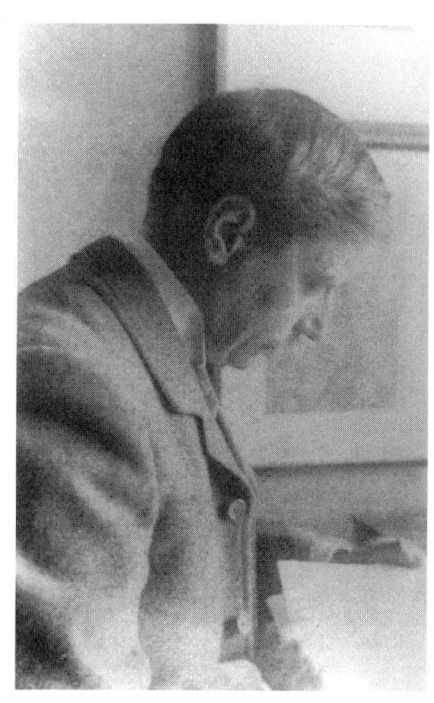

소설을 집필중인 웰스

정한 사회문화적 풍토 그리고 인간에게 내재된 낯선 존재와 미지의 우주에 대한 근원적인 공포 때문이었다. 덧붙여 이 시기는 화성에 생명체가 살고 있으며 운하를 건설한 흔적이 있다고 주장하여 한때 천문학계에 일대 파문을 일으킨 퍼시발 로웰(Percival Lowell, 1855~1916)의 『화성』(1895)이 발표되어 화성에 대한 대중들의 관심이 한참 고조되어 있었던 상황이기도 했다.

이런 독특한 주장으로 세인들의 관심을 끈 로웰은 우리나라와 깊은 인연이 있는 인물로 구한말 주한미공사의 자격으로 한동안 한국에 체류했던 적이 있었으며 외교관 시절의 경험을 되살려 우리에게 매우 익숙

『우주 전쟁』을 처음 구상한 웰스의 필기와 그림

한 말이기도 한 『조용한 아침의 나라(Choson, The Land of the Morning Calm)』(1886)란 동명의 저서를 저술한 바 있는 인물이다.

1903년 『우주 전쟁』으로 엄청난 성공을 거두고 건강이 좋아지자 웰스는 페이비언 협회에 가입하여 활동을 시작했고, 1906년에는 미국여행을 다녀오기도 하였다. 이와 같이 1900년 이후의 웰스는 진보적인 사회사상가로서의 삶을 살았다고 해야 할 만큼 정력적으로 활동하였다. 예를 들어 1차 세계대전이 마지막 고비에 접어든 1918년에는 독일에 대항하는 선전전에 가담하였고, 1920년에는 소비에트 연방(소련)을 방문하여 레닌과 면담하기도 했으며, 이듬해인 1921년에는 워싱턴 회담에 참여하기도 하였다. 이처럼 사회사상가로서의 면모는 1946년 8월 23일 세상을 떠나기 직전까지 일관되게 이어졌는바, 일종의 이야기 역사로 태초의 역사에서 1940년의 유럽 현대사까지를 아우르는 『세계사 대계』(1920년, 이 책은 1964년 지명관이 『세계문화소사(小史)』란 이름으로 번역, 을유 문화사에서 출판된 적이 있다)와 세계정부의 수립을 주장하는 등 독특한 정치철학을 담은 『인류의 일과 부와 행복(The Work, Wealth, and happiness of Mankind)』(1931) 그리고 전쟁을 인류에게 닥친 파멸적 재앙이라며 격렬하게 비판한 『막바지에 선 인간정신(Mind at the End of Its Tether)』(1945) 등의 저서에 잘 드러나 있다.

그리고 웰스의 이 같은 삶의 궤적과 대체적인 모습은 그 스스로 자신의 일대기를 정리하여 1934년에 발표한 『자서전(Experiment in Autobiography)』에 잘 설명되어 있다.

3. 『우주 전쟁』은 어떤 소설인가 · 이야기의 현재성과 주요 에피소드들

세기말의 서구인들에게 충격과 공포와 독서의 즐거움을 선사해준 『우주 전쟁』은 총 2부 27장으로 구성된 작품이다. 장편소설로 보기에는 조금 짧은 감이 있고, 중편소설로 분류하기에는 제법 두툼하다. 작품명은 내용이나 원제목을 고려해 볼 때 '행성들 간의 전쟁(The War of the Worlds)'이라고 번역하는 것이 더 정확한 것인지도 모른다. 왜냐하면 『우주 전쟁』은 지구인과 화성인 간의, 곧 두 행성인들 간의 전쟁을 그리고 있는 작품이기 때문이다.

앞장에서 필자는 '사건'이라는 표현을 쓴 적이 있거니와, 실제로 『우주 전쟁』은 엄청난 사태와 파문을 일으켰다. 그리고 이 같은 소동은 공교롭게도 웰스(Wells)와 철자가 하나만 다른, 영화 「시민 케인」의 감독 오손 웰스(Orson Welles)의 작품이라고 해도 과언이 아니다. 사건의 전말은 대략 이렇다.

1938년 10월 30일 일요일 저녁 7시 58분. CBS 라디오 프로그램 「더 머큐리 시어터 온 디 에어(The Mercury Theatre on the Air)」의 기획과 연출을 맡은 영화감독 웰스는 기발한 착상과 아이디어 그리고 모종의 정치적 의도(?)를 가지고 소설 『우주 전쟁』을 실제 현실과 흡사한 전쟁 상황으로 각색하여 뉴저지 주 일대를 대공황의 상태로 몰고 갔다. 방송을 내보내기 전 웰스는 이것이 실제의 사실이 아니라 드라마라는 사실을 누차 강조하고 암시했다. 그러나 정작 드라마를 방송할 때는 뉴스 형식을 동원하고 실제의 사람들의 반응을 삽입하여 마치 '화성인들에 의한 습격' 내지 그에 준하는 전쟁 상황이 실제로 일어난 일인 것처럼 위장

웰스와 그의 아내

하여 라디오를 듣던 수많은 사람들이 대피하는 일대 소동이 일어나고 만 것이었다. 가짜 현실이 진짜 현실을 대체하고 압도하는, 이른바 '시뮬라시옹'의 사태가 발발한 것이다. 그리고 불행하게도(?) 웰스가 감독한 '우주 전쟁 사태'는 여기서 끝나지 않았다.

1944년 11월 12일 칠레 산티아고의 라디오 방송국에서 웰스의 연출기법을 모방하고 『우주 전쟁』을 새롭게 각색하여 「화성으로부터의 침공」을 방송하자, 칠레 당국은 화성인들을 격퇴시키기 위해서 군대를 출동시키기도 했고 일부 시민들이 거리로 뛰쳐나와 바리케이트를 치는 등

한동안 청취자들을 심리적인 공황상태에 빠뜨리기도 했다.

그러나 4년이 지난 1949년 2월 12일 에콰도르의 수도 키토에서 벌어진 사태에 비하면 이것은 애교에 불과했다. 키토의 한 라디오 방송국은 「더 머큐리 시어터 온 디 에어」에서 그랬듯이 드라마를 뉴스 속보 형식으로 제작했다. 화성인들이 도시는 물론 공군기지마저 완전히 파괴시켰으며 수많은 사람들이 죽거나 부상당했다는 내용의 멘트를 속보 형식으로 내보낸 다음, 장관 역을 맡은 배우가 시민들에게 침착할 것을 주문하면서 동시에 방어를 위해 최선을 다하겠노라는 담화를 발표하게 했다. 여기에 한 술 더 떠서 시장 역을 맡은 배우는 여성과 아이들은 산으로 대피하고 남성들은 도시를 방어할 수 있도록 전투 준비를 해달라고 호소했고, 이어서 사제 역할을 맡은 배우는 교회의 종소리가 울려 퍼지는 가운데 신의 자비를 간절하게 기원하기도 했다. 연기와 연출이 너무 뛰어났기 때문이었을까? 이 실감나는 드라마를 청취하고 있던 수천 명의 키토 주민들이 공포에 질려 거리로 뛰쳐나왔다. 아마도 페루나 소련으로부터 공격을 받고 있는 것이라 짐작하며 군중들은 점차 집단적 공황 상태로 빠져 들어갔다. 상황이 예상보다 훨씬 더 심각하게 돌아가자 크게 당황한 방송국 관계자들은 이것은 드라마일 뿐이며 실제 현실이 아니라는 사실을 '고백'했고, 이에 격분한 군중들은 순식간에 폭도로 돌변하여 방송국으로 몰려들었다. 공포에 질린 방송국 직원들과 치안 당국에서는 폭도들을 막기 위해 경찰과 군대의 도움을 간절하게 요청했으나 불행하게도 이들 병력의 거의 대부분은 화성인들의 공격으로부터 '조국과 지구'를 수호하기 위해서 이미 출동해 버린 뒤였다. 이렇게 상황이 급박해지자 일간신문 《엘 코메르시오》을 비롯한 키토 방송국의 직원들의 대부분이 달아났고, 미처 피신하지 못한 채 3층에 갇혀 있던 십수 명의 직원들은 군중들의 방화로 인해 수많은 사람들이 다치고 추락 사고를 당하고 말았다. 좀더 극적이고 실감나는 드라마를 만들려고 했던 드라마 제작자들의 계획과 달리 이 소동은 사망 20명에 수십 명의 부상이라는 끔찍한 결과를 초래하고 말았다. 이후에도 1968년 10월 30일 뉴욕주에서, 1974년 로드아일랜드에서는 할로윈 데이에 맞춰『우주 전쟁』을 방송으로 내보냈다. 그때마다 여전히 청취자들은 놀란 가슴을 쓸어내려야 했지만, 다행히 에콰도르에서 벌어졌던 것과 같은 끔찍한 사태로까지 발전하지 않았다.

주지하다시피『우주 전쟁』은 화성인의 지구 침공으로 인한 대규모의 살상과 전투 그리고 박테리아에 의해 화성인들이 모두 전멸할 때까지 주인공이자 작가인 '내'가 겪었던 20일 동안의 끔찍한 경험을 그리고 있는 작품이다. 전형적인 '목격자로서의 나' 시점(point of view)으로 마치 한 편의 다큐멘터리처럼 주인공인 화자가 자신이 경험하고 목격한 바를 그대로 전달하는 형식을 띠고 있는 이 기념비적 소설의 대체적인 줄거리는 다음과 같다.

지구를 중심으로 태양과 화성이 서로 반대편에 위치하게 되는 충(衝, opposition) 상태에 놓인 어느 날 화성에서 거대한 폭발이 일어난다. 이것은 캘리포니아의 천문대와 천문학자들에 의해 관측되고 몇몇 저널에서는 이를 대수롭지 않게 보도한다. 그 어느 누구도 전혀 알아차리지 못한 상황에서 유성으로 보이는 듯한 물체가 계속해서 화성으로부터 지구로 날아든다. 이를 유성으로 착각한 구경꾼들이 호셀의 들판으로 모여들었다. 그런데 상황이 갑자기 돌변하여 군중들이 화성인들로부터 불의의 공격을 당하고, 사건은 걷잡을 수 없이 확산된다. 화성인들의 무자비한 공격에 수많은 사람들이 한 줌의 재로 쓰러져가고 도시가 파괴되자

1897년 4월 잡지에 처음 소개된 『우주 전쟁』

영국정부는 막강한 화력으로 중무장한 포병 부대를 동원하여 방어에 나서지만, 화성인들의 압도적인 화력을 막아내지 못하고 결국 런던을 포함한 일대의 도시들이 무참하게 파괴되는 지경에 이르게 된다. 나 역시 아내와 함께 피난민들과 섞여 피신하던 중에 부대를 잃고 방황하는 포병 부대원을 만나기도 하고, 분별력 없는 겁쟁이 목사와 함께 보름이 넘도록 폐허 속에 갇혀 있다 가까스로 생환하여 포병과 다시 재회하는 등 이루 말할 수 없는 고초를 겪게 된다. 화성인들이 세계를 완벽하게 장악했으며 상황은 너무 절망적이었다. 그런 와중에 "울라, 울라"하는 비명을 남기며 외계의 침입자들이 하나 둘씩 쓰러져 간다. 상상을 초월하는 최첨단 과학문명을 자랑하던 화성인들이 박테리아에 대한 면역력의 결핍으로 모두 전멸해버리고 만 것이다. 영국정부는 자신의 힘이 아닌 미생물의 도움으로 가까스로 위기에서 벗어났으나 현실은 참혹했다. 헤어진 아내를 찾는 것조차 체념한 채 실의에 빠져 귀환한 나는 뜻밖에도 집에서 사촌동생과 함께 건강한 모습으로 돌아온 아내와 다시 감격적인 해후를 하게 된다. 그리고 이 모든 과정은 주로 '철학적인 주제를 써온' 나의 손으로 기술된다.

  소설·영화·만화·컴퓨터 게임 등 온갖 새로운 이야기들에 단련된 오늘날의 독자들에게 외계의 생명체로부터 공격을 받고 이들과 일대 격전을 치른다는 107년 전의 이 작품은 대단히 시시한 과거완료형의 이야기로 읽힐 수도 있다. 그러나 웰스가 보여준 저 탁월하고 압도적인 상상력은 일백년의 시공을 초월하여 오늘날의 작품에도 깊은 영향을 주는 영감의 원천으로 작용하고 있다. 뿐만 아니라 놀라운 묘사와 절묘한 플롯 등은 지금까지도 영화며 만화 등 각종의 장르로 형식만 바뀐 채 반복되는 원 소스 멀티 유즈(one source multi-use)의 전형적인 모습을 보여주고 있다. 이를 웰스의 탁월한 상상력의 한 사례로 꼽히는 화성인의 형상화에 대한 검토를 통해서 짚어보기로 하자.

커다란 검은 색 두 눈이 나를 빤히 바라보았다. 눈이 자리 잡은 커다란 덩어리는 그 생명체의 머리로서, 모양은 둥글었다. 아마도 얼굴이라 칭할 수 있을 것이다. 눈 아래에 입이 있었다. 입술 없는 입이 바르르 떨면서 숨을 헐떡였고 침을 질질 흘렸다. 동작은 굼뜨고 경련을 일으키는 듯 파르르 떨렸다. 곧은 촉수 모양의 손으로 원통의 가장자리를 꽉 잡았고 또 다른 촉수가 허공에서 흔들렸다. (중략) 사람들은 살아있는 화성인을 한번도 본 적이 없다. 따라서 이런 끔찍하고 이상한 모습은 상상조차 하지 못했을 것이다. 윗입술이 뾰족한 입은 기묘한 V자 형태인 데다 눈썹 뼈는 아예 없고 쐐기꼴 모양의 아랫입술 아래에 있음직한 턱도 없었다. 촉수들은 고르곤 같았고, 낯선 대기권 속에서 힘겹게 작동하는 허파로 인해 숨소리가 요란했다. 둔하고 고통스런 움직임은 아마도 지구의 엄청난 중력 때문일 것이다. 게다가 커다란 눈동자에서 나오는 특유의 강렬한 눈빛까지 합쳐져, 생생함, 강렬함, 냉혹함과 괴물 같다는 인상을 불러 일으켰다. 미끈거리는 밤색 피부에는 균사가 증식했고 천천히 꿈틀거리는 동작은 형언하기 힘든 불쾌감을 안겨주었다. 두려움과 공포가 나를 압도했다.(본문 「로켓 문이 열리다」중)

이처럼 그가 묘사한 화성인들의 모습은, 지금 보아도 대단히 독창적이고 독특하다. 그러나 웰스가 그려낸 화성인들의 형상을 우리의 현실 경험으로 환원해 보면, 이들의 모습은 흡사 광견병에 걸린 개, 히드라와 같은 강장동물, 그리고 신화 속의 괴물 고르곤 등 현실적으로 또는 허구적인 이야기 속에서 존재하는 몇 종의 생물체를 합성해 놓은 듯한 이미지를 보여주고 있다. 사실 비현실적이며 불가능한 일을 취급하고 있는 과학소설이나 판타지 같은 장르문학들에서조차 100% 완벽한 허구란 존재할 수 없다. 즉 어떤 형식으로든 여기에는 반드시 작가의 현실적인 경험(비록 그것이 그 원형이나 형체를 알아 볼 수 없을 정도로 왜곡되거나 변형 굴절되어 있다고 할지라도)이 개입될 수밖에 없는 것이다. 바로 이러한 점이 때로는 과학소설이나 판타지와 같은 장르문학들을 현실적인 맥락에서 살펴볼 수 있도록 해주는 유력한 근거가 되기도 한다. 그야 어찌됐든 웰스의 외계생명체에 대한 이 같은 묘사는 「프레데터(predator)」, 「E. T.」, 「에이리언」, 「스타쉽 트루퍼스」 등과 같은 현대 SF에 등장하는 외계인의 원형이 되며, 나아가 1953년 영화로 제작된 「우주 전쟁」을 비롯해서 1955년에 제작된 괴기영화 「퀴터매스 실험(Quatermass Experiment)」, 1977년에 만들어진 「제3 유형의 근접 조우(Close Encounter of the Third Kind)」 등에 커다란 영향을 주게 된다.

『우주 전쟁』의 영향은 모방과 반복에서 그치지 않는다. 요컨대 그것은 플롯이나 모티프 등 현대 과학소설은 물론 주요 장르문학들의 교과서로 생생하게 살아서 작동을 하고 있다. 간단한 예를 들어보기로 하자. '첫 장면에서부터 호기심을 자극하라, 먹구름과 쓰나마처럼 사건이 한꺼번에 몰려들게 하라, 주인공을 시험에 들게 하라, 클라이막스에서는 주인공이 중심적인 역할을 하게 만들어라, 시련이 클수록 독자(관객)의 카타르시스는 더욱 증폭된다, 독자(관객)들의 바람대로 작품을 반드시 해피엔딩으로 종결지어라' 등 현대 할리우드 영화는 물론 온갖 대중적인 서사물들에서 반복되는 주요 공식들이 바로 이미 『우주 전쟁』에서 활용됐던 공식들이 아닌가. 『우주 전쟁』을 과거완료형의 이야기가 아닌 진행형의 작품으로 보아야 한다는 것은 바로 이러한 점들 때문이며, 이런 이유에서 웰스의 소설은 여전히 강력한 현재적 의미를 갖게 되는 것이다.

4. 에필로그 · 『우주 전쟁』이 의미하는 것과 우리에게 남긴 것

부질없는 기우겠지만, 웰스의 『우주 전쟁』을 두 행성들 간에 벌어진 전쟁을 묘사하고 있는 단순한 과학소설 내지 미지의 존재와 광대무변한 우주에 대한 인간들의 근원적인 호기심과 공포에 호소하는 공포문학으로 읽어서는 곤란하다. 탁월한 이야기꾼으로서의 면모와 진보적 사상가로서의 면모를 동시에 보여준 웰스의 생애와 사상은 물론 작품에 내포된 정치의식 등을 고려해볼 때 이 같은 판단은 보다 확고부동의 사실이 된다. 요컨대 다음과 같이 심상치 않은 문장들은 단적인 예이다.

하지만 화성인들이 너무 잔악한 종족이라고 판단을 내리기 전에, 우리는 사라진 아메리카 들소나 도도새와 같은 동물뿐 아니라 지능이 열등한 인간 종족에게 자행한 우리들의 잔악하고 무자비한 파괴의 행동을 기억해야 한다. 태즈메이니아 사람들은 보통 인간들과 비슷하게 생겼음에도 불구하고 유럽 이민자들에 의해 50년 만에 절멸되었다. 만약 화성인들이 똑같은 생각으로 전쟁을 벌인다면, 우리가 그에 대해 불평을 늘어놓으며 자비의 전도사라도 되는 양 행동할 수 있을까? (본문 「전쟁전야」 중)

이미 아이작 아시모프(Issac Asimov, 1920~1992)가 지적한 바와 같이 사실 『우주 전쟁』은 세계의 곳곳을 침략하여 식민지로 거느리면서 철권을 휘두르던 잔혹한 제국주의 영국에 대한 비판이요, 심미적 공격이었다. 공격은 가해도 공격받을 일은 거의 없었던 제국의 심장부 런던을 쑥대밭으로 만들어 버리고, 해가 지지 않는 불패의 제국이 극도의 공포 속에서 무기력하게 무너져 내리는 장면을 웰스가 왜 그려냈다고 생각하

『우주 전쟁』이 연재되던 잡지

는가. 단순히 극적인 효과를 강화하고 독자들의 관심을 증폭시키기 위해서? 자신의 조국이 다른 나라에 그랬던 것처럼 화성인들에게 똑같은 공격받는 장면을 읽을 때 영국의 독자들은 어떤 심정이었을까? 나아가 전 세계에서 가장 많은 식민지를 거느렸던, 또한 지구상에서 가장 강력한 나라인 영국이 정체를 알길 없는 생물들에게 정복당하고 무기력하게 무너져 내리는 장면을 식민지 국가의 독자들은 과연 어떻게 읽었을까?

여러분은 소설 속에서 웰스가 어째서 정치적으로 대단히 민감한 태즈메이니아(Tasmania)란 단어를 언급했다고 생각하는가. 주지하듯 유럽인들의 인종적 편견과 폭력에 의해 지구상에 완벽하게 사라져버린 호주의 원주민 태즈메이니아인들의 비극이 사실은 '캡틴 쿡'이란 별명으로 우리에게도 잘 알려져 있는 영국의 탐험가(사실은 정복자) 제임스 쿡(James Cook, 1728~1779)의 오스트레일리아 발견(!)에서 비롯된 것이다. 이와 관련하여 지금도 무비판적으로 아무런 생각없이 널리 통용

되고 있는 '지리상의 발견'이니 '개척'이니 하는 말들에 대해서 생각해 보자. 사실 이것은 사용해서는 안 되는 아주 못된 유럽중심주의적 용어다. 예를 들어 보자. 대대손손 평화롭게 살고 있는 여러분들의 집에 어느 날 갑자기 낯선 사람들이 무기를 들고 들이닥쳐 '지리상의 발견'을 했다면서 깃발을 꽂고 자기네 집이라고 선포해 버린다면, 여러분들은 이 끔찍하고 황당한 사태를 '지리상의 발견'이라 인정할 수 있겠는가.

그리고 하나 더 짚어야 할 것이다. 앞에서 이미 언급한 바와 같이 그것은 불세출의 영화감독 오손 웰스가, 『우주 전쟁』이 발표된 지 꼭 40년이 지난 1938년 어느 날 침공의 장소를 영국의 오킹과 런던이 아닌 뉴저지주의 그로버스 밀로 바꾸면서 이 작품을 미국을 비판하고 풍자하는 통쾌한 드라마로 재창조하였다는 사실이다. 참고로 이 드라마가 방송되던 1938년은 영국을 대신하여 세계의 패자로 등장한 미국이 카리브 해, 필리핀, 남아메리카 등지에 식민지 건설하면서 정치적 영향력을 급격히 강화해 나가고 있던 시기였다. 이 얼마나 절묘하고 공교로운가. 사정이 이러한 데도 우리는 이 빼어난 명작을 여전히 B급 장르문학이고 흘러간 심심풀이 아용용 오락물이라고 주장할 수 있겠는가. 장르문학들에 대해 항상 비우호적인 태도를 견지하며 비판의 날을 세워왔던 우리의 진지한 문학은 언제 이런 B급 장르문학이라도 만들어낸 적이 있었는가. 21세기의 우리들이 19세기의 작품 『우주 전쟁』을 읽어야 하는 이유가 바로 여기에 있다. 다시 한번 강조하지만, 훌륭한 작품이 훌륭한 독자들을 만들고 훌륭한 독자들이 다시 훌륭한 작품을 만들어내는 법이다.

끝으로 한국의 독자와 이라크의 독자들에게 이 문제적 걸작을 강력하게 권하는 바이다.

〈참고문헌〉

1. 국내서

박상준, 『멋진 신세계』(현대정보문화사, 1992)

이세룡, 『세계영화 100선』(풍음, 1993)

김진우, 『하이테크 시대의 SF 영화』(한나래, 1995)

이경기, 『영화 예술사전』(다인 미디어, 1999)

대중문학연구회, 『과학소설이란 무엇인가』(국학자료원, 2000)

조성면, 『대중문학과 정전에 대한 반역』(소명, 2002)

임종기, 『SF 부족들의 새로운 문학 혁명, SF의 탄생과 비상』(책세상, 2004)

2. 번역서와 국외서

H. G. 웰스 저, 지명관 역, 『세계문화소사』세계사상교양전집 12(을유문화사, 1964)

로버트 스콜즈, 에릭 라프킨 지음, 김정수, 박오복 옮김, 『SF의 이해』(평민사, 1993)

아이작 아시모프 저, 김선형 옮김, 『SF 특강』(한뜻, 1996)

로널드 B. 토비아스 지음, 김석만 옮김, 『인간의 마음을 사로잡는 스무가지 플롯』(풀빛, 1997)

Tony Bennett, OUTSIDE LITERATURE, ROUTLEDGE, 1990

옮긴이 | 이영욱

1967년 서울에서 태어났다. 이화여자대학교 경영학과를 졸업하고 번역가로 활동하며 공부중이다. 옮긴 책으로는 『커튼 콜』, 『사진 찍는 여자』, 『바이블 잉글리시』, 『마법사』 등이 있다.

환상문학전집 ● 22

우주 전쟁

1판 1쇄 펴냄 2005년 6월 10일
1판 2쇄 펴냄 2018년 5월 8일

지은이 | 허버트 조지 웰스
옮긴이 | 이영욱
발행인 | 박근섭
편집인 | 김준혁
펴낸곳 | 황금가지

출판등록 | 2009. 10. 8 (제2009-000273호)
주소 | 06027 서울 강남구 도산대로 1길 62 강남출판문화센터 5층
전화 | 영업부 515-2000 편집부 3446-8774 팩시밀리 515-2007
홈페이지 | www.goldenbough.co.kr

도서 파본 등의 이유로 반송이 필요할 경우에는 구매처에서 교환하시고
출판사 교환이 필요할 경우에는 아래 주소로 반송 사유를 적어 도서와 함께 보내주세요.
06027 서울 강남구 도산대로 1길 62 강남출판문화센터 6층 민음인 마케팅부

한국어판 ⓒ 황금가지, 2005. Printed in Seoul, Korea

ISBN 978-89-8273-897-5 04840
ISBN 978-89-8273-900-2 04840(set)

㈜민음인은 민음사 출판 그룹의 자회사입니다.
황금가지는 ㈜민음인의 픽션 전문 출간 브랜드입니다.